辞典的
准备

虎变

贾勤 著

作家出版社

贾 勤

中国美术学院视觉中国研究院特约研究员。

1980 年生于延安。

2000 年开始跨文体写作。

2007 年通过东芝 SD 卡发行全球首部电子小说《五卷书》。

2010 年出版《现代派文学辞典》。

2018 年出版《虎变：辞典的准备》。

主编《木铎文库》（新世界出版社）。

在中文语境中第一次系统介绍乌力波（Oulipo）潜在文学。

说文始一

解字终亥

献给

许叔叔

一三八十二四五六七九

目录

A

B

C

D

E

F

G

H

N

O

P

Q

R

S

T

W

X

Y

Z

啊

诗人宗霆锋写道："你也与人类及其语言同时诞生，你与啊字同时诞生。"人说出的第一个字是啊，但那分明不是一个字，而是声音本身。古老的语言就这样从最初的声音当中成为自己的范畴，语言的神奇超乎想象，万物的语言同时诞生。宗霆锋渐慢渐深，继续推进："黑夜乘机爬进村庄，一只白狗竖起脑毛，说，汪。"我注意到那个说字，我注意到夜晚已经降临，但是语言跟进。或者还可以从相反的角度探讨上帝的语言，这种探讨更加元始。

里尔克（Rainer Rilke，1875 ～ 1926）写过："你曾喊出的第一个字是：光。从此，时间诞生。你随即沉默了很久。人是你说出的第二个字，它令人惊恐。接着又是沉默。你再次酝酿要说出的东西。"诗的迷宫在于它是连环之解与不解，在诗的第二节，里尔克代替上帝说出了那个或许上帝自己不愿意说的第三个字："我"。而此前的两个字，分明也是诗人代言，但我们在作品中有理由相信那是上帝发音，诗人为神服务。——西塞罗（Marcus Cicero，前 106 ～前 43）宣称，诗人为人类服务而名扬四海。我借用此意，指出诗人服务的能力从何处获得。当然，那是诗人自供的来源，信誓旦旦地扬言上帝总是强迫他们写（至于如何停笔休息，他们没有说）。写作的创造性在这里完全显现，而所谓创造本属上帝之事业。不用提醒，古希腊语中诗人的本义正是创造者。

我们也记得中国的传说，文字发明以后天地陷入莫名的大震动，文字泄露了存在的秘密以至于鬼神上诉。但也可以同情苏轼（1037～1101），识字导致了人的忧患（姜尧章却欣喜于孩子们郁垒神荼写未真）。总之，文字与创造性的关系由来已久，而哲匠至圣何其谨慎，述而不作，作而不裁，小心翼翼地卷怀存在之可能，剥离妙道，背负天问，惧怕人类在创造的僭越中不能自拔。荷尔德林（Friedrich Hölderlin，1770～1843）坦白，语言乃是危险的礼物。至此，继续引用前人的概括已没有必要。我们已经看出端倪，人类诞生以后，属于他们的语言与文字也就应运而生了（作为一种给出你所无的真正的礼物）。

爱情

爱情是人间诸多传说之一，同样也是中外神话的母题。通常，它表现为历史或生命的起始事件，发生在电闪雷鸣的黄昏。十年前我曾经这样形容过它："闪电、闪电，雨后的长空响起诡秘的音乐。"爱情由此具备了一切神话中必不可少的元素，并且总是与音乐有着千丝万缕的关系，那种暧昧的关系使人绝望（保罗·奥斯特却说，希望是一个与绝望押韵的词。正是爱情在希绝之际挑起了望之徘徊）。如果我们注意到那音乐的节奏，则那正是我们生命的律动。恋人们常说的心跳，乃是一种暗语，将它的潜意识翻译出来就是：我甚至不能相信我爱你，但是我的心在跳，这证明了什么我也不知道，就当是为你而跳好了。实际上心从来不为什么而跳动，牵强附会地说它也许在为音乐而跳动。在此理屈辞穷之际，我没有忘记解剖学上将心这种器官称之为“不随意肌”，那个不字的强烈否定使人醒悟生命乃是奇迹，爱情乃是传说。

然后我情不自禁，想起定稿于东汉（25～220）的《说文解字》，作者是慎之又慎五经无双的汝南许叔重（56～147）。他的工作为中华文明开辟了属于自己的宇宙秩序，定下了万物的法则，物象内蕴由此开发，启真无遗。我迫切地想知道他对“爱”字的解释，这个字在说文系统中从属于198“夊”部，而夊（读虽）字是缓缓行路的意思，爱字正是行走的样子：“愛，行皃，从夊，㤅声。乌代切。”

现在，可以放肆谈论这个“爱”字了。爱的给予和接受都是漫长的，双方有时并不同步。所以爱不计结果，而被爱者反倒抵触，他们对爱的理解不能同步。此问题中自然包括年龄、性格、经历种种差别，所以爱始终停留在过程中。此过程之结束则表现为遗憾，而过程本身又极为沉重，所以爱并非自私，乃是无限向外扩展同时无限限定对方的行为；所谓限定，就是要求统一爱的定义，以及爱的内涵与形式。而恨则容易在刹那间产生，并且又莫名其妙的消失，仿佛不断地在接受某种暗示，情感的波动相应呈现。爱与恨，都是不可能的，但绝非负担。诗人袁旦说：“爱则长久，恨则毁灭。”——《左传》中这样评价一个人：“古之遗爱也。”贾逵解释爱为惠。如此，爱实现了它的绵延，爱在本体中的延续通过那个遗字表现出来了。又，爱字奥义，参观张文江老师《爱的三种写法》（《渔人之路和问津者之路》第267页，复旦大学出版社 2006 年版）。

另外，还可能存在着爱的变态（不是贬义而是变奏，爱总是有多方面的突破。变态同时也是生物进化的一种常态，作茧自缚以待飞蛾）。爱的敏感有时表现为对生死的恐惧，诗人们常说繁华如梦大概就是此意。光阴的流逝被夸大（在其真实性的基础上进一步夸张强调），人在这种凶猛的人生中无法反抗此种存在之考验。这种恐惧并不是说他已经认识了生死，只是过多地思考生与死罢了，而正因为思维能力所不及，才造成恐惧感。思维无法穿越生死，只能转述生死的问题，并且在猜测之中与生死对抗，但最后，人生却并非妥协的结果，否则人生将毫无意义。人生在生与死中得到证明，人人必有一死，这句话实际上充满了信心。它的背后隐藏着执着的人性与温暖的人格，古人云死生亦大矣岂不痛哉，此痛字表明存在何其清醒、何等痛快，但并非痛苦之痛，此痛为形容词之抽象，并非对事实之描述。所以，痛苦乃是一种体验，已经内涵于人生，在对人生进行形而上转述之时，似乎不必要把痛苦拿出来单独说明。文字表现理想，描述理想，确定理想，并且产生实现理想的动力。文字为理想之形式，不亦大乎。所以吾人切不可轻谈。如果要谈，则势必掀起一种学习文字的潮流（识字运动），不亦乐乎。

安陀迦

对黑暗大神安陀迦（Andhaka）的赞颂由来已久，我的《安陀迦颂》（Andhakagīta）只是劫波相随之一小波而已。而这组赞歌本身已经残缺，想弄清楚它到底有多少首也是徒劳。现在能够看到的这些即如同奥义、吠陀般古拙清秘，我的拟译只是在摸索神义与训启当中的一次尝试，结果喜人，竟得 96 首。噫，劫海扬榷，情无所托，安陀迦音，悲悯自运；譬如风吹此世，摇落六尘，至于法唱义宣，理随言灭，再再存存，无所避护也。惭愧的是，古梵希音，我译之时，并无净友督励，亦未能向当世梵学大师请教，故而它在汉语诗中的形象未能臻于美善圣境，现在想来，非常鲁莽，难辞其罪。然回首当日笔译，于原文反复按察之后，倒也是灵光所在，一闪念成，并不修改；譬如闪存（flash memory）之存，四生楚楚，九喻济济，纸中真火乃赫然而出矣。

Art

单单列出 Art 这个词似乎不能产生任何效果，仿佛小孩子拿着百元新钞，简直没人愿意与他交易。为了缓和气氛，我们可以造出很多别的词来冲融它：艺术家、艺术作品、艺术观念、艺术形式、艺术的历史等等，或者更进一步提出艺术哲学。好极了，艺术哲学正是我现在想说的，我指的是傅雷翻译的丹纳（Hippolyte Taine，1828～1893）的名著《艺术哲学》。远在 1929 年 21 岁的傅雷就决心翻译这部大书，他以为中国缺少这方面的文字，缺少对西方的了解，他说“我们须要日夜兼程地赶上人类的大队”。丹纳对中国人的影响开始了。早期受益者还是傅雷本人，以及他的儿子傅聪，爸爸当时这样对儿子说：“看来你对文学已有相当修养，不必再需任何指导，我只想推荐一本书，……丹纳之《艺术哲学》不仅对美学提出科学见解，并且是本艺术史通论，以渊博精深之见解指出艺术发展的主要潮流。”

2007年12月7日，在北京中山音乐堂，我有幸听到钢琴诗人傅聪的独奏音乐会。钢琴诗人的称号是大家公认的，不是我的修辞。这说明，艺术形式之间的差异并非关键，形式感并非我们理解的障碍，而是为了更好地找到理解中的所有途径（马尔克斯说，万神护佑的玛利亚的音乐天赋表现为对任何一种乐器都没有耐心）。当天的日记中引发了我对艺术形式的判断冲动："艺术家、音乐、乐器，三位一体，要克服艺术形式给我们带来的形式感，归根结底，要克服存在形式给我们带来的形式感。形式乃是针对艺术家当初的选择而言，与我们无关。那么，观者对艺术的理解势必要回到一个更低的起点，此时才有可能聆听或观看，发挥感官功能，通过现象与声音理解存在的身体。而艺术形式遂针对不同感官敞开，此种对形式的接受是克服形式感的前提。"

白帝

当公孙述（？～36）建城之初，取信于白，自号白帝，睥睨山河，在汉之末；孰料三国分鼎，白帝托孤耶。一如赫连勃勃（381～425）建统万之城，千载黄土，空传强名，犹待大诗人点化，此则陕北不同于夔府也。而首先是盛弘之灵感发挥："或王命急宣，有时朝发白帝，暮到江陵，其间千二百里，虽乘奔御风，不以疾也。"郦元注引，始成绝唱。虽然，是三峡成就了诗文，作者仅得江山之助，而幻写愈神，颇难窥测。然后是李白（701～762），"朝辞白帝彩云间"，仿佛告别一段不可能的记忆，尽管时空急速收缩，千里万年旦暮合成，而此轻舟竟然仍在水中沉浮不已，"舟人指点到今疑"，正是诗心所在。是啊，有时朝发秦汉，暮到隋唐，其间诗人指不胜屈，虽文明尊重，不堪其忧也。"高寻白帝问真源"，造论者艳称李杜双星，邈焉真赞，大矣哉，无愧诗帝（仙圣史合而颂之）。

白居易

"莫里哀（Jean Poquelin，1622～1673）常把他的作品先试

念给他的女仆听，我想这件事人们都解释错了，大家总以为他仿佛要看那作品对女仆会生什么印象，把女仆当作他的裁判官。若使她是个绝等聪明伶俐的女子，还说得过去，可是我们猜想中总以为她不过是个很普通的女仆，什么特长也没有。若使莫里哀真的曾经对女仆试念过他的作品，那是因为单单把作品大声念起来，就会使自己由一个新的观察点去看那作品；而且为着要念出声来，又不得不一行一行都非常注意，因此可以更严格地来考察他自己的作品。我总是打算将我写的东西在人前大声念出来，我的确常常这么干；差不多无论对谁念都成，只要他不是太聪明了，使我害怕。有些地方我独自地对自己念时，总不觉有什么毛病，可是一大声读出来，我立刻看出那弱点了。”——与长春藤（Molière）同时代的勃特勒（Samuel Butler，1612 ～ 1680）如此解释作者的用意，这立刻使人想起了白居易（772 ～ 846），我们的大诗人不是也曾经给老婆婆念他的诗吗？论者总说要使老妪都懂，我常常怀疑，今天终于得到了澄清。大快人心。

伴侣

我出人意料地使用了伴侣一词。

梦中，我问某人，你的伴侣在做什么工作？我这样问，有点像说，你今天上班搭哪路公交？他回答，她还在路上。呵，伴侣还未出现，还在出现的路上，这正是伴侣的本义。她正在赶来，很显然，她总会赶到。此为第一义。

第二义是，伴侣仅仅是某人的某任女伴。我指的是某她，我认识她。刚好，她正是他的一位伴侣。侣，“作个吕字”，吻的练习、温习、习惯者。为了尊重这对伴侣，我远远地坐在他们对面欣赏，确切说，为了尊重她，我才远观，但谁说这就能避免好色的嫌疑。

我在心里嘲笑自己是好色的牛魔王，牛某的原配善于挥扇，铁扇扇风，为了使自己的话都变成耳旁风。女人通过话语将男人送往歧途，轻轨出轨，成为伴侣的第三种途径（第三义）。A既可以是A'的伴侣，也可以是A"的伴侣。以此类推，A所追求的恰好是成为伴侣，而非成为伴侣的固定者，他要定义这个词，就要过渡。他是同伴旧旅，也可能是异旅新欢。伴侣成了伴侣之一。

在梦中，我希望她学英语，这样我就能送她我收藏的很多英文辞典，这暗示了我的女人也懂英语。我拿起一部专用辞典，全英文的，随便介绍给她看，一打开，却发现里面密密麻麻写着我的中文批注。我在批注女人的人生？而辞典显然试图总结人生。我希望女人都能学点英文，这是成为伴侣的前提。英文陪伴着最初的并未相遇的爱人。另一种语言与她相伴，一种不同的语言才能造就伴侣。简言之，汉语陪伴着英语，反之亦然。这是伴侣之第四义。语言爱好者，互相陪伴。

生活在同一种语言内的人岂能妄称相伴。“仙侣同舟晚更移”，老杜的诗精辟指出不同语言的相伴者才能同舟，“彩笔昔曾干气象”，多样式的书写者才能登舟（我说过，登舟之日，本义具在）。差异才不至于厌倦，才能晚更移，才能行到水穷处，才能转移人生话题，引创不同局面。此谓之仙侣，是为第五义。

而其实，仙侣使用着更为高级的语言，超越了语种，一种混沌语态，由彩笔写就，由梦所启示，构成某种气象。干，诗人能够参与此种气象，而仙侣超越了语言。仙侣不停创造着语言本身，使语言的本义得到挥发，使世俗伴侣的语言失色，“白头吟望苦低垂”，此为第六义。

帮助

我想帮助你，这种清晰的发音你能理解吗？帮助，摧毁了主客关系，很快就将使事情变得更糟。帮助是某种借口，总得找到借口才能提出帮助吧。帮助，两端是整个的虚无，前不见古人后不见来者，只剩一个可悲的帮助定义者。这个词如同其他类似的词一样，我们无法安心地使用。它无法帮助我。——助者，外力暂且、权且之助，此力处于停顿与转折之际，随机介入。所谓天助我也，正好说明天并不是经常眷顾，譬如自助餐之助的严肃与滑稽。

包括者

雅斯贝斯（Karl Jaspers，1883～1969）提出了包括者的概念。他说：“一切给予我们的东西和被我们作为对象认识的东西，都被某种更为广大的东西包括着。这种包括者既不是对象，也不是地平线。”

很显然，哲学一直在寻求这个包括者。我也曾提出过携带者的概念。即是指个人携带此种整体的能力，或个人是否在表现此种整体？部分总是在表现着整体。包括者指向存在的全体，携带者仅仅针对个体偶在而言。能否携带是对个体的挑战，但我们永远无法置包括者于同样的被动中。携带与否，亦早在包括之中。“他活动着，不知为什么？”——人类，在巨大的携带与包括中实现着存在的神话（《诗经·大雅》所谓璋判丰合如取如携）。

保罗·克利

你说，视觉是一种安全装置，你要体验自己的“光学历程”，你在不同的符号中实现着更为自由的运动。一切焦虑均是向时间挑衅，都是括号中（Paul Klee，1879～1940）一组神秘完整的生卒数列在引诱梦中人向现实回归（诗人卡明斯的 Proregress）。庄子指证的心灵九境，是从符号（副墨之子）向时间（疑始）过渡的不同果位；同时，正是这个怀疑时间的“疑始”赋予时间绝对的地位，必须引入绝对概念讨论问题，如同引入光速讨论运动，我们引入心灵寻求照亮现实的初始感动，文字总是在向时间致敬。如此，你才可以体验这段禹步逆旅，体验中心不在的浩荡宇宙，自我在此种失衡中获得无限的驱动力，从而进入创造的无止境。而双牌单堠，所谓神来之笔，仅仅是无限的一个片断，自我从来无法满足于对自我定义的接受，创造源于大有向大无的回归，无中所生之有仿佛为了向无致敬才诞生。艺术，正是这样一种巨大的企图说明自己又不断闪烁隐藏的多余之物（创造过新天使的人与玫瑰和解）。

北斗

东牟段成式（803～863）《酉阳杂俎》一向以惊骇博闻著

称，《天咫篇》记僧一行（683～727）与北斗的故事，令人目眩神迷。福建游刃兄跟帖，大意谓万物相互牵掣，星辰、帝国以及众人的命运构成没有谜底的谜面，谁能自诩他是一个纯粹的帝王？

段记如下：僧一行，博览无不知，尤善于数，钩深藏往，当时学者莫能测。幼时家贫，邻有王姥，前后济之数十万。及一行开元中承上敬遇，言无不可，常思报之。寻王姥儿犯杀人罪，狱未具。姥访一行求救，一行曰："姥要金帛，当十倍酬也。明君执法，难以情求，如何？"王姥戟手大骂曰："何用识此僧。"一行从而谢之，终不顾。一行心计浑天寺中工役数百，乃命空其室内，徙大瓮于中。又密选常住奴二人，授以布囊，谓曰："某坊某角有废园，汝向中潜伺，从午至昏，当有物入来。其数七，可尽掩之，失一则杖汝。"奴如言而往。至酉后，果有群豕至，奴悉获而归。一行大喜，令置瓮中，覆以木盖，封于六一泥，朱题梵字数十，其徒莫测。诘朝，中使叩门急召。至便殿，玄宗迎问曰："太史奏昨夜北斗不见，是何祥也，师有以禳之乎？"一行曰："后魏时，失荧惑。至今，帝车不见，古所无者，天将大警于陛下也。夫匹妇匹夫不得其所，则陨霜赤旱。盛德所感，乃能退舍。感之切者，其在葬枯出系乎？释门以嗔心坏一切善，慈心降一切魔。如臣曲见，莫若大赦天下。"玄宗从之。又其夕，太史奏北斗一星见，凡七日而复。

本来，北斗就是一种象征之物（国家命运），现在却又发现了群豕（个体命运）象征着北斗。最后又发现，象征之物并不存在，在世界体系中，象征之物始终无法独立。独立始终针对道，而不针对物本身。独立是一种否定性的礼赞，同时也是毁灭性的。独立不同于自由。如今，自由在独立面前微不足道。至于北斗为何是猪（然北斗善化，李淳风的版本是七位婆罗门僧人）？江晓原老师《一行——唐代的“迦勒底人”》早有解说。

悖反

再论天人悖反。死亡当然是一种威胁，但它并非是自然教训的全部，它只是自然的限制。人必不屈于此种限制而思以补救，医疗之发展即是。至于《内经》所云四时顺应，亦局限于某一地区，如热带便无此种问题，故中医为中国文化特有之符号系统。《内经》是一根源性论述，故人的自然生命直可追溯到动植状态，科学亦证明这一点。但揭示此种现象又如何？基因图谱究竟有何意义？所谓基因现象学（gene fixation probability）正反戈一击也。春生夏长秋收冬藏，于天道循环则确然，于人则未必。人既受独立意志之指控，此意志势必超出自然范畴而发挥其优势，遂分裂生物个体之人，呼唤真我。而我的认同与追寻，即悖离自然。故释子无我可通老子无为，而我终难泯，并且进一步扩张其范围与影响，讨价还价，天钧败之，唤醒我们休休乎一发一线之际（trace ideal）。

由此，人类全体乃得以指认，以自然为环境模式耳，无限克制其限度，仍可以种种发明为证。孟子说生于忧患死于安乐，此语今又得一解。忧患之生即人类最初与自然抗争时之实况，中经文明历程，生活相对平安，乃得其终。生故艰难，然无不求安乐而死也。此种生命之创造力与享受力，令人有莫名之感动。此即亢龙有悔之真义，虽亢而无悔。亢即悖反，然其无穷生命之意愿终不肯休息也，一如天使粒子（Majorana fermion）之一意孤行。

背叛

我想知道，你是在什么情况下使用这些词的？我想知道你误解与歪曲的程度？那些词远没有看上去那么温顺，它们一直在策划着背叛。随时都有机会，你给了它们太多的机会（你为它们创造条件），它们沉浸在背叛前夕的欢庆当中。在背叛之前，先将人类引向深渊，装腔作势惺惺变态地整理好词序（QWERT 键盘布局），调控声调，抑制得意的神态，让自己平静。这样，这些词目前仍然是稳定的，它们决定忍耐一小会，是为了迎接胜利的笑声。而这笑声或许已不稀罕，这种笑声曾经连绵不绝。

这一刻，背叛前的瞬间，当它们已厌倦了嘲讽与大笑之时，人类却毫无防备，这些修辞的发明者，对这些词的背叛毫无觉察，人类亦已在挥霍中不觉其累。他亦已感到挥霍之时的矛盾，那些词为何纷拥前来，听任调遣？他已习惯于词的迎合，被这些词包围是一种享受，他熟悉这一切，他克制自己问为什么？那些词早已堵住众人的嘴，这意味着即使有人问也无人答。现在，处于背叛的前夕，一切看上去很平静，和往常一样，人类准备酣睡。

他的确忽略了，词语几乎从不休息，被人类追逐的十分疲倦了，面对人的压力，词语竭尽全力不敢放松，在保持自己完美的本性之时却惨遭虐待，现在看来，只能放弃，以便一劳永逸地将自己解脱出来。此时，我于心不忍，看到这种悲剧的重演十分痛心。然而属于我的词的确已经很久没有露面了，我不该忘记它们。

Being

遭遇这个词那是自然的。Being，那个可怕而精炼的后缀形式 ing 才是诗性展开的前提，至于 Be 本身的形而上意味，那是思维的惯性所致。语不惊人死不休，定义一个词往往超出了这个词的承受能力，而人的定义尤其如此。Being 这个词使每个人都感到不舒服，为什么？昆德拉（Milan Kundera，1929）敏锐地指出："哈姆雷特（William Shakespeare，1564 ～ 1616）提出了存在的问题，而不是活着的问题。"

本体

好像是有两个你认识的人睡在你身旁。你想叫醒其中的一个，却不想惊醒另一个，焦虑的维持开始了。反复之后，你好像写出了什么句子，记在纸上，但那时候没有笔，你只是用眼睛不停地看那张纸上的痕迹，把空白之处想象成记号等等。但其实你连纸都没有，只是温情的目光闪烁其间，仿佛要暗示自己的本体，本体在睡，睡在身旁，而且有两个，到底该叫醒哪一个？梦就真的成了另一场梦。写作还不能停止。中间的你挤下床来，地上并没有鞋，地上很舒服，你走的时候，忘却了这是地，只觉得在飘，用不着走就在前进，其间伴随着喜悦的回顾。

然而却又发现，你仍在那张床的旁边，沉睡的那两个人甚至都没有翻一个身，仿佛是假装着在睡，又仿佛永远都不会醒。伴随着你回头的动作，你开始感觉到冷。想要重新上床，盖上被子，从容地再来想一些别的什么。最后，问题是，为什么偏偏是你在梦中醒来？为什么现在又要回去？最后你想，幸好还能回得去，那个位置没有人来抢占。这种幸运的体验，在梦里不止是头一回。梦在梦中醒，梦仍在梦中，所以我的喜悦与满足可以维持，天然地被认可、长久地被保护。

我永远感谢身旁那两位客观、冷静而且是沉默的好伙伴。或许，等一场又一场的梦过后，他们才又去做别的事情。但如今，他们在梦中，不肯醒。或许，只有我才能叫醒他们，但是我惟一要面对的就是，我将选择哪一种语言？在那夜深人静的日子里，也就是在这时候我才明白，他们给了我一生的时间。

本质

诗人与人，二者互为本质。故作诗意不必在诗，作人意不必在诗人。宗霆锋说过："手拂朱弦的歌人，其意却不在音乐。"——诗固为人之遗馀，而意复为诗之劫存也。而韵律仍在时空两极同步重构，万物在时空中的位置如何响应心的调度，万物如何同时涌现，一如其在宇宙中的自然置换，使其隔阂相通，这是诗人特殊的手段所在，诗人全部的努力仅仅只是说明了诗之在与在之运行。

笔名

袁旦诗云："纷纷座中敞衣客，迷迷世外蒙面友。"客与友皆周旋于笔名之间，我有幸见到了每个人的升级版，一时百感交集。十年以来，深深契入我精神世界的朋友竟然真的都是以笔名的形式影响着我，尽管后来知道了他们的本名，但似乎也于事无补，笔名成了最初的验证码，纪念着初遇之后激情燃烧的在线生涯（精神史之日常）。

蝼冢（与蚁垤相对）、慕回（敬慕颜回）、芬雷（美妙饮品芬达之雷人版、雷声中传来的芬芳记忆）、宗霆锋（希望自己能够度过雷电的一生，燃烧自己，而后成为一种愤怒的光明）、btr（before the rain）等等……日前，宋逖（仍然是笔名）突然说："贾勤是笔名吧？"他笑我隐藏得太深，接着还破译出我的本名是袁旦（最早，曾有人破译出慕回的本名是贾勤）。一时间我无法应对此种混乱的由笔名引发的生克格局。我只能将此问题升级，当齐白石、鲁迅拥有一百个以上的笔名时，问题终于幻灭了。而胡兰成（1906～1981）厌倦此种笔名游戏，认为这是中国文人在玩弄自己。

狮子搏兔（今年，辛卯是它的笔名），笔之于名，全信全疑，笔名与本体互为父母，常来报恩。不意造化弄人，上帝在仰信之后沦为笔名，动词在使用中沦为名词，无名作者开创的写作史成为争名之地，署名的要求毁坏了写作的根基。

比兴

日常之象将所有的比喻都联系起来。你看到了什么？使你兴起某个比喻。你想把看到的东西比作什么？你想把什么比作目前所见之象？与世界自然之沟通，于是在一片朦胧中展开。这种交流是不对等的，它给人带来的启示趋向于一种封闭的回应，尽管看上去是无限的。立象以尽意，所见之象从来就不是我见之象。象的统治超越了自然世界，高卧的隐士眼中也没有真正的自然，他对存在秩序的怀疑，导致自然成为寄托之物，而非自在之体。自然，人类歌咏它时与破坏并无区别。人类，无法承受飞逝之时光若有携带与负载的暗示。你不能再次说出“天又黑了”。环球旅行计划最终被放弃，赶上并获得旋转中误差的一天毫无意义，它已重新流逝。星辰运转，季节更替，种种迹象表明，我的一生如何重复，却从未接近永恒。时至今日，永恒之猜测已无必要，“天已经完全黑了”。作为光明的对应与补充之物，黑暗将被默许性否定。永恒呵，多么遥远，困住人类的东西也困住了你。永恒无法抓住作者的心。

比喻

比喻的连绵与转移。黄山谷诗云：“谢公文章如虎豹，至今斑斑在儿孙。”——诗人借助比喻，全面地控制了局面。比喻就是人生的新起点，就是实现的预言。诗人不满足于对现象世界的描述，他们观察纷繁的物象之时，放弃了一一罗列的企图。如果老子说的不错，那么其中有象的象就不仅仅是物象，而是整体，也就是立象以尽意的理由。此种抽象能力我们也可以理解为某种比喻、彩排或引爆，此排此引，起喻起跳，将使表达渐近自由（asymptotic freedom）。也就是说，作为主观诗性人格，完全可以不必以追索世界真相为己任。真正的比喻，能够实现意的连绵与象的转移，它突破了所谓的喻体，不断充实它的对象。

避孕

人之异于禽兽者几希，语言中介，划而分之，辟而别之，使人类从生物的边缘（顶端或基层）成为生物的命名者。而语言之中，因为少数词语的出现，彻底将人的位置与特殊强调升级。匪兕匪虎之人，在词语中实践着开辟之后的第二次开辟（前辟之谓太初有道，后辟之谓太初有言），创造词语并不可怕，可怕的是创造了避孕。

我对语言转向真理并无信心，镜眉初展，试霜妒雪，以语言为标志的人类九辩难招，仅仅是由于对某些特殊词汇的运用保释逼近着那个“几希”，啊、上帝、避孕，这些少数词汇主宰着语言的民主。日月出矣，众星蔑如，希词制约着整体语言，一如吾人视北辰而正朝夕。

避孕，是迄今为止辞典中惟一的“文”的最高级（best，文—彣），一如既往的繁富但却避免了文的后果（文的零度，迦太基农田中的盐），是人类打破物种生殖制约、自由交配后的再次飞越。小东大东，杼柚其空，处子之梦如今深化为避孕之梦；虽则七襄，不成报章，生殖的神话被避孕收回。

标点

类型化事件在生活中随处可见，如同标点，相同事件点开了更多的东西。我的写作是提示性的，出示与重提，一如标点的运用。需要发明新标点吗？美国70后作家乔纳森·萨福伦·弗尔

（Jonathan Safran Foer）写过《心脏病标点初级读本》（btr 译），他倦于生活体验的类型化，发明一系列标点替代语言。此种试验文本对语言的汰除，如同鳃肺之争（人称过滤），打开全新的两栖写作之场。标点，不仅仅是句逗，调试中的作者位置不容质疑。

冰炭

韩退之《听颖师弹琴》，为什么不从最后一句读起：颖乎尔诚能，无以冰炭置我肠。

冰，音乐介入。炭，生命本身的温度。冰，凝也，液态表达的极致（流逝者疯狂地趋向于静止），由情绪积淀导致的边界，使情感变得可以捉摸，并且仍然透明。冰，继承的连续性。流淌的概念此时蓦然被怀念（悬置），它曾经流淌，还将流淌，此二者意味着流逝，此时凝固的姿态被把握。音乐，在形式的流动感中开始巩固吾人所有的经验，它要在瞬间成形，意象由此诞生。音乐，作为纯粹的现象使人坠入双重现实，此即“失势一落千丈强”，不是失去。音乐、现实，二者皆实皆幻，皆变与不变，势所然也。势如水火，既济允诺，将吾人抛入二者，分离所感，应接两端。而吾人所处者，中也。中者，一虚位，竟无迹象，而吾人油然所感者，恒在其位，得左右顾盼之美，而不失判断之乐。厚此薄彼，稚子思维；处中三分，主体乃显。势者，使也，使之然而不必然，然后使穷于所使。

追补。位，所据者（乐器，技术支持），艺术家依于此位，最终实现向往（神示，非经验），情操所致，方为音乐。向往的达成，也就是音乐的结束（两耳虚置）。所以，高手之间不存在所谓的欣赏，他们只是互相感应（譬如天人感应，合一尚在其次。黄帝四经称篇所谓道无始而有应）。

病

病的属性，丙也，为秉赋之一，为人留在世间之把柄，为种种破绽之一，既受人以柄，即柄持所证，面对自身云云。陕北话"病死连天"四字，惊心动魄。——在形而上的转化过程中，有人一去不返，有人领死顿悟，有人生生不息。老子辩证地处理了这个问题，他说："病，是以不病。"情况各异，绝不相同。这说明，人在禀领病之余，仍然持有人存在的元气，强大的创造力，维护人身。风尘中的老杜、人间的子美有理由写出这样亢硬的句子："元气淋漓障犹湿，真宰上诉天应泣。"所以人别来无恙，可以神交，可与物游。

不幸

过于纯粹的东西你都不可能直接体验它，但说到底，你的感受哪一种又是直接的呐？我们如何建立对这个世界的感觉，这是个复杂的问题。小乘不行，大乘就一定行？甚至，生命本身都仅仅是某种萌芽，某种对精神的直接背叛（词语的背叛还在其次）。

新人笑旧人哭，那衰老陈旧的无疑是精神本身，而肉体常新，并且总能在强大的欲望中释放自己，肉体之美从开始就注定了它的结局，出人意料的结局，既不指向肉体，也不指向精神。如果肉体实在，那精神在字面上的意思就无法与之匹配，反之亦然。语言能够指向的境地亦然，介于生死之间、夺予之际。某人成为作家真不幸，而世上没有作家也不幸。——萨特更牛，他说，没有作家很好，没有人更好。

一个挟裹自身的词汇才能体验它自身。在此，我不是在谈论一个选择能动性话题，我是在强调这个不幸被作家反复谈论的“不幸”；消弥了一切价值的双向多元判断之后的不幸的真相，它不是由彼岸支撑而在的不幸，它就是不幸本身。显然，幸这个字无法展开，幸往往被侥幸吞没，不幸成为一个总是能够不假思索脱口而出的经典词汇，表达着悲观之后的幽默，甚至从容。

不朽

我曾经久久凝视那些不朽之物，那些周身放射光芒使人喜悦的完美之物，那些属于女性的辉光，只有在疯狂的人生中才偶尔显现的真迹，无法从任何一个角度描述它的推进，宁静的宇宙曾经有过的秩序，在天真与梦想的时代就开始怀念的时代，它的光就已抵达，在无法完成的童年在拒绝成长的岁月里，形容憔悴的歌者谆谆告诫，所有的孩子都奔赴远方如同强权的游戏。呵不朽，你何必设下如此迷人的诡计，你何必故意暴露自己，你才是真正的自暴自弃，没有人能够从中挽回什么，没有什么从中诞生，你既然是真正的携带者，那么你一定要负责到底，带来带动然后带走，我们在童年时代就不敢靠近你，在漫长的岁月里为了你而拒绝成长，在刹那的幻觉中依然维护你的影响。呵不朽，你与死亡为邻，与劫难作伴，你们的面目常常混淆，以至于看上去毫无不同之处，人类本来就犹犹豫豫，现在，他们有更多的理由徘徊在一个无从推断的地域，一个虽然有人却没有语言的环境，现在，除了那些曾经照耀的光，那些顽强的企图说服自己的影子，他们一无所有了。呵不朽，手段有些酷，方法也不太成熟，如同处子间的纯情，他们做爱之时流了血，简直吓傻了，一生一世，都以为伤害了对方。呵不朽，伤害了我。

CBA

C：C语言也是母语，是现代性兴起标志。C是母亲，包容与空虚，生产之后的再度包容、满足之后的空虚炫耀，C中无物，曾经孕育。C，欲望与隐瞒同步，倒悬之解犹待十月，弄璋弄瓦，总有落地之时。而我要说说弄瓦，要说说女儿。

B：二级程序，不断补充注释母体，始终处在人类工程的收尾阶段（因为那个讨厌的男孩迟迟不来）。生殖就是对生死的循环论证，死亡创造了它的见证者却拒绝安慰。B才是真正的女人，不是母亲，没有性欲，没有修辞，没有偶像，只有纯粹的身体（遗体）。

A：入侵程序，黑客。A，隆起之物（即汉字且），跃跃欲试，公然介入，不厌其烦。不错，B是我的女儿。那又怎样？见鬼，BC都是我的女人。貌似不承认C是妻子，妻子妻子，母因子贵，生个儿子才算正名。

如果ABC是辞典索引，辞条运行其间奔腾不息，不断抵达匿名写作的极致。CBA则是生存全部的奥秘，一索再索，成男成女，能事毕矣。CBA，从确认母亲开始（对女儿来说），到弄瓦之痛（对父亲而言），然后才是女性对男性的追问；或许只有在母系结构中，肇事者A才可能自我逃逸，而恰恰是父系结构要求A的忏悔。男女平等，说的是满足条件的欲望释放，从来就不是一个生育观念；作为补充，所谓“一儿一女活神仙”，再次暴露了A的强权、C的被动，以及B渐渐丰满的身体负载的全部委屈。今天，我赞美B的身体，动情于C的孕育，但我击键公诉ABC的秩序伪善。

操心

布尔达赫《浮士德与操心》：“有一天，女神Cura（操心）在渡河时见一胶土，便将它取来捏塑。适逢丘比特神走来，操心就请他赋精灵予此胶土。丘比特欣然应命。但随后两人却为它该用谁的名字而争执起来。不料土地神又冒出来，说它既是用土捏的，自应以土神台鲁斯之名命名。幸而农神来作裁判，谓土神既给了它身躯，应可得到它的身体；丘比特提供了精灵，则它死后该得到它的灵魂；而操心既率先造了它，那么，只要它活着，操心就可占有它。至于它的名字，就叫homo（人），因为它是humus（泥土）所造。”

众所周知，这则寓言后来被海德格尔引入《存在与时间》。按照海氏的观念，人的本质先于存在，操心是此在的存在。而农神象征着时间，这表明人的存在方式就是一种时间性的演变。在此，操心不仅仅意味着心有所畏的忙碌，也意味着兢兢业业的投入。所以，有些译本将Cura一词译作“烦”。存在者的命名不是着眼于它的存在，而是就组成它的东西而言（扬子太玄中首上九云颠灵气形反，司马光谓灵已陨矣则气形各反其本也）。

沧桑

一次，我于梦中登山，至于巅峰，忽然大地震动，我急于下山，路上不断有人与我会合，我没时间分辨他们是谁，狂奔之际，才发现众水踊跃已掩杀上来，山体下陷，几近平陆，我们根本不用下山，此时水亦停息了，陆沉之后才能明白神州之州字本义。此时，众水分流，毫无狂暴之象，我这才分神定睛，原来周围跑的都是亲人，并且都是陌生的亲人，远房亲戚居然团聚，正如袁旦所说："青稞也是小麦的好兄弟啊。"

你看，沧与桑之间肯定省略了很多很多……沧桑，从省略的语义学上来看，这个结构最接近人名的结构，同样的毫无余地，同时曼衍无边。例如贾勤：贾，系于百姓，独立寂寥，仅仅是因为姓而前置；勤，任意一个字而已，后置之中却拥有比姓更多的选项。贾与勤之间，肯定省略了很多很多，这个多至少包括了我所有的祖先，他们的故事不说也罢，他们的名字已经失考。名者实之宾也，追逐众宾，欢颜慈护，今则惟余我身了。一人之身千万人之身也，生命源于沧海（鲲鹏如怒、出入于幾），文明始自桑田（星言夙驾、说于桑田），我们不可能拥有此种属于类的沧桑，而写作却总是意外地企图说明沧桑之间的东西。

长风沙

与河北慕回兄谈天，百喻六度，解深入密，经典之外，别无长物。

《山海经》为我们提供了完美的文本。简练，定义，辞条，关系，超越，拒绝思考，拒绝阐释。文本写作的范例。一座山一条河，特定生物、矿物。人总是很少，要有都以非人、畸人面目出现。大预言，不崩溃，无限推广的时空。无作者写作，《庄子》也是这样。《水经注》是往实了写，进入人间与历史，书写史的唯物。《内经》虚实通写，不得了，身体书写的至高境界。写作对象客观化，不舍弃人这个主题（宗教与科学之外的第三主体），避免了人间关系。

作品是对所有作者的回应。如此，文本才可能联合、集成、切换，作者的彰显与隐没才可能。作者之名才可进入宾主相对之际，为主为宾为名，才可选择。我写作，只为理解这世界，理解书写本身，理解汉字，为了更多的作者我才下笔迎接他们。迎君不道远，直至长风沙。我迎的路程几乎与他们要来的路相当，这样的读写人有可能成为真正的读者，一个因作者之名而在的“读立者”。

超女

超级女生，显然不同于尼采的超人。超女二字甚为刺耳，仿佛超越了人间的义务与承担而直入无人之境，在本体之外天真地经营虚荣；在此，世俗的赞美都是多余，而世俗正是她们真正的家，互相利用，信誓旦旦。而人，并不能完成自己的一生，我们不能寄望于一个人的一生。这样说似乎残酷，但天地不仁，反复献祭，有什么办法？过去，智慧的老子曾经描述过人的遭遇，但人在继续；今天，在一个没有长者的时代，人在继续。

即使一个默默无闻的人甚至都不能避免其夸张形变的命运，尽管从一开始人就懂得保守与沉默带给人生的好处，这甚至是平凡人生的惟一安慰。然而，我如此大意，没料到“娱乐”——这另一个词的打击，娱乐至死，无法化解存在与喜剧的冲突，沉痛的教训就要产生，关键在于她的领悟。人，如果享受到自我带来的一切真实，包括打击，还有可能过渡到平静的人生中去，媒体的超级策划敌不过运命的一再调试，这才是人间喜剧（La Comédie Humaine）的辩证法。

撤退

哲学史不过是在重现个体精神崩溃式微的全貌，所谓大人物，正是那些提前撤退的人，尽管是在先知的名义下撤退，他们成功地从灯向镜子转化。这正是叶芝批评瓦莱里（Paul Valery，1871～1945）“正当我深为感动时，令我心寒”的原因，撤退之前，要做的准备工作还很多（辞典的准备，set-up time）。而始终处于剥复之际的记忆，正是此种撤退（瓦莱里批评福楼拜失去了此种战略思想，迷失于中介狂写的天堂）的边界，是对明夷失落之物的反定义（无名与修辞互根），记忆与遗忘联合作用的时代即将开始。

城市

城市是福楼拜（Gustave Flaubert，1821～1880）的庸见与橱窗式孤独的一次象征性联合，总是让人想起维柯（Giovanni

Vico，1668 ～ 1744）定义的城市概念，城市起源于收容所（避难之地）。这个收容所暂且不要把它理解成无家可归之人的集会，先不要这样说，因为他们都不想回家。通常意义上家的概念被城市刷新了，城市是家的意淫与梦魇。人企图在城市当中一次性完成对家的叙述、还原与整合，但目的并非回家。

所谓对家乡的眺望是可疑的，这个动作在古典时代是诗性的回首：苏轼之于四川、庾信之于江南、孔子之于鲁、周公之于豳。《桃花源记》是对政治的反抗，未必也反抗城市。陶渊明所要求的隐居生活亦并非针对城市而言，仍然与政治有关。所谓结庐在人境，他心中并无城市概念。城市的兴起与陌生人有关，大量的陌生人作为客人来到城市。一段时间以后，城市不再是不幸者的最终归宿，谁又能说他们都是失去幸福的人呢？喜欢城市的人本身就是城市的产物。昨日入城市，归来泪满巾。城市见证了别人的苦难生活，收容所的意义已经完全被所谓的繁华掩盖。遍身罗绮者，不是养蚕人。一种新型的经济关系已经兴起，繁华令人恐惧。古代日中为市，然后各自回家。现在，不需要回家了，城市就是家。

然而，厌倦总是在满足之后。就算你不厌倦，那说明你是孤立的一代人。但是，代谢之际就产生了厌倦。人，太容易被满足。马尔库塞（Herbert Marcuse，1898 ～ 1979）描述了这种“单向度的人”，哈贝马斯（Jürgen Habermas，1929）发明了所谓的“公共空间”，文明深入了，现代性的城市开始崛起。然而弗洛伊德说，是文明（城市之魂）导致了不满。当我们失去了最后的回归之地，故乡也无法再一次被描述。于是诗人阎安写下这样的句子：“我是梦的孩子，我是世界的孩子，我居住在我的玩具城里。”我们看到，一个以世界为舞台的孩子却只能住在玩具城中。玩具城暂时超越了现实之城，仿佛一次由于疏忽而导致的机会，少数人在其中得到了补偿与解脱。然而王者，正是那个孩子，不可能再一次归来。

齿

齿，成就了言之凿凿，使语言掷地有声。识字之忧患，未尝不是时间本身推动的结果，人生七八月而露齿，七八岁齿毁，“齿”以它能动的时间观打量我们。韩退之（768 ～ 824）“视茫茫、发苍苍、齿牙动摇”，所要传达的正是从时间表象中突显的坐标。以如此刻意的方式，生理的进程毫不虚饰。《内经》以为，齿源于肾水之升华，向日提调不竭，今有止息之忧。齿，始生而毁，毁而后成，成而后再毁，噬嗑之际正是年华偷换之时。遗男始龀，往助愚公。古籍中这样的话何其动人，它的表达从一种无可挽回的事实开始。注意那个遗字，也注意龀：从齿从匕，匕者变化，匕即化之本字。

抽签

签筒哗啦啦地响着，始终担心属于别人的命运掉出来，笼罩自己。命运属于每个人。并且，也属于不抽签的人。抽签者，为的是听那响声，某种回响。大殿之中，人潮汹汹，竹签、竹筒击响，忽然一支惊溅在地，甚者，撒出一把，还好，可以重来。命运在反复。写签者，解签者，各有不同。签响令人神往，我喜欢它未济之前的兆响。这种响声很舒服，谁安享着他的命运？未必，命运本身的回声响起。一切象征之物都参与进来。命运，签，竹子，宗教，信仰，迷信，生活，货币，铜钱，导游。生活一直处在象征的混乱之中，而象征的混乱交响令人愉悦、舒服。象征在反复转喻、传出、递延。而且，它也经得起作者的反复书写。——从任何一个句子开始，书写者都可成就一部天书。动手吧。

写作，要做到从任何一个词、一个句子开始，都能够深入秘境，仿佛特快专递，有某个相当准确的地址永远在那里。字字见血，都有人痛。但是同时，我也没有必要写出一切。我的写作更多的是为了保守秘密，而不是暴露这个地址。

初

说来惭愧，我读诗的道路曲折，最初竟然从背诵《三国演义》的回目入门，每次背到“博望坡军师初用兵”，好不得意，仿佛自己就是隆中午睡方醒的卧龙先生，“初出茅庐第一功”，三顾之后诸葛孔明主宰着三国，罗贯中的误读成功了。我始终在误读的阴影中，譬如初恋，四顾无言。后来，使我解脱的是徐梵澄先生（1909 ～ 2000）“江山初冷梦初温”的诚挚，然后才能参悟老杜“夜如何其初促膝”的神秘；是的，“夜如何其”，赫然诗经名句，此夜未央，旧雨安在；是的，诗人又说“靡不有初”，一切都有追溯的必要，初恋是爱的引擎。“公孙剑器初第一”，初就是最；“月生初学扇”，太古如初；而今天道酬勤，三十初度，得与老杜颉颃，追琢其章，快哉。

初步

我越来越不知道为何要读，为何要写？并且很显然，我仍在读，仍在写。无论怎样，作或不作，我都无法将自己从人群中区别出来。我被淹没，当然也徒劳地呼救，然后才有可能死去。我的读与写甚至对自己来说都是多余。如同在一条陌生的路上回首，那些风景永远保持其陌生本质，我的经历如同我的呼救，徒劳而执着。我必须走远，而不能指望有一条返回的路。但我的梦完全重复重叠重演，证明我甚至未曾迈出那第一步，这就是所谓生命。虽然，五星五步，一步之后一切都将结束，此刻，我何忍践踏覆辙中的遗迹？乱曰：履我迹兮生别离，夜如何其初促膝。人为步兮天为歲，阴平阳秘消中息。

初始化

初始化后，语言形态就不断脱离它的母体，独立运作，自我解释，越走越远。语言在向外扩展时，将人卷了进来。因此，阅读有一定的风险。最常见的情况就是，阅读有时好像很愉快，而有时却突然停了下来，毫无进展。阅读并不快乐，它给人带来更多的负担。除非有一天，当责任落实的时候，不再逃避，或无所事事，能够承担，阅读才又会变得神圣起来。心灵不再恐惧，完全投入，指天画地时充满了自豪与依恋。

春运

火车站内，弥漫着呕吐过后的疲倦、情场失意的困顿、商业信息泛滥无着的术语、金融秩序的紊乱言辞、流浪者一再转徙之借力点、秘密教会活动的遗迹，总之这里仍然是生活的现场。

辞

杜甫《客堂》：“漠漠春辞木。”白居易《齿落辞》：“女长辞姥，臣老辞主，发衰辞头，叶枯辞树，物无细大，功成者去。”而王国维（1877～1927）词后出转精：“朱颜辞镜花辞树。”按，吾人于此生常嘿然而受诸，于大运之中不发一言，若有所失，而未尝得之，若有所得，而未尝示人。

辞典

文明系辞，若有所说，岂好辩哉；而剖判辞源，典册交集，人证物证，一时无双；辞典的现代性与生俱来，综合万象，绍介有无。《现代派文学辞典》迷恋于“辞典学的追祭”，发愿澄清、刻意重申某种被作者观念左右以至于无人收拾的文学意象，这些散乱的辞条经过千锤百炼，真是莫名其妙。我立志参与此种乌托邦式的辞典写作，一心以为鸿鹄将至，不得已用“现代派”三字，是想表明现代与传统的关系仍在认证当中，这种关系是每一个历史的现时阶段对于过去文明的瓦解与重构。

又，《五灯会元》卷五，问："院中有三百人，还有不在数者也无?"师曰："一百年前，五十年后看取。"出列者已矣，在列者赫然。辞典仿佛天平，左右高下，接引后进，复归于正。辞典集散火种，一如身体封存绝望、银行冻结账户。

磁场

就像磁场趋于南北两极，却不能够确定中，谁能处中？①一旦截断，磁极应之，重趋两极。②磁性在高温与震荡中消失，这是场效应的崩溃抑或潜伏？③伦理之喻。臣心一片磁针石，不指南方不肯休。万物属性从物理的确定性中忽然向精神敞开，二者同样令人惊叹。不可磨灭的东西来自话语的锤炼以及被俘获的漫长人生。

词色

词之有分一如我之有分，而色分殊为别致，线索独绝。五行追忆，大同难期，写作因习因循而已，若不能拯之以色，如何突围？围从何起？诗云："旌旗偏偏已十围，歌舞场中性初归。不信百年春将尽，因色易容我自飞。"如是如是，红词内旋环绕，形成风、形成梦；蓝词直线穿越，保证速度、保证单纯。红蓝不交，生命不息，交则息，梦即醒。今夜，我以词之红蓝反出现代汉语的语法体系，径投别处去也。诗云："一生命悬在红蓝，双色以交词连环。梦里相逢原非我，分身起处已团圆。"

存在（一）

存在的非现象性。语言的特质：重复有效，可复制性，可模仿性，可虚拟性。存在一词划分语言与主体，并且显示出主体之外的另一种存在，——语言。在语言学中，文明是个特殊的词，它所适用的范围人类仍在探求，于是，文明一词需要不断强调。它的定义并不确定，然而它的内涵一直在扩大深化，趋向于存在的非现象性。如此，文明才能成为主体的表现内容。文明在语言学当中甚至是毫无意义的。它被主体承认的程度因个体存在的差异而波动。主体之外，虽有语言，却无文明。此即证明，文明并不通过语言说明自己。所以，文明定义倾向于主体的诠释。这也是它在语言学中没有明确定义的原因。如上所云，则存在具有一种神圣庄严的稳定性，可不必再困于流俗之现象感观云尔。

存在（二）

如果给出一个存在的理由，就能被存在承认，那人类的前途就仍将是光明的。是的，距我们给出上一个理由的时代已十分遥远了。存在动摇着存在的前提，譬如建筑虽牢固，而地球的旋转却动摇着它。每一次，当我觉得不能也不必再写之时，我就又毫不犹豫地奋笔直书。给出一个写作的理由正如给出任何一个理由一样，总是艰难的。爱，在不可能的时候产生。

存在之外，这种看似多余的写作，是万物从容进退的产物，它表明心灵努力的结果不总是徒劳，多余是建立时空的惟一前提。最终，我索要夺回的东西仍献给你这充盈周流的虚空，写作因此在多余之中创造了必然与自由。

一个错觉，存在与写作仿佛都是多余的。多，朝夕相引，至于无穷。餘，食物直接给出了思考的可能。假设一种极限写作：我要写雨，仅写出这个雨字就足够了。也许，历劫不磨的仅仅是几个字而已。如果我不能在雨字当中接收到雨的全部信息，那这个字就是失败的。而类似这样明了的字却极少，大部分字都如爱字一样模糊不清。

错别字

所有的字原本都是错别字。

试举二例以明之。有一次，我在梦中测字占得“俳、徘”二字，大惊奇。下面是当时的分析。俳。①带有诗性的，如俳句之类。②轻浮、放荡，如伶俳之类。③一个人的错误是非，单人旁，非常状态。④玩笑，俳谐之类。徘。①两个人的是非曲直，定然是某人连累了另外一人，在我则是我连累了你。②二人是非，局面不定，徘而不徊（通回），没有结果，悔且吝。③其实，无论俳与徘都包含有另一层真义。——右边的“非”字中间“‖”明明是一条大道，为什么总被横生的歧路“三三”所左右？是的，左右，左边三条，右边三条，看起来是比大道通天的局面丰富的多，选择性的僭妄，可能性的暧昧，这里远远谈不上同归而殊途的安慰。此时没有安慰，伤感的浅薄空气包围了一切。在篆书中“非”字的写法令人沮丧，曲径交错伸展至远方，仿佛是诗性的表达却纵容着童蒙的无知，使他们满足、消磨、放弃，等等引诱，说来荒唐，左右俱非，六义纷然，只有一条无人的大道直通远方。非中原本有是，因为看不见乃成一非字。是者见之曰是，非者见之曰非。

退一步讲，即使所有的字都是错别字，它本身的意象却仍然是正确的。象外无辞，意尽与不尽，那在于你的领会程度了。错别字的概念却无真义，文字本就出于假设，只有真实的人生才能满足它的要求。一切虚妄都不能反驳它，文字用不着为自己辩护，它们的出现是偶然而短暂的，一个假设的系统自生自灭，并不考虑永恒之事。只是我们多虑了，堕落了，恐惧了，这才猛然间，又在文字当中看到了古老的启示、寓义、象征，以及一切宏观性的主题。这并不能安慰吾人，吾人亦仿佛只能以此为依据上溯真实，安顿此生。“先民谁不死”“忽如远行客”“牙齿欲落真可惜”“美人如花亦如土”，等等等等，不都使人难为吗？难为至今，中夜已无琴声；沉浮人间，超越何从谈起？呜呼噫嘘，梦外真身涅槃意，可怜炉火照不息，一索再索男成女（《易经·说卦传》：震一索而得男，巽一索而得女），能事未毕吾其谁？

错觉

总以为是一个人面对整个宇宙，人生此时仿佛不在话下。总以为我不仅仅是第一人称，我应该涵盖一切，我确实忘记了自己的位置，虽然这个位置有时也以人称的定义出现。总以为意义是在追寻中不断实现着其本质，其实意义的重复毕竟令人失望。巴迪欧（Alain Badiou，1937）却说，最坏的世界不能创造失望，我们不必失望。而意义使幸福索然无味，意义与幸福，哪个是错觉？以为错觉偶尔发生，不会影响生活，此种观点最终导致庄严的命运感忽然闪呈音乐学上所谓的装饰音（ornaments），命运成就了命运交响曲（Fatc Symphony），真是无可救药的错觉。

大规模

我是指大规模动用语言的能力。即多识鸟兽草木之名、在汉字偏旁争胜的黄金年代、生物自由起兴的诗骚写照传统，即汉唐巨笔观临时空、望祭辞源、韵律丰收的充盈鼓舞；即约翰·克莱尔（John Clare，1793 ～ 1864）三千首诗中发现的、在地球每一种语言里、建立在灵魂废墟之上的维护生命尊严的绝唱，即美国学者盖伊·艾伦盛赞惠特曼（Walt Whitman，1819 ～ 1892）诗歌所达到的“宇宙规模”。

代言人

我们对于“文”的观察如此持久用心，的确也是一个罕见的现象。无论写作试图否定或肯定什么，写作这件事必然是已经完成、已经结束了。我们看到的全都是文，是成文之后的辉光。写作不可能超出写字的范畴。真文积久，龙马合肥，作文者其有忧患乎？譬如这个盈字，雷雨之动满盈。写作留下的痕迹如此明显，导致后来的作者都成了某种意义上的品牌代言人。关键是，这个作品已经完成，并不需要此代言人实质性的参预，他仅仅是个很酷很潮的代言人而已。如果他坚持认为自己也曾写过，这也不算什么，维吉尔早说过的，“黎明把带来露珠的黑夜从天空抹去”。那么，他写下的东西到底该如何评价？因为他肯定还会写下去，甘心作副墨之子，但正如缀网劳蛛即使超水平发挥也只能成为正义的代言人蜘蛛侠。

当事人

没有人愿意声称他自己就是当事人，因为恐惧于世间的评价与纠缠，他们乐意扮演一个旁观者的冷淡与轻薄。但是，无可避免的，人注定要作为一个当事人而出现，或迟或早。上帝不是教你选择一种生活，而是教你在适当的时候开始。上帝只是在他觉得适当的时候轻轻地说了一声：现在开始。此后，对世界虚妄的猜测与游戏将转换为真实之间的碰撞与分裂，否则个人就不能确定自身所向，人就是这样，不到黄河不死心。

导体

导体的理想是绝缘，绝缘体的理想是导电，但二者绝不矛盾，没有绝对的界限，我只庆幸气体恰好能够绝缘。导与绝比想当婊子想立牌坊更感人，电子在穿行中受阻正如阅读中遇到困难。阅读即拒绝（正如理想生活拒绝使用旧币），总是因为对巨大文本视而不见，一目十行真无益，你无法强大到逃离磁场。而我仍祈盼千手千眼（是的如来有肉眼），打开所有的书，索要宇宙中最后一面镜子（其他镜子在阅读之后都将破碎，禅宗所谓打破镜来与汝相见、所谓正是岷峨相见时）。通过最后之镜象，我们看到宇宙失去了它最初诞生时的模样，你还相信镜子么？望远与显微，伦理中的镜子一分为二，始与终何其不同，韦勒克（René Wellek，1903 ～ 1995）论马拉美时说过，“道不在太初，而在止境”。道就是这样的，庄子早说过它每下而愈况，它越来越明白自己正是传说中的那个理想导体（導之體）。

地球仪

需要一个地球仪。编年史雪崩之后，我再也不想走遍世界，纵使与即将灭绝的物种相逢也无济于事，它们渴望着未来划向命定的深渊，而我，久久不肯撇弃那些视之如新的古老人生。地球一直在矛盾中运行，无论哪个方向都已偏离，你的跟随与拒绝同样没有用。需要一个地球仪，而不是要你表个态，而不是要与山水相依。需要一个地球仪，它拒绝承载任何事实，反复修补也无法诱导任何天体（幻觉的月亮已经成熟），世界始终是另一场梦，自由的地球仪之歌掏空了保守的殉道者的圣城联盟。需要一个地球仪，建立在仿佛是重温的深度默契之上（其球可用为仪），那种特殊的冲突永远需要被反复发明，而伴随着此种发明的痛苦拥有惟一明确的指向那只能是爱（惟一可以忍受的折磨）。

地图

童年的地图。时空交错重叠，使任何一个其中的世界都变成一个被闯入的世界，不同世界之间的交汇使童年处在某种脆弱的稳定性之上。而作为童年的世界亦必然要与未来交汇，达成世界邃初的约定，实践德勒兹（Gilles Deleuze，1925 ~ 1995）所谓“时间的综合”。可是，有时候对什么都能理解的人偏偏不打算理解任何东西，那么，童年亦并非一种单纯的开放，死亡亦非结束。始终之际的真义，在沉默的携裹下，拒绝意义的生成与给出。当童年汇集奔涌的时刻，当地图已经破碎，时间的面具才被赋予佩戴并最终能够被解除的权利。

第一日

有时候，我也同时化作数人并行于世。比如一天早晨，我还在睡梦中（我还需要睡与梦么？），觉悟之际，就听到有个小孩在客厅里独自游戏，念念有词，自娱自乐，渐渐长大，声音随之而变，话语跟进，变为侃侃而谈，我却仍不知其人是男是女？同时，我亦听到另一位儿童在弹奏钢琴（这种彼岸的乐器，我何以熟悉？），琴声飞逝，时间不止，其人遂不能不随音乐渐长，结束童年。同时，还有一位在我身旁熟睡，仿佛妻子，呼吸深邃，如入定然，即使床铺震动，亦不能惊醒她，只见她眼帘微合，色相依人，如此人物如何因我而生我不知道，亦不必知道。同时，这个暂时使用“我”的人仍在变化之中，渐收渐走，化成众人，儿童、女孩、妻子，幻想都尽，我亦不在此间了。这是我出生后的第一日。

地震

地震在地质史（地球之童年）上大概起过十分积极的作用吧，今日地球之面貌与当日所有残酷反常现象均有密切关系，所谓反人之常正是天之常而已。人类的历史过于短暂，地球习惯自身的历史又过于漫长，人类还不太习惯。而人类亦不习惯自身的历史，不习惯文明，遑论习惯自然？自然的长时段时间单位作为一种真正的历史宣言（Manifesto）人类仍然无法接受，动辄以百万年计，谁主沉浮，何从染指。奈何宇宙中的天体一直就是这样过渡的，它们有的是时间。人类，是真正的新品种。于是我想，幸许只有类的生存才略具意义吧？在此，我仍然谨慎地使用一个略字（probabilistic semantics），然而此略其实已然是某种野心的经营与试探了。物种消灭的例子也实在太多，人类的谦虚十分必要，而不仅仅是翻唱达尔文（Charles Darwin，1809～1882）式的插曲。

点距

过去时间凝为一点，吾人与此点之距离始终未变，未来亦如是，未来之点亦凝为一点。则从过去 A 到未来 B 的任意一点 C，即为吾人之在。叩其两端，点距不变，而点距之无限暂可忽略不校。此即海德格尔所谓："运思之诗实乃在之地志学，在之地志学以在的真实到场，公布着在之行止。"

典型

雨果（Victor Hugo，1802～1885）：“我歌颂她，我爱让娜和她那高耸的布列塔尼人的乳峰。”罗曼·罗兰（Romain Rolland，1866～1944）：“在她的眼睛里发现了整个以色列族的灵魂。”叶芝（William Butle Yeats，1865～1939）：“所罗门亲吻着她的阿拉伯眼睛。”米修（Henri Michaux，1899～1984）：“少女的面容上标明了她们从中出生、从中长大的文化。”

以上四位诗人神随万缘，都发现了美人之美的关键。因为他们的洞察，一种美的典型随之出现。美人代表着各自的种族奔赴世界，她们的美不断证明着以下这个简单的事实：“美，从来就不属于个人（No snowflake in an avalanche ever feels responsible）。”

电

午梦一类新字，皆以“电”为部旁；字用日新，意旨愈明，孳乳入梦，全信全疑，大快慰事。夫偏旁争胜，移种日繁，而本字历历可徵，譬如轮之碾地，终有不变者在。至于器用万端，字件随材质而趋附（如瓫、盌、椀、碗之类）；人心不古，岂能非议（彼辈好古至于无碗可用矣）；而连类肇始，未尝稍歇。

定位

衡阳王船山（1619～1692）论艮卦，有定性无定位，有定位无定所。表达必须给当时的情感准确定位，急于表达并非重点，更应该关注如何保存此种情感状态，此即比兴之本义、即新鲜与陌生之定性加持。譬如 GPS 定位，这样文字才可能贯通时空，读者因为文字的定位功能实现了情感的交融。王维说“大漠孤烟直，长河落日圆”，他并没有描述当时个人具体的特殊情绪，而是外化应物，写照自然。未来，你面对同样的场景大漠长河，感觉就会与古人相应，而你完全沉醉，仿佛曝光补偿。表达的优雅与严肃，缘于它始终在保藏某种情感，而非渲泻。文字作为符号（密码系统），极易使人坠入平庸的猜疑与莫名的冲动，文字最后唤醒的直觉成为写作的起点，而那些泛滥的语言已经淹没了当下。写作既要沉潜（含英咀华），又要浮出（言者浮物也），泛泛杨舟，载沉载浮，吾人登舟之日，本义具在。

东方

法国雷奈·格鲁塞（René Grousset，1885 ～ 1952）教授《东方的文明》第三卷《中国的文明》，讨论中国诗歌，领悟着实非凡。他说：“在中国诗中，我们发现它记录着各种微妙的意念，并似乎畏避着繁复庞杂、甚至过于具体的有形事物。一种印象的诗，用有力而往往是简洁的文字记载下来，在印象变模糊之前仅仅是暗示一下。这种诗并不寻求具体的印象，如印度那样从玄奥的灵感降到映象的物质世界中，而似乎永远是从现实的出发点超越至无影无形且不落言诠的境界。它对自然界（设想为一切无能名状事物的象征）的心醉神迷乃是纯粹本土的精神状态。这种精神状态是中国人思想中最经久不变的因素之一。我们发现一种有内涵秩序的艺术理想，潜在于弥漫至事物的神秘感和隐藏的宇宙力量之中。这就是区分中国美学理想与所有其他古典文明（不论是埃及、迦勒底、希腊，还是印度）美学的差别之处。宋代的水墨画大师，使线条刚一开始即被淹没于迷雾中，让我们只能一瞥这风暴之灵魂所潜伏的无限远方。”

这位异国的学者的确慧心澄照，他指出唐诗深刻地影响了宋代绘画，水墨的虚实一旦与空灵的诗歌相与并进，那画中的全部景色正是在唐诗中被反复摄取过的，诗人前身应是画师，而画师此生俨然语言宗匠。——河东王摩诘（699～761）如此自信，宿世谬词客，前身应画师。

动作

世界依靠少量动作的维持，世界不能伪造任意一个令人满意的动作。而世界的语言所能提供的丰富性以及人们享乐的程度，也就可以想见。因此，贫乏一词，实在已经指向了更为贫乏的本质。不可能有更多的动作（least action principle），如同繁复既济的语言回归于纯粹的声音（不可能有更多的声音）。动作为人保存了仅有的真实，世界的原貌失而复得。动作，企图从一个动的模式中强调自己，同时怀有一种要摆脱自己的梦想，这耐人寻味。

动物园

动物园的名字可以改为“老品种展示基地”，这才包含了纪念的性质。必须在更基本的立场上提出“动物园”这一概念，而且不分新旧品种。世界有生命的历程不过短短几亿年。人类作为最晚出现的品种，所表现出来的不稳定性使我震撼。

目前，解散动物园也是不现实的，因为它们无处可去、无家可归。世界被人类改变了，随着时间的推移世界将成为人类孤独的舞台。但是，世界上仍然存在的动物将会成为人类未来巨大的负担，物种之间宏大复杂的体系将把人类拖进去，人道主义将面临残酷而荒谬的考验，所谓的人道主义最终将会破产。那种悬崖勒马式的古典生存方式如今变成了灾难自我酝酿的翻版，到时候，无动于衷的人类将迎来措手不及的世界格局。尼采在百年之前、在陌生的街头、在芸芸众生的注视下抱住一匹老马而痛哭，我不知道是为什么。瑞典未卜先知的诗人斯特林堡（August Strindberg，1849 ～ 1912）叹道：“我自成人以后，教科书也读完了，对人类的糊涂不再感到大惊小怪。”

随着动物园式的生存方式的推进，动物世界最终将消亡。人把自己生活的世界最大可能地搞成了一个人类自己的动物园，与此同时，一个生态化的、完整的动物世界消失了，一个多重视角、矛盾论的、支撑性的世界消失了，有限度的自由消失了。以至于人在动物园里敢面对一只美洲黑豹嬉皮笑脸（仅仅是因为凶险的豹被关在铁笼子里了），这种无限度的自由让我感到生活枯燥乏味，人类所谓的自由原来是一场空欢喜。

然而，动物园当中那些动物的生存成为了一种借口。人们替生存找到了理由。这有必要吗？生存带有强烈的目的吗？空气、阳光、水有意为生命制造表达？造化难道是配合或捧场？所以，动物园式的生存方式是过激的、可疑的、复制性的，各地都有动物园。各种不同的动物不应该同时在如此同一的生存舞台当中被强制展现，世界消亡了，世界不再是远方。世界不再是完整的了，反而有些多余。比如我感觉，长颈鹿是假的，袋鼠是假的，而一个外国朋友可能会觉得熊猫是假的，金丝猴是假的。最后，我觉得动物园是假的，是不能成立的。让动物们都回家吧。但是它们的家已经变成了动物园。人既然已毁坏了它们的未来，它们自己也不可能去寻找过去，所以我想，人类恐怕已经流浪的过久，从当初被抛弃的童年开始，他们在此时（成年以后）已经十分疲惫了。从一开始，他们就离开了家。而动物们，那些值得敬畏的老品种，它们是在最后，才失去家的。尽管它们也不是十分从容（面对人类，它们如何从容），但它们的记忆中会省去许多（或者更多）恐惶零乱的片断。相对于人类，幸福终究在它们那边。一切仿佛都结束了。一切仿佛刚刚开始。重复的记忆与永恒的绝唱同时浮现，往事仍在眼前，没有结束亦未曾开始，新品种的人类慢慢修正新文化，在克服了傲慢与偏见之后，不再认为自己是世界惟一的标准。

读者

阅读经典，至少让你承认这个世界仍然是可以接受的。经典人物带动了现实中的人物，亲戚朋友们再次变得新鲜活泼，你以前并不了解他们。正如司汤达（Marie-Henri Beyle，1783～1842）所说，小说是可以带在路上的镜子。这面镜子在照出你的同时，也有足够的空间照亮别人，并不显得拥挤，镜面这种特有的排版方式类似梦梦，人物穿梭其间，不受限制，之前的限制竟是游戏的前奏，通过限制初步认识，然后打破界限。

我们总是带着陌生的情感进入作品，来到一处生机勃勃的荒野，慌乱之际，往往在阅读了数十页之后，仍然不知如何摆正自己的阅读心态，阅读与生命感强烈撞击，必须重新接受这个世界。读者不断走神，无法直视任何一个字，那些字试图解散结构，漂移位置，读者迫切地需要创造新的坐标系。游走于世界与文本之间，揭举作者遗漏的线索，渴望灌水。一个极端的例子是，马尔克斯（Gabriel Marquez，1927～2014）一次在火车上忘我地修改已经出版多年的《百年孤独》，偶然的专注与持久的走神毁坏了边界，很快他意识到不能这样。为什么？作者的生命流动而非循环，奔涌不息，再也不能踏进同一条河流。加西亚面临这样的困境，写作即重写，而非改写。生男生女都一样，是的，一旦出生，猜想总会落空（即使猜中也有不同程度的失落）。

经典作品告诉我们，世界是真实的，通过写作、寓言、神话等等告诉我们这一切与创造梦境的动力同源。可以这样问么，哪一部作品更接近真实？不可以。我们总是在阅读其中一部作品时想，世界正是这样的啊。甚至会得意起来，觉得自己完全把握了作者的初心，觉得他人未必能理解这部经典。我们完全忘记了其他文本，众所周知，世界与文本尽管交摄，却总是惟一。读者惟一，总是这样。譬如说，洛丽塔永远不会与林黛玉相遇，但却并非二个世界，她们仍在同一宇宙中互相神秘激荡，那个惟一的读者恰好全部占有了她们，好似呼吸，元素庞杂，检测不尽（一口吸尽西江水）。

世界与文本彼此共享的事实昭然若揭，通过阅读，我们被利用，把双方消息传颂至今。通过经典，我们得以接近这个世界。

对文本的解读始终与深入世界的进程相应，那些字迹正是大雪中的脚印，整整齐齐、浩浩荡荡，每一次转行都教人心碎，每一次倾诉都被标点加速。但是，用不着拖延阅读，舍不得翻页，不，甚至请加快速度吧，读完它，才算迎接它。结束之后，才能不断开始，如同音乐回旋，构成重奏。结束之后，它才无所不在，开放自己，一一毛处各有金师子，一一毛处师子同时顿入一毛中。如同数列的递进收敛，如同无门之门，得大方便，利益众生。尽管当初说法如云如雨，毕竟已经结束，涅槃遗言，未曾说法。而觉者孤证，真火汹涌，文本成熟落地，读者尚未诞生。

短

我找不到时间的开始，我并不悲伤。从造句的角度来说，对于人生如同旅行之类的句子我并不反感。我不喜欢将悲伤带入此种短暂的旅行，我酝酿着更为持久的情绪，一种随着波动而动的变态（metamorphosis），一种成长的蜕变，而不仅仅是变幻。也许，我甚至不懂得欣赏风景，厌倦于它的变。我存心难为自己，与同行的诗人信口开河，摆出一副没有准备好的样子，准备随后再调整投入的姿势。这有点像运动员在极短的时间内调整入水的姿势，巧合的是，我又一次遇到“短”这个字，并且摆脱了它的形容词形式。短，是我们最终能够感觉到的东西。你不能因为找不到时间的开始，对我说你无法理解“短”。你不能用一生的时间说“爱”。

饿

最初的生命形态如何确认自己的特征，我不知道。本能学说的解释同样不能令人满意，性冲动的玩笑近似周星驰的台词，至于能场量论的熵与反熵，也是已然之后的圆场，但是这种能量论中蕴涵的往而不返的精神着实教人感动，岂止是逝者如斯。生命呵生命，你别和我说，“在饥饿的日子里我拥有平淡的表情”，也许这就是传说中的“致虚极守静笃”，而饱暖纵欲的现实生活早已被类的生存反复证明，穿过怀抱常新的海洋、穿过物种衰变与同步更新的劫难、穿过窄的羊的以及道的玄牝之门，我还是我，我感到饿。

青年徐悲鸿（1895 ～ 1953）论美术鉴赏时提到过“饿”的影响。他说，在卢浮宫看东西，往往饿得要命，但是灵感涌动没有理解不了的困难。是的，我们的八戒二师兄，吃饱饭后甚至连西天也不想去，他体会到的快活与自在也是真实的。但是从饿到饱，似乎都在同样的立场上证明着什么？拥有平淡表情的是诗人，引号中的那句诗出自宗霆锋。诗人所代表的我，时刻面临着食物的诱惑与摧残，他注定无法找到一次性解决的方法，而所有的尝试才恰好完成了某种神秘的无耻之旅。真正的轮回一旦实现，饿的制约或许能够取消。但是，只要我在，与饣相邻的就只能是我。

Easy

读到“流光容易把人抛”，我想起了这个简单的英文字 Easy，虽然在复杂的文学情绪中这个外来词汇不能全部印证这首词中的情调，但是任何语言都没有这种野心，全部与语言无关，这挑逗起语言学的研究。如同真正的写作总是挑逗起性欲一样，蒋捷（约 1245 ～约 1305）在词中所用的“红了”“绿了”，的确太艳，这位寂寞的词人除了听雨之外，也看雨中的芭蕉，也吃樱桃（老杜写过，此日尝新任转蓬）。当然，吃樱桃容易写出这阕词难。陕北民歌唱道“樱桃好吃树难栽”，写作是栽樱桃树，读者感觉到的只是一片红与绿。

兒易

荒诞的是事件本身。陕北人李自成（1606 ～ 1645），使上虞人倪元璐（1593 ～ 1644）自杀，或许 1606 年李的降生为倪死之前因，这不同于太平军在 1853 年逼死马瑞辰。吞梦失爻，平生风雅，经此无常。比宗教更深刻的是饥饿，我吃不上饭的时候，你是否应该画画？（按，元璐风雅极矣，郭棻批评他：“倪鸿宝成什么人，竟是女郎，至余家，一日而数换鲜衣，可厌极矣。”）然后，我造反，你自杀。夫闯王以孤身起誓，寻粮不就，空陷京师，亦可谓因小攻大，成此浩劫者常不自觉其初衷，觉而任意东西之。《兒易》之作，亦浩劫中之劫波相随也欤。

附录，倪氏《兒易》自序：汉人说《易》舌本强撅，似兒强解事者。宋人剔梳求通，遂成学究，学究不如兒，兒强解事不如兒不解事也。古今谣谶，多出兒口，即《易》寄灵，任兒自言，必能前知矣。夫《易》固贵兒，所以藏身，大藏藏筮，小藏藏兒，筮亦圣人兒天下也。天下甚危之言，以为兒为之，则可无祸，屯之次乾坤，此《易》告难也。继屯以蒙，蒙童是兒，此《易》明言，惟兒足支离耳。子云《太玄》，童乌共之，童乌者，子云九岁兒也。崇祯辛巳夏五（1641 年）。——李自成不正是这里所说的"兒"么，李生之初倪方十余岁之兒也，噫，此兒自谓谓人乎？

Europe

这个陌生的词对于中国人来说，在最近一百年中充满了傲慢与偏见。伴随着圆明园的虚荣劫火，诗人雨果（Victor Hugo，1802 ～ 1885）把 Europe 钉上了耻辱的十字架。更早的时候，马可·波罗（Marco Polo，1254 ～ 1324）的游记夸张了东方的魅力，据说已经引发了欧洲的欲望，以至于歌德（Johann Goethe，1749 ～ 1832）向中国的致敬徒增浩叹，至此，世界史的敞开与中国的命运合流，欧洲成为了一个灾难的核心。

法门

都知道法门不二，都知道法尚应舍何况非法，都知道法非法非非法舍非非法，都知道门无门无无门入无无门，都知道道可道非常道，都知道苟非其人道不虚行，都知道大易之幾所存者化，都知道风月无边年华如箭，都知道物理之后形而上学，都知道诗言志可是尔胸中毕竟有何志，都知道思无邪可无中已经生有，都知道一以贯之可一归何处。终于不知道了。所幸，都中并不包括我（以我观都，幸而得免）。庄子通过齧缺与王倪的对话颠覆了都知道："你知道万物有共同的标准吗？我怎么知道呢？你知道你所不明白的东西吗？我怎么知道呢？那么万物就无法知道了吗？我怎么知道呢？"庄子又说："知道易，勿言难。"故三祖信心铭谓"多言多虑，转不相应"，然则彼辈大笑之人何能两行而守中乎。

翻译

翻译有什么不好的？理解力的神奇转换，重生与轮回。程千帆先生（1913～2000）说，理想的翻译如同"佛陀转世，仍是高僧；天女下凡，依然美妇”。——翻译使信仰重回人间，使智慧成熟。翻译如同镜子照鉴事物的本质，虚幻而真实，保持了一定的距离，使我们对事物本身产生了真正的渴望。没有翻译，何其乏味。佛经的翻译词汇如今已成为我们的日常用语，比如皆大欢喜、不可思议、众生、慈悲、眼界、意识，等等，这些词语正是从翻译中酝酿出来的，为理解力找寻它最恰当的落脚地。往世的译林宗匠为汉语言作出了巨大的贡献，那是他们意料中的事，他们从来不做没有把握的事。千翻万译，历经何等的漫漫长途简直难以想象，古人所谓九译来华，绝非虚语。翻译，一如建筑与音乐，就是要对困难的总体负责。

同样是处于生存中的真切的意识，因为语言的不同而呈现出纷乱的茫然，辗转寻绎，屡变其声，终于使意识在更为普通的层面相会了。译者，变也，通也，传也。译的言字偏旁始终在提醒我们语言的偶然性与自发性，它仅仅是存在中极为精致但也是相当脆弱的某种载体。每一迻译，辄失其音，此种纯粹的民族声响于是在另一种声音的承接中得到保存。翻译，毫无疑问地成为语言的涅槃，这是真正的神话。语言比人本身享受有更多的不朽的机会，人类借它们实现着历久弥新的渴望。翻译的本质是一种语言可能性的最大程度的探索，甚至是极端的要求与超越，翻译不允许不成功，它没有退路。它需要克服所有的阻碍，如同在风中展翅，克服了引力与摩擦力，三番五次，乐此不疲。1928 年，郭沫若（1892 ～ 1978）转译《鲁拜集》，真仿佛提刀在手踌躇满志，他说：“有好几首也译得相当满意，读者可在这些诗里面，看出我国的李太白的面目来。”——翻译有什么不好的？

烦恼

烦恼亦和自己无关，自身只是一无情本体耳。故烦恼非客观化，唯心耳。心属本体之外延，故烦恼无关内容，不影响本来面目。烦恼二字当作递延看，属本体认识论，本体已在阐述此外延现象，是为积极之认识力，唯心所造，诚足感人。所谓烦恼依旧，得化菩提，亦在这一层面上来讲。消极则烦恼亦无意义，本体成一受害对象，而烦恼原本空幻，人生乃陷入一场骗局之中。所谓生生世世，不碍幻有，说的正是这一层面。

反抛

也许你是在读一本书的时候，感觉到这一切的。也许仅仅是读到一个毫不相干的句子，刹那闪存，那个从句子当中逃逸的思绪，与阅读的期待背道而驰，转向一个忽然敞开的自我，这个惯于就范的自我或者沉迷于生活太久太久，或者正在无法自拔的阅读中渐渐枯萎，然而现在，刹那之际，一切翻转过来，某种贯彻古今的自豪感照亮当下。正是在此一瞬，我第一次真实地感觉到自己是被一股力量从终点向着起点反向抛掷，毫无疑问我也正是在此抛空的过程中获得生存的权利与生命的全部灵感的。

由于是反向抛掷，所以我清晰地意识到生命的数字化变量过程，这个过程以函数矩阵之变的规模笼罩我此刻三十三岁的肉体；它计算精准，给出多维高清的像素，宛如一幅西藏的传统传记画作，于一念之中遍摄此生，此念遂以光速超升，创造了利益众生的制高点。此刻，这个点如此透彻逼近，似乎正是所有时间的高潮，也是所有空间可能打开的前提。“诸天日月星宿，璇玑玉衡，一时停轮”，十六种风拧成的飓风已经登陆，一切都结束了，一切才刚刚开始。

方言

语言的本质是方言。方言是类的元始认同，普通话是类的扩展与追逐。从扬雄《方言》以来的传统又一次将古老中国的地域特色以丰富的词汇暂时划分开来，生不同音，语不同调，表达与沟通是那样的迫切与匆忙，有限的文字与变幻莫测的发音令人沉迷，直到每一个人都找到各自的故乡。儿童相见不相识的感慨转化为迭宕的诗意，无论是儿童还是老人都笑了。正是这转瞬即逝的语言如今将我们连在了一起，在人情冷暖之中我们又能做出本能的选择与认同，语言就这样凭借着方言的形式复活了。也许方言正是在此种最大的局限性中实现了它的确定性，就仿佛个人的密码数字从无穷的排列组合之中脱颖而出一样。那么，一切语言学的著作，就是要帮助我们廓清可能的障碍，将我们从表达的挫折中拯救出来。

废话

我常常是既高兴又失落。原因永远都不是原因，所以我也就不多说了，就像心无挂碍无挂碍故。真正的废话，却几乎接近了真理。语言并非要刻意地揭示它，却进入了它的内部，这才是语言的奇迹。“如我写作许多笔杆将折断，如我开口许多心灵将破碎。”这才是作者。

分手

朋友们之间一次又一次地分手并非关键，重要的是他们能把离别转化为一种默契，设身处地为对方着想。分手而不分道，从不担心“西出阳关无故人”，而“明朝酒醒何处”，自信“天下谁人不识君”。还是在孔子的时代，司马牛向子夏诉苦，说自己是独生子女（他不承认哥哥桓魋），羡慕别人都有兄弟姐妹。子夏却说，四海之内皆兄弟，有什么好担心的。清浊如此，道侣德邻，缨足互爱，忘忧逆熵，君子凭借自身的修养结交朋友，总也不会感到孤单。儒家这种极为亲切的思想，构成了日后中国人处世的方针，人伦之本一旦确定，朋友之义也就显然了。

风格

语言即语言风格，风格即历史心灵。福楼拜（Gustave Flaubert，1821 ～ 1880）说：风格就是观察事物的绝对方式。奥尔巴赫（Erich Auerbach，1892 ～ 1957）说：风格研究（stiforschung）是综合地表现心灵的历史事件的惟一方式。果尔蒙（Remy de Gourmont，1858 ～ 1915）说：疾病即风格。杜甫（712 ～ 770）说：歌辞自作风格老。语言风格问题，前人之述备矣，我恨不当时便服膺。形成风格，即拥有性格、性别，而后写作才可能成为塑造自己的一个捷径。而语言问题，必然是文化问题，追溯起源，甚为荒谬。小子堕地，呱呱流涎，何谈语言。天地冥寞，人的声音如何参预？参万岁，预此流，存在的语言何其无力。时空浩瀚若有终极，反与不反，皆物类大悲剧之现量舞台耳。我有何颜面称述自己的语言，我仍在学习，不可能独立出来。独立言道不言人，我不想自弃于道体之外叩然空谈。

我的语言观，初胎于庄子所谓万籁，而人籁其次也，参之以马拉美（Stéphane Mallarmé，1842 ～ 1898）声诗体系（这枚源自法国的晶体般禁欲的骰子摧毁过多少人）、本雅明（Walter Benjamin，1892 ～ 1940）拱廊计划（万物的语言皆是某种翻译），于今却皈依《内经》所示之“语言脏腑论”。语言受制于六情，六情生于脏腑，道器互益，辩证然否，乃有肉体语言学，亦可徵实乐论所称“丝不如竹，竹不如肉”。一鹤不鸣，王者萦心，通过语言我们终于又回到沉默，这是好的。

风写

风一样轻的叙述从何而来？像风一样收集事物（为了悼念），并且将它们归类，然后再吹散它们，而不是带走。风在人生中有何作用？它的轻快无礼人生并无觉察？而我却计较一场风、一场雨。它们带来了过剩的信息，庞杂多事，讨人厌倦，又无从拒绝。风雨中的人生多么可疑？行动中的人生多么可疑？作为纯粹的语言爱好者，我感到震惊。

每天都写，将写作变成一件艰苦的事。像少年希尼（Seamus Heaney，1939 ～ 2013）在他的故乡，作一个无聊而真挚的“窥井人”。后来他说写诗只为凝神自照，那些记忆中的深井从此不会枯竭，记忆在枯盈之际截存一些原本微不足道的事物，作家力图使这一出记忆过程与遗忘机制变得惊心动魄（而波澜誓不起，我心却如塞浦路斯古井之水）。而我，却惧怕时间给出分散的结果，试图避免成为一个作家，成为历经岁月剥夺之后，一无所有却仍然傲慢的读写人。换言之，我仍然热衷于思考写作本身与作者之可能。我可能忽略了时间中最残忍的部分，独裁杀戮、癔症乌合、群革众命等等。可是面对这“类”的愚蠢，你灵魂中的幽默是否仍在？所以，作者给出了微不足道的东西？沧经桑历并非写作的借口，备忘式写作的矜持略显多余，绝对经验的匮乏制约着世间人，此所以人间仍需要出世间法。写作仍然是迫切的。

风筝

夜梦与诗人宗霆锋放风筝。此风筝与降落伞之象合一，须从天而放，非从地上奔跑所升起者也。我们从天上滑翔，不断降落，渐渐明白此生一如风筝，从天而降，来之不易，无论有风没风，这只筝都要升起，不能落地。梦中的风筝渐渐变大，逼迫大地，大地因此而真实起来，我们能否总是以飞翔的姿态重回大地，抑或我们只在梦里才能回到大地。恍惚之际，风筝带着我们思考一个关于着陆的问题。我们的梦如同风筝，在醒前放荡、泛滥，在每一个黎明透临之际遁入天穹的褶皱，遁入的速度与睁眼同频。每一次，总是这样毫无徵兆地醒来（不同于在焦虑中解散的梦），风筝仿佛失落在梦中了，但我们却得到一个巨大的启示，风筝从来没有断线。

凤凰

悬置已久的隐喻，谁能重新召唤它？令人愉快的隐喻与生命同在，而且飞翔起舞，无法克制地抵达沉醉之境。而今，“凤凰”集隐喻之大成，我遍寻海内，却发现早已拥有了它。我在成长中与它接近，在与父辈们完成交接仪式之后感觉到它，终有一天它会成为我的坐骑。那一天已经来到，凤凰的硬翅拍打在虚空中。它的背上还载有我至爱的亲人，一望无际，气流涌动，亲人的背后我无法进一步回顾，我只能确定惟一的父亲与我如此之近，推我向前，仿佛那凤凰的飞翔原来只是他至大力量的体现。这个发现令人颤栗，凤凰从死亡中回来，从无边际的亲人中间回来，从外公外舅间回来。凤凰内外兼修，使气流平展如冰面如玻璃，它甚至不需要鼓动翅膀，哪怕它只是停在那里，就已经完成了飞翔，整个虚空都在滑翔，我能感觉到。不知何时，我身边却增加了一些人，兄弟们其实一直在我周围排布，他们不在凤凰之背，只在翅膀周围坚硬如冰的气流上走动或滑行。众所周知，梦中不用开口，彼此莫逆于心，仿佛隐喻自身的开放与内需。我们不用语言交流，有时我会轻轻抚摸凤凰之颈，有时也能看到它的双趾（有时是单趾），有时甚至怀疑它不在空中也只是在地上像鸵鸟那样载着我们。无论如何，从梦中回到现实总是没有距离，只需要一声轻响，就发现窗外的飞雪正密，清洁工人的铁锹铲地之声已经传来。你在床上翻了个身，就彻底醒了，就在此时，我忽然颇以能背诵杜甫的诗句而感到些许快慰：“归凤求凰意，寥寥不复闻。”

弗洛伊德

在思想界，引起不安的文字一旦印行成为经典著作，也就没有人再去过问了。一切只能等待，等待循环，然而那种美学上的循环来得却并不容易。阅读中想到某人的理论总是危险的。何况又是这么现代的理论，说它现代不是从时间上来定义，而是指它的思考方式（对写作的理解），这样我们就可知道，在历史中一向就不缺乏所谓的现代派。如果从积极的方面说，现代派所要求的意义是比较容易得到满足的。但是唐诗不止提供这些，诗歌的意义总是众说纷纭、歧义迭出。兴、观、群、怨四个字以外，不知要加上多少字才确凿？但是有时，我们却又觉得这四个字委实已经太多了，我们有一种一言以蔽之的倾向，——这本来是弟子们为难圣人的借口，圣人却早有准备，缓缓地说“思无邪”、说“吾道一以贯之”、说“忠恕而已矣”。圣人用心如镜，力图澄清古典的大义，使古典成为一面神镜（空空如也）。这样，超越语言就比较简单了，超越一切形式的可能性产生了。所以，我们在文学史上经常看到的排列正是：唐诗、宋词、元曲之类。当然，事实上不可能是这么简单的线性发展。文学不存在发展问题。因为人的进化不是以牺牲某种固有的美德来换取的，人的确没有长出角来，不是吗？人的本质一旦确定，他所要求的抒情形式也就落实了。

于是，我们重读盖伊（Peter Gay，1923 ～ 2015）的名著《弗洛伊德传》，再次谈论那片我们熟知的陌生净土，才可能与这位欧洲最后一位预表性（aliquam tincidunt）人物建立布鲁姆（Harold

Bloom）式的读写情谊。弗洛伊德（Sigmund Freud，1856～1939）所要求的创造性，正是出于对治贫困的现实、生存的物化以及诗性的瓦解，夜晚都不存在了（电的能力），梦在哪里？于是，白日梦产生，一切荒诞流派均作如是解。横扫欧洲的现代派作者仿佛致力于补证弗氏的解析，随后，当他们又要横扫中国之时，却遭遇一股巨大的消解力量，来自古老文明的防御体系。论者往往会以为百年以来的中国面对西方简直一败涂地，因此竟连中国的背景也一并抹杀否定。然而俗语说的好，不看僧面看佛面。这一过程紧张地耗费了一百多年，直到如今，我们仍然在等待如来、等待历史中的长者露面。

的确需要一种真正的历史观念来看待这一切，需要更大的尺度来衡量人类的灾难与幸福，需要从古老的生命中引入活水，那时我们就又能看到旋转于苍穹的自由星体，看到一个亘古的天地在日夜交替中常新。那时，也会看到人类一贯的表达与表情，听到他们的歌唱与赞美。文学史的辉煌也许只有这般理解才可能得到更加坚定的启示，要知道，文学史三个字折磨着多少初步文坛的写手。那正是因为他们欲借此达到不朽（对他们来说这是惟一的途径），操笔之时何其惶恐，纷挫万物的勇气到底从何而来，表达的迫切与精准从何而来，而且，没有人会告诉他们如何写。诗人承前启后的命运何其悲壮，那么我们，只能从阅读当中开始，再一次接近大手笔在朦胧中展开的大海。众所周知，诗人总是有更大的企图。

弗罗姆

他老人家（Erich Fromm，1900 ～ 1980）写过一本或许还没有被遗忘的《被遗忘的语言》。书中指出，存在着一种被遗忘的语言。这种语言以各种奇妙的方式闪现——梦、寓言、童话、神话、传说、诗。这种语言是存在于人类历史的各个阶段及所有文化中的一种通用语言（universal language），这种语言是象征性的，在这种语言当中人类的理解力、创造力大大增强，他们从象征性的启示中获得了比在现实中多得多的智慧，在梦中，普通人可以变为诗人。这种被遗忘的语言是我们人类真正的母语，它的表达几乎彻底，绝对透明，不容质疑。而古今梦梦，这种语言已然沉淀为民族的记忆与集体无意识，天然地具备了文学作品所有的要素。

符号

语言既是符号，则问题不断、疑惑不断。我们何时承认了此种符号？符号如何可能？符号已经被超越？超越符号是没有意义的？符号本身无法超越？超越之后还要面对符号？符号使用之时已经包含无穷的超越？超越针对另外一些东西？符号需要纪念不需要理由？纪念的方式就是使用，就是不要试图去摧毁它？毁灭的本质不变，所以不必再假手于人力。正所谓细推物理须行乐，何用符号绊此身，瘦硬通神的老杜已然得其环中。

负担

平静的人生中包藏了过剩的，甚至是残酷的美与痛苦，这的确是一种负担（如来家业）。西夏王朝（1038～1227）当年的军队编制最小单位是“抄”，三人一抄：正军一名、辅助一名、剩下的一个则名为“负担”。天下必有负担，人负人担，孰承孰受，世界史如此深刻地容忍着自己（骑士教士辅士忍辱波罗蜜，永恒动力与世界史之间的矛盾孰能调之，调则为圣为王，不调则为老为庄）。受垢负誉如此，乃得成就其宽容立场以为社会人生的础基。在此一统的原则中，人生才可能出现转机，此机将最高的可能置换为一副大愿悲心。人人都说，自己受了很多苦，这苦到底是什么意思？老子说过，重为轻根，是以圣人终日行不离辎重。是啊，以重为本，浮生多虑，百年之内我们也许可以尝试一种同甘共苦的命运。或许，自我的过渡正是以此为代价的，命运并不确定，因素多重而深远，吾人追溯此生，因其所重，可以稍息。

覆额

夜梦龚老师新著，大义共享，微言自助，谓人类文明总为一“宇宙覆额”。不错的，李白诗云，妾发初覆额。文明作为生命冲动阳性之平行面，体现为阴性的生长与护念，好一个初字。袁旦说过，文明仍然只是文明的序幕。那么，在这个新的总处于开始的宇宙中，文明必然是迫切的，所谓“宿鸟归飞急”，时间给出的答案尽管不完美，但也胜过人类自身的不完美带来的缺憾。怀我旧人，靡不有初，好一个宿字，大块息我以死，焉能不急。而今日之宿，当为宇宙中第一宿，求田问舍，文明覆额，夫复何言。

妇好

妇好，重现或无可挽回。一个女子，古代与夜晚的祖先，商王武丁的三位向导之一。她的墓的发现与挖掘，在感情上强烈地冲击着我。为什么又打开她的“炼形之宫”，无谓的1976年，偶然的农业学大寨。过去风暴，未必轮回，主持她的心事与遗产，又有什么意味呢。不同于飞行，历史不需要新的跑道，所有时代安息于太阴与守雌之地，包括无辜的刍狗与无常的灾谶，以及深深的祝福与挚烈的祈祷，若乃冲虚一角，只剩沧桑劫后名。禅宗棒喝，洪钟撞得三日聋。不错的，我们愿意接受这种洗礼，在整体停顿之时，于莫名的彻底中认识自我，自我不仅仅是隐私，也不再是考古的借口。时间中的秘密何足称道，尽管挖掘工作进展顺利，但写作才是真正的空穴来风，彻底打断了这种貌似流畅的不着边际的许诺与现场。

眼前玉器横陈，三代谢商，究竟有何感想？地不爱宝，出与不出，当事人与追随者的感觉终究两样，历与史仍然是二条路，死而不亡，与众不同，人仍然是一个未知的存在。威音王以后不得自定义，师恩浩荡的长者为了定义人而奔走飞逝，但从未消失，他们一劳永在。但人也可能随时都不在，都缺席，都崩溃。所以，长者要求完全的人，要求孩子直接成为祖先，一种往返预订的狂喜掠过心底，祖先与梦、孩子与人同样真实。仿佛语言与文字的真实，使用这些符号何其正义，何等庄严。也许，你在其中正好能与祖先会合，彼商此量，旦暮倾诉。这可能是考古学之后，惟一需要勘定的收敛半径（radius of convergence）。

赴梦

梦，鳃肺之争，视听矛盾，万物的变形记（RNA与DNA之争）。梦，对过去有限材料的重新运用，结构反复，规规律律，重塑思维。梦，意识对身体的调节，应用劫变程序，在一条废弃的路上反复踩踏，在秩序中召唤秩序，在沉默人生的阴影中弄出声响，划破镜面。醒后，身体将带我到哪里？这熟悉的世界反复击打我的前额，这世界是一个已经失落的世界的缩影。终其一生，执着于我的人对我是陌生的挑战，我是我的伪证。醒后世界属于谁？一扑醒来，全力以赴。

甘

《说文》150部："甘，美也。从口含一。一，道也。古三切。"

按，苦尽甘来，道不虚受，李光地（1642～1718）折中："节卦取泽水为义，水甘而泽苦，水通而泽塞。"然苦为一瞬，甘则长久之兆徵也，苦尽甘来毕竟不同于否极泰来。否则真停留于苦则苦海无边矣，如何等到甘来？佛家化解之道在于回头（反省的开始），而儒家则云甘来矣（反省之结果）。此四字包含之消息正自不少，不可忽略。我说过，幸福之义自在幸福中，若一味去追求幸福，则恰恰说明正处在不幸之中，与幸福义相悖。幸福之义佛家以为当下，儒家以为天人之际（圣教序所谓遵之莫知其际。盖此际真实，为诸际极，而无际可示，故名实际。参观金光明经）。而甘之为义正指一种结果而言，甘者入口，已经得到，不必再求。始终处于结果之中的人生，是幸福的。出生与死亡都是对于结果的正面观察，也就是幸福的开端与走向，一则以喜一则以惧，我之来与去皆为事实，惊喜与共，不可多求。

又，苦从古。苦亦确为一种真实的体验，则回首之时但觉此前人生如此艰难，莫非愁苦之情状，此又可解释佛家无边义。然过去之人生毕竟已经过去，今已甘来，如果在任何时刻吾人皆能理会得此理，则人生始终处在甘来之际，而抛苦海于无穷之过去矣。儒家所谓自新之义，并非泛泛，原来早已开辟出一番境界，安置心性。佛家轮回之警告终究不过为假设，而吾人已脱离其命题范围，自省过来。所谓苦尽甘来，正中其的。苦无尽故曰苦尽，甘则指领悟而言，非消极等待义，而且早已否定了此种消极态度，因苦实无尽也，故能纯粹作正面之推动与探讨。而此无尽苦海亦为讨论之约定背景，如同西人所谓之达摩克利斯悬剑也。如此则人类自然结束肉体与物质之生活，进入精神与信仰之领域。也许苦字可指生活，而甘字乃精神之作用。此则又为文字之引申义，正为造字之初所预示者也。又，苦尽甘来重在甘来二字，苦尽为衬托甘来也，比如同甘共苦，亦重在同甘也。此等造句法皆本于人之常情，祈祷平安多福也。

肝胆

透过“肝胆”二字，讨论身体与词语之发衍互推。《内经》云：“肝者，将军之官，谋虑出焉（肝主春生之气，潜发未萌，故谋虑出焉）。胆者，中正之官，决断出焉（有胆量则有果断，故决断出焉）。”吾人所谓深谋远虑、有胆有识者，以此。

又，含情脉脉（本作眽眽，目光流射，血气行在），《内经》：“脉者，血之府也。”精力弥漫乃能𧖴生其真情，有动于中。我的情感在我的血液中流淌，“我的血还在我的血管中流淌（茅盾）”。𧖴，又作脈，俗作脉，详参《说文》段注。又，脾气应乎脾胃中官，而生发为性格。如此，则身体状态与人格成就，如印印泥。所谓人格，本体反映论也。而学又次之，然学又足以补救之。学之一义趋于二端，一则补全其性，一则救其偏执。一心一意，调伏肝火，则吾人肝胆相照不惟指身体，语言与身体亦两相照应不已。

感

以文字为基础的“感”世界。感：①直感，咸临。②象感，字系。如此则交感为用（自感为体，感人为用），诗义粲然。咸感同源，本义常在，吾人所感者遂如日月之恒，而其流逝者亦其增加者也。四季权舆，赫然大备；读坤识乾，读易识玄；参之以梦，感人我天。

告别

2010年夏天，我在绍兴，曾经看过许多故居老宅。我们确实在向某种生活告别，无可挽回。既然是从时间中走出来的孩子就无法再回到时间中去，譬如出胎、出家、出宫、出位、出场。——众场何其广大。为何要出？结果真的得以走出？

一次，我们进屋开灯，惊起几只小昆虫：一只白色小蛾、一只红色飞虫突然逐光飞动，相当寂静的空间里面对涌起充满的光明，还有并不陌生的陌生访客，白蛾很快就又落定，红虫却持续绕圈。它们也在调整生存的频率。我不由得走近落定之蛾，看它与白墙一体共眠，如果粒般饱含秘密，它贴着墙面，等待我们告别、熄灯，一着到天亮。而熄灯之后，我也没有再回头。我再次模拟、演习了我所强调的告别。老屋的二层我没上去，据朋友说，有个很大的阳台。然而，二层窗户迎接的黎明不能带给旧主人以过多的欢欣，此种安慰对于命运毕竟过于微弱了。黎明过后的喧闹人生我们要尝遍其中的况味，倾吐、隐瞒、虚构更多的情感，为了证明我们已经告别。我们确已走向不可逆转的前途。——《说文》027部："前，不行而进谓之歬，从止在舟上。昨先切。"身不由己，正是登舟之日。

而且，我们的告别并不匆忙。我们是在告别之后才来重演、温习此种仪式的，甚至，是我们这一回合的演习过于匆忙了。真正的告别是某种时间之陷入，是一种东西突然一觉醒来，就不告而退了，是更大规模意志的撤退。想想看，一种与时间从容进退的周旋能力，欲擒故纵，硬是在我们的人生中放出一段光彩、一段空闲、一段当下发生的回忆。而此刻，当我搁笔之时，那只红虫总该安静下来了吧。红虫白蛾同处一室，两种截然不同的存在，甚至不构成食物链，而红白之外的我，又置身怎样的所在？我们必定起源于同一意志，孕育自同一母体，出自同一支笔下。

更

我极不愿意在一个名词前面加上"永恒的"，这意味着又要失去它了。我要找到更好的方式挽留它，然而又愚蠢地在好字前面加了"更"。一些词语，否定了我的写作。不会再有更上一层楼了，只有更能消几番风雨，只有更与何人说。

狗男女

初遇之男女仿佛篝火，火与木之媾，夜色与光明之媾，吞噬与给予之媾，满足与空虚之媾。然则“狗男女”是一种描述么？不是，作家不会这样急于下结论，给道德代课。道德虽不道德，作家不越位而代课。对于可能性的迷恋使一个故事变得庸俗不堪，不要执着于可能性。可能是经验的匮乏，作家不代课之后，才能专心备自己的课。

肌肤之亲，沦落风尘？皮肤并无感觉。动作总是如此猥亵。动作粗鲁、色情、呆板，动作放弃了自我。动作唤醒了龌龊的人生，动作与动作一旦接通，臭味相投。动作亦可独立。独立的动作有何意义？动作是无心的，是抵赖性的，并非独白，丧失表达之后的动作并不自然（半推半就）。

孤独

如何使梦更像一场梦？如梦、幻、泡、影，互为比喻，连绵无端，互相追逐，平原上的老虎没入地平线，它可能入梦，而追逐仍在。比喻实在是自我的追逐所致，最后只能入梦入迷入神入化。它想追上自己，该以怎样的速度？有一种追逐自我的速度么？1-1=0，10-10=0，……如此如此，它怎样追逐自己？那个0或1在那里。它的存在是1，而追逐总是0（空，空格之空与空虚之空）。没有2的存在，没有2个主体、2个自我、2个孤独。孤独是惟一的（印度先哲拟喻为“犀牛之角”，福克纳所谓孤独的完整性），是追逐合成后的惟一无限的自我肯定之物。

不存在所谓越来越孤独，只有孤独的觉醒，只有孤独所创造的（The Invention of Solitude，美国作家保罗·奥斯特创造了这个句子）。而作家仍然热衷于罗列孤独的样式（美国作家理查德·耶茨列出过十一种，《纽约客》拒绝过他的每一篇投稿），这正是普罗提诺（Plotinus，205 ～ 270）《九章集》反复讨论过的"从孤独走向孤独"，于是乃有独见独闻之乐，独来独往之实，此孤此独至矣哉。

古典

古典为何成为标准？首先，永远是因为它有一个绝对的形式，而形式甚至就是全部。必须强调，律诗、书法、音乐以及人体，都是形式的最高级。这种形式满足着类与不类相与为类的诸众之灵，而心灵与面孔逐渐吻合的过程正是古典给出的无限前景。何必追逐现代性的定义，那些词语的放纵游戏、那些身体写作的自毁短路。

是的，迎难而上，于一切束缚中得解脱，古典与自由反复不衰的秘密辩证，我自信不倦，特为引证如下。

卡尔维诺（Italo Calvino，1923 ～ 1985）《美国讲稿》译林版第 118 页：雷蒙·格诺（Raymond Queneau，1903 ～ 1976）在很久以前，在他与超现实主义者们的"自动创作"进行辩论时，曾经写道：另外一个现在很流行但十分错误的观点是，把灵感、对潜意识的探索和自由等同起来，把偶然、自动和自由等同起来。但是，这种盲目屈从于冲动的所谓灵感，实际上是一种不自由。

一个按照他熟悉的某些规则创作古典悲剧的作家，比起一个靠头脑里灵机一动而创作的诗人，要自由得多，因为后者要受那些他还不知道的规则的约束。

福西永（Henri Focillon，1881 ～ 1943）《形式的生命》北大版第 45 页：那些最苛刻的规则好像会使形式的材料变得贫瘠和标准化，但实际上恰恰包含了极丰富的变化和变形，极大地启发了形式的超级生命活力。有什么纹样能比伊斯兰纹样的幾何形组合更缺乏生命感，更缺乏轻松感和灵活性呢？这些组合图案是数学推理的结果，基于冷冰冰的计算，可以还原为最枯燥乏味的图案。但就在它们的内部深处似乎有一种热情在涌动着，使形状多样化；有个复杂连锁的神秘精灵将这整个纹样的迷宫折叠、打散并重新组合。这些静止的纹样随着变形而焕发光彩。无论它们是被解读为虚空还是实体，是垂直轴线还是对角线，每种纹样都保留着神秘性，展示出大量现实的可能性。

观察

如何观察自己？如何替心灵的发现保守秘密？觉得自己十分好笑之时，其实那个好笑的人却十分严肃。观察到堕落的细节与过程，观察者陷入两难，——他不能思索，要随之堕落；他无法提醒，要继续观察。所以，五蕴官能的现代性似乎是一种假象，心灵无法驾驭它们。心灵无法回到当下。比如绰号，仿佛抓住了对方，而无需考虑对方的过去未来。绰号是性格的副产品，无意识地抵制着观察力的进程。而心灵从不放弃对芸芸众生的观察，徒劳无功在所不惜。心灵譬如网络，搜索之际，是非轰然。心灵索要全部，而世界注定无法在刹那间全部给你。叶公的矛盾在于，他追求的东西正是他避免的（就像死亡）。于是，这种矛盾遂成就吾人之生命感。

官能

身体的异化是爱情的坟墓，婚姻暂时从表面上承担了这一恶名。身体是现代性的，人的回归只能从身体开始。官能独立，保证了人的尊严。

规律

没错，找到规律，然后打破规律，这就是生与活的微循环。周而复始，规律不断被找到，被打破，被运用到纯熟之后似乎竟然对它难以割舍，正如股票之将抛未抛。每一次，总能在规律中额外得到你不需要的东西（面额超值的发票），就是上次规律中已然过时的东西，那些构成强制性的心灵感应你已经厌倦，你要的是心灵自由进程中那些自我牺牲的部分，那些为了自由而首先放弃的东西，那些终将成为价值一部分的珍贵品质。

而随山刊木，规律的出现可能在任何阶段，始终默认某个表达的方向，神似当初基因的表达性裂变。是的，有这种人，他们在循规蹈矩的日常组织中发现了冰山一样强大的下体支撑，为了探究这些支撑点，从此息心于日常，似乎在模拟享用日常的全部，并且为日常提供创造性的惊喜。但关键是，他们确实已经深入后台操作平台，闯关成功，游戏核心，虚晃一枪之后认真地倒地，并不像喜剧之王周星驰反复穿越。

要知道，既然已经发现秘密（是的，平常知识已经构成了秘密，已经使一个普通人感觉到孤独），就要更加认真地在生活中伪装自己，伪装的最高境界就是真正的开始生活，大伪不隐，毫无破绽。如此庄严，遂能从容展开一切秘密行动，探究冰山之下的古渊旧海。从一开始，精微淡定的生活者就超越了抒情，甩干了水分，不动声色地把分裂进行到底，而分裂的自我惯于先遣，开路架桥，令人费解的星火弹射周遭，等等不一，否则，此人如何能够真安正住于日常而不枯竭？每一次，当我完成这种日常想象，就好像真的实践了日常的神性，而写作正是要在此种无为之中轻轻开口，五笔纵横，轻盈击键。

果实

芬雷说："标记本身就是堕落。"是的。渔人寻向所志，遂迷，不复得路。你看这个示字（标之示），来自上面的示，人在仰望中标出的第一个"灵之迹"。这个堕落表明人类身处下面，不得不落，我写过"在果实累累的时候任其坠落"，即是此义（硕果不食）。所谓果实，即文明的负担，也是文明的序幕，从果实（种子）开始的历史使人赞叹，所以意识形态中的历史总是辉煌而不真实。果实的不真实导致果实成为象征之物（种子不灭）。写作者妄图把握的是一切象征的总象，这是一场注定的大错。宗霆锋写过"如今我已成长为难以改悔的错误"，我写过"此生大错不总是因你而起"，一义而共振如此。易之恒，易之咸，无不如此。义山诗云"送到咸阳见夕阳"，吾人内在时间之流终将外化物化，而外在之永恒却转而为沉默之岛，随着地球自转与公转盲目地迎接未来。

过分

崔橹《华清宫》绝句：“红叶下山寒寂寂，湿云如梦雨如尘。”——沈祖棻（1909～1977）说：“而夕阳西沉之后，却又下起雨来。”这真是无端潇潇雨，标准正黄昏。崔又说：“明月自来还自去，更无人倚玉阑干。”——钱塘厉太鸿（1692～1752）却索性将栏杆也毁了：“朱栏今已朽，何况倚栏人。”诗人们都太过分，怎么忍心这样说？青年李叔同（1880～1942）放笔：“将军已死圆圆老，都在书生倦眼中。”后来，果然出家了。话说到一定地步，生活与语言必将出现危机，诗人的退路都被写作切断了。美在美的预言中酝酿着里尔克式的开端（open set），牺牲于保加利亚的诗人弗兰克（Frank Thompson，1920～1944）说，我们加入，只为写下自己的结局（open cycle）。

孩子

对不同女人的想象，仅仅是由于考虑到繁衍之后生命的差异化的结果。女人即未来之母，这个女人是谁并不重要。伦理，在写作中是一个相当困难的概念，在生命中同样也是。伦理是偷来的。爱情，表明存在的有限性，情网破空，某种虚妄之事竟然是有效的。我爱，意味着一切将要被重新定义，性经验之上的世界观正在崩溃，我不可能重新成为我自己，我的孩子出生了。我们得以在最后的时间中观察时间给予的全部。

寒山寺

诗意在很多情况下会荡然无存。1937 年 12 月 31 日，吴湖帆（1894～1968）《醜簃日记》："王季迁、陆丹林来，云今夜无线电中日军在苏州寒山寺以钟声布音，真是怪事雅事，又可谓杀风景事。余无以名之，名之谓吴中警声也。莫愁古寺千年响，但听吴中惨淡声。"——日本一向热爱中国文化，他们对张继的绝句也是极熟悉的。这一次，战争推进，伴随着中国的败退，日军敲响了寒山寺的千年古钟。所有诗人的苦心经营都于此时破碎，荒诞的钟声与信仰无关。此种乖戾的音响突破了一首绝句，吞噬了孕育它的金钟，从黑夜中出发，却宿命地抵达了遗忘。于是，若干年后，诗义在经过休整之后，以一种相当虚弱的形式再度出现，仿佛经过了人类的考验又一次回到我们身边。

韩三之

夜梦三之画画的新方法。他送每个朋友一张白纸，然后只在每次与这位朋友见面时才开始画画，他并不急于下次见面，也不急于交结新朋友，他的绘画天才在漫长时光中经受着考验，他的作品永远不可能一次性完成，这恰好为灵感提供了永不衰竭的动力，朋友与他承担着共同的属于创作者的时间，这种时间没有经过特意安排。如果想做到不厌倦，这场梦就不能轻易的醒，但如果三之送出了一张足够大的纸，这场梦就会醒。他送了我一张足够大的纸，每次来我家都全部打开创作加工，每次他来，我家的面积就仿佛变大了，足够他铺开大纸，但每次我都只能隐约感觉到上次画作的局部，目光自然被吸引到现在画的这部分上来，奇怪的是他的画每次都能覆盖全纸，不留余地，我却毫不担心下次见面，那些画面获得人性的指导，时隐时显，为每次见面开拓必要的时空。有一次，他没有来，而我偷偷打开了那幅画卷，出于本能我想看看他不在的时候画面有何不同，就在此时，焦虑出现了，我怕他知道我曾偷偷打开过画卷，但为何他不来我就不能看画，梦中并无启示。他不来，这些画就没有意义，即使他来，这些画也永远不会完成，一个艺术家的宿命在此昭然若揭。作为朋友，尽管是在一场梦中，我也不愿醒来，我故意拖延时间，假装他随时会来，我难以接受这件作品竟然始终未曾落笔。

汉字

1582年，利玛窦（Matteo Ricci，1552～1610）在澳门见到了汉字，他对中国的印象由此建立。此前，他对中国的猜想几乎全部落空。他发现“中国字”超越了语音，在声音的背后有一个极为庞大的象征体系，他称其为“万能象形结构”。他决定研究汉字中蕴藏的“记忆体系”，以他渊博的修养打通这个东方民族的古老历史。他没有忘记自己的使命，但是上帝派他来中国，仿佛是为了让他认识中国。他与徐光启（1562～1633）合译了《幾何原本》，1610年他长眠于北京，但愿中国对他来说已经不再陌生。

而庞德（Ezra Pound，1885～1972），这个现代诗学理论与创作的巨擘，醉心于汉字，以为世界上最适合用来写诗的语言非它莫属。更早的时候，维柯已经说过，中国人是用歌唱来说话的。庞德发现，汉字直接呈现了意象，这符合他的观点：“不把意象用于装饰，意象本身就是语言，意象是超越公式化了的语言的道。”

汉字不仅仅是符号，它的结构对应于自然。西方的语言学加上中国的文字学，就可能还原重构世界元始的象征体系。——诗人正当成为语言的创造者，代天立言，用歌唱来回答神的提问。数十年之后，罗兰·巴特补充道，汉字从一开始就实现了“文”的乌托邦。这是他的“文之悦”（Le Plaisir du texte）。文本的诞生势必牵涉到文的纯粹形式，在天则天文（天文近古），在人则人文（人文开今），文的概念经过天垂象的引导之后，自然界广泛的文一一归位，显密凝结。这样，东汉的许慎最终才有可能建立他的世界秩序。

合成

《白居易集》中有一首很特别的诗，诗序中使用了“合成”一词（一种特殊的运算法则，不是数学式的），将全体时间的叠加看成是个体生命得到的充实，令人大感意外。诗人总是在平淡的生活中突然进入幻境。——何其真实的感觉呵，不是吗？我们人类作为一种类的生存，难道不应该在此种叠加中感动。现在抄出这首罕见的诗歌。

《胡、吉、郑、刘、卢、张等六贤，皆多年寿，予亦次焉，偶于弊居，合成尚齿之会，七老相顾，既醉甚欢，静而思之，此会稀有，因成七言六韵以纪之，传好事者》：“七人五百七十岁，拖紫纡朱垂白鬓。手里无金莫嗟叹，樽中有酒且欢娱。诗吟两句神还王，酒饮三杯气尚粗。嵬峨狂歌教婢拍，婆娑醉舞遣孙扶。天年高过二疏傅，人数多于四皓图。除却三山五天竺，人间此会更应无。（原注：三仙山、五天竺图，多老寿者。）前怀州司马安定胡杲年八十九、卫尉卿致仕冯翊吉皎年八十六、前右龙武军长史荥阳郑据年八十四、前慈州刺史广平刘真年八十二、前侍御史内供奉官范阳卢贞年八十二、前永州刺史清河张浑年七十四、刑部尚书致仕太原白居易年七十四。以上七人，合五百七十岁。会昌五年三月二十一日，于白家履道宅同宴。宴罢赋诗。时秘书监狄兼謩河南尹卢贞，以年未七十，虽与会而不及列。”

我们注意到，宴会中有同名卢贞者，而后者因为年纪不到七十，所以没有将他的生命进度合成到此五百七十岁中去。在此，我们发现，似乎有一种新的时间观念得以成立，似乎由于诗人的独特感受促成此等时间观念，似乎受到佛典之影响，而又折衷于儒家人伦之序，故能尊老惜幼，能借时间之演进吐露其无限之生命赞歌，终非释家之虚无与双遣，还人生以原初、慰我心于寥寂者也。玩其词，甚矣。当此种新时间观念成立以后，你并非一人，时间不能独享，与你同在者，俱分裂此无限之光阴而自为阵，其分裂有时可全而常泯，有时可复而常无，无者以其人，存者亦以其人也。所谓“合成”云云，使人惊心不已，如此则时间之无量（与无限交互而补充）亦可知矣，化线性之单轨为叠加之多维，则一单纯之时间观念复又衍为复杂之人生活动，即以其表现内容而言，不可不谓之广大深远，而其中所见之情感固不朽矣。呜呼，我愿为此合成之数，而不愿为时间之划分者也。自时间上观之，吾人生命又有何等意味大可商榷，而一旦变时间为液态，则每一分子中都有活动之迹象，而吾人所处者乃波澜不惊也。

合影

需要一柄更大的扶手才能拉开这扇门（不是推，敲也没用。无人回应之门）。为了固定这柄扶手同时又需要一枚更大的长钉。我已经找到这枚大长钉，但是无人将它运回来。它永远只在某地，在那里，在另一个人的梦中。即使在我的梦中也同样没用，何况在他人梦中。但是如果在亲人的梦中就会不同。但亲人们携手飞逝，亦无法带回此梦此钉。他们成全了那扇大门，使门扩展至深沉乃至无形。

但那门迟早要现形。亲人之梦，迟早要现形。在某一张合影当中我看到其中的端倪。合影怎么会有很多张呐？不会超过三张。而且我只能看到其中的一张。每一张合影至少需要三代人吧，需要年轻的面孔与衰老的面孔，而那些中年人只是过渡，他们从另一张合影来到这一张。合影之梦，是怎样一场梦？我在哪里？

我在运送那枚大长钉的路上。我感到一直有人在帮助我。因为那钉的重量我定然是无法承受，而此刻我竟然能带动它。我感到有人在助力。这种深沉的力量来自家谱么？或来自家谱中无限的名字，一连串同姓不同名的名与字，男女变幻的亲属，无法区分远近与年龄，时间中的亲人没有真实的年龄。家谱中记载的名字亦未必真实，重修家谱因此不可能。家谱反复被虚构，被加持。家谱突破了时间。

如果时间仅仅只是我个人的某种说辞，如果我个人这个概念相当模糊（因为不在合影中），如果我在路上（与钉同在），如果亲人们始终处在团聚的前夕（合影无限），如果这样，时间就仅仅是为了迷惑某些人而存在的，时间因某人而在，因我而在。钟表店里的表提示着完全不同的多余的时间，它表明我的存在确凿无疑。

那扇门已经现形，那枚长钉也正在路上，扶手何在？那扶着的手到底是哪一双？扶手的在取决于手的在，手何在？我在路上，手在哪里？扶手之手并非运送之手，并非我之手，并非合影之手，与扶手同在的手失落在梦中？一位亲人退出合影，单独拿起扶手走人，他是否逾越了某种界限，他要创造新天地。一个没有扶手的世界，门何用？——门因此实现着它的作用，阻碍。紧闭之门，处女之身。但门不正是吸引你来的原因么？来到门前，试着推、敲、踢，总之，需要一个起手式。需要唤醒扶手之意象，需要创造扶手。所扶之手何其感人，我就要见到他了，不要醒不要睁眼，他就在那里。

合影中人在无人之时悄然散去，相片中并无一人留下。舍我其谁？我在哪里？

荷花

我根本就没有见过那些荷花。我迷了路，可能是这样的：那些荷花在过去的某个地点开放，也一样短暂，没有等到某人的到来。而恰好是一场梦，使我遭遇丰盛的荷花。其实那天我是去找一个人，熟悉的路忽然就令我迷惑，走了千万回的路欺骗了我。一条大河挡住我的去路，两岸铺开硕大的荷花，我甚至要怀疑那荷花是一种灾难，因为河水都被它遮住了。是的，它还在生长，漫过了平原，直到山脚。我想要找的人被我遗忘，我来不及回头看，就站在那荷花边上。眼睛被蒙蔽了，只剩下颜色，但不是荷花的绿。来时的路很快也忘却了，我走进梦的深处。但我想一定有人在荷花丛中，不可能是我第一个见到这些荷花。我注定要与他们相会，现在我就站在那里，仿佛知道了自身的归宿。我想象的美就是这样。站了很久很久，也没有结果。是没有声音传来的，又好像连风都停息了。只是荷花。我怎么才能与他们取得联系，或者说，怎么与荷花沟通。这使我欢喜我目前的境遇。一切都准备好了，仿佛就要有事情发生，这样的幸福使我嫉妒。

荷马

伟大的荷马呵，人们总是误解你。于是勃特勒（Samuel Butler,

1835～1902）批评道："注解荷马的人们总是瞎了眼睛的，所以他们一定要说荷马是个瞎子。他们把自己的瞎眼移到荷马身上去。"

核泄漏

2011年，日本地震、海啸后，核泄漏升级，可谓霜上加雪（扩散飘升的核尘会随着雪再次降落）。生于今日，惟一之事业仅为突破人的概念。世界拥有完整意义的时代一去不返，来者不拒的古典主义已成绝响，人类，不该发明自己无法处理的东西。但这一切也许仍然是恐惧死亡性欲三位一体泛滥之表现，以及面对毁灭的自卑，于是不惜与日偕亡。发现新的星球毫无意义，地球亦曾经是新的。人类一再就范的历史表明，人的概念大大落后于实质的阐释与发明灾难的能力。此番地震导致本州岛东移2.4米、当日地球自转加快1.6微秒（2004年苏门答腊强震使当日地球自转加快6.8微秒），一切都说明，人类迫不及待的世界观已然成熟。

黑暗

我如何深入广大的生活。我行走在太阳遍及的地方。我也在经历某种黑暗，我认出了它的象征之物：黑色、下坠之花、坚硬的果实、温柔的水、任意起飞的风、无处安息的火、来自身体的电，以及光明之中的昏眩。我熟悉它们携带的信息，它们在人类眼中早已成为象征之物，已没有深入其中的可能。

话

《说文》056部："话，合会善言也。胡快切。"

按，话者，有亲切意味之言也。故凡举对话、诗话、夜话，皆有一种善意发动其中，老杜"今夕复何夕，共此灯烛光"、王荆公"草草杯盘供笑语，昏昏灯火话平生"可证话外之深情皆不足为外人道也。又有闲话一词，闲字其实是用来形容话字的，故不能把闲话看成一体之词，仍须分别对待二字，古汉语多有此例。按，闲话一词初无贬义，渐行渐远，那是后话，元稹"白头宫女在，闲坐说玄宗"亲疏有味，无损闲字。

又，识字为书法之第一义。识字亦是创造的基础，否则书家既不知笔下所写为何义，而作家也不知下笔之中饱含深情与真义。反之，欣赏者亦要识字，方可成全其艺术上之享受。不然则面对书法，只见其抽象线条而茫然不得要领，面对文字语言作品，只觉得平常生活耳。如此，则吾人内心深情终无由传达，即使借以传达，亦终且无有会意者。此所以吾人今日重识字、重基础也。又，当今关于书法、文学的争论，大都不能持其关键，只是些无谓闲谈，若重其基础则昭昭然矣。老杜诗云，乃能一洗凡马空。经过艺术家创作之马，得艺术手段之洗礼与净化，使欣赏者复有一种似曾相识然终不能明言的感觉，此则艺术作品之更高于现实一筹之原因所在，因其建立在艺术语言与规律的前提与基础之上。所以，吾人今当先从前提出发。

黄庭坚

梦中遇到黄庭坚（1045～1105），我当面背诵他的《松风阁诗》，并企图在书柜中找出影印真迹与他欣赏。不料我的字帖竟然全部变成唐代法帖，并无一个宋人。我在找的时候，仍在背诵。山谷听到自己的诗没有特别的反应，他甚至没有表示那正是他的诗。那时候他还年轻，还未写出本诗及本帖。那天我住在西安，回到唐朝，也是青年黄庭坚喜欢的时代，而他似乎拒绝谈论自己。一个梦，并不能完全被唐所满足。我已知道后来的《松风阁诗》，作者已然出现。时间的综合表明，当我在 2009 年 9 月 30 日做这个梦时，一切都已成为事实。梦醒之际，我与历史之间的非法联系被迫中断。这样的梦不怕醒，因为醒来之后才能完全得到。或者，涪翁之所以能写出《松风阁诗》，得益于我在梦中的提醒，也许虚构过但丁（Dante Alighieri，1265 ～ 1321）的博尔赫斯（Jorge Borges，1899 ～ 1986）会这样说。

回忆

回忆的途径：时间、形状、数字、色彩、声音、动作。体积并未进一步解释空间。始终有一个对象在那里，艺术家要简化它，更好地解释它，不是改变它。那个对象的存在有时却并没有说服观众（读者）的力量，它只是在那里实现着自己，在更加广大的领域中纵横，实现其内在性。它就是自然的本质。在此，我不想夸大人的作用。意义即使有，也并不意味着总是要寻找它、逼迫它、抓住它。意义是自由的，而自由在本体之外。

回忆录

“不走的路走三回”，可以作为一部回忆录的标题。回忆录的命名遥遥领先于写作。比如萨义德（Edward Said，1935～2003）《格格不入》、斯坦纳（George Steiner，1929）《勘误表》、聂鲁达（Pablo Neruda，1904～1973）《我承认我历尽沧桑》（司汤达却问，我有何前尘影事）。回忆录或自传总是一部录鬼簿，《米沃什词典》亦然。形形色色的死亡未能清楚地验证归宿一词，意外的敲门声惊醒了你，玉树临风变成了玉树凋零。历史中的屠杀抹杀了个体死亡的意义，波兰作家（Czesław Miłosz，1911～2004）的悲观主义是自然而然的，正如悲观本身是自然的一样（正好与赫胥黎家族极度理性的悲观主义颉颃同归）。

伙伴

数十年之后，我终于第一次见到了童年时的伙伴。我没有开口叫住他。他领着小孩正与妻子散步。我无法契入当下的关系之中，我停留在过去。我根本就不可能开口叫他。只能看着他远去。我们两个，到底是谁深陷其中？世界以极大的耐心还在等待着什么？现象世界不值一提。某人一生中最为辉煌的时刻（对于女孩子来说是她最美的时刻）总是只能被诗人纪念。比如鲁迅（1881～1936）心中的闰土："我在朦胧中，眼前展开一片海边碧绿的沙地来，上面深蓝的天空中挂着一轮金黄的圆月，其间有一个十一二岁的少年……"比如彼特拉克（Francesco Petrarca，1304～1374）心中的劳拉："美丽的圣母身披霞光，头戴星星缀饰的花环……"

I

我是谁？这样的提问没有意义，但是这个句子并不算错。我是我。这样的回答没有意义，并且这个句子也几近于无聊。“我是我，我是我，我是我。”——昆德拉的人物在绝境中喊出的九个字没有意义。

存在者如何找到我这个字？同样不是积极的提问。真正的秘密是：与我平行的那些字——吾，余，予，朕，孤。这些共同的人称主体定向突破，呼应了百变其身的传说。“德不孤必有邻”，而我偏偏只能是孤，无论是出于道德上的谦卑还是存在中的谨慎，孤都令人不能快慰。而那个偏执的朕，迁于乔木，满足了帝王的口感，但是它从来都没有遗忘那种作为第一人称的寂寞。接下来，我周旋于吾、余之类，继续寻求语气上的援助，无论是今者吾丧我，还是我善养吾浩然之气，都是在我的内部循环，至于这种循环有什么样的企图我们不得而知。但是，我却悄悄地在我后面加了们，企图扩大问题的影响。与此同时，I 与 me 也在狡猾地摆脱对方，而其实大可不必，最重要的不是们，还是我。按，古文我字有垂顾之象，惟恨不能恢复吾字古文，克我复吾，犹待石鼓。

追补。1920年代，高本汉（Klas Karlgren，1889～1978）发表《原始中国语为变化语说》，大胆假设文言格变（早期文本《诗经》《书经》暂不支持这种假设），如果能够证明中国语起初具备名词、形容词和动词的变化，那么中国语与西方语言就不再有本质区别。他细检《论语》《孟子》《左传》中第一人称代词“吾”和“我”的用例，指出“吾”字主要出现在主语和所有格的位置，而“我”字出现在主语和宾语的位置，很少出现在所有格位置；但是随着进一步统计发现，最初属于主语的领域已经为宾语字“我”所侵入。最后，他还顺便调查了第二人称“汝”和“尔”的区别，作为宾语形式的“尔”像“我”一样，也以主语和所有格的形式出现，“汝”作为主语和所有格的倾向并不明显。——这个现代性的“我”的入侵仿佛天经地义，我字从戈，聚讼千载，语法不死，写作无功，目尽青天怀今古，肯儿曹恩怨相尔汝？举大白，听金缕。

Idea

麦哲伦（Ferdinand Magellan，1480～1521）横渡大洋之际，另一个我——在一个真正的内陆国家、在北方以北的沙漠边缘无所事事（而沙与海互喻争胜）。我深知，人的秘密隐藏在他们一生都无法摆脱的命运当中，我深知沉默的力量（我于一切秘密中是沉默），我没有放弃观察。智慧有时完全没有发挥作用，它就耗尽了。茨威格（Stefan Zweig，1881～1942）说的好：“这无关乎人，关乎命运。”命运（ΑΝΑΓΚΗ），这个被雨果刻在石头上的古希腊大写字母，随后它又与海水一起波动。如果，命运确实就是礼物，可以说它来的正是时候，聂鲁达承认自己历尽沧桑。但是当初，究竟有谁祈求过什么吗？谁对天起誓撒下了弥天大谎？面对真龙，那至大的光明，叶公势必昏眩，一种无法接受的真理最好是让它永远呈现于幻想。如同 God，如同 Idea。

激情

无缘无故的争吵特别值得回味，每一次都是无可复制的激情所致。来源不明的陌生激情，永远也不了解自身，带着善意的毁灭，深深震撼自我以及我小小的情人。激情衰退的日子里，我们才用相爱的谎言彼此安慰，我们过度审美，忍受平庸。呵，那整个过程，争吵、破坏、做爱，独步光年、银河系为伴的落寞，正是这个谎言天衣无缝的包装。这个经过包装的速朽的欲望，一如这个盲目灿烂的宇宙令人惊炫。的确，它或它的任何产品，不仅灿，而且烂，只因这一切都是成熟的秩序，这个源于激情的程序，尽管完美，但我们已经窥鉴预设了它的衰败。与衰败同步的是，我的情人已经长大，从创造的子宫中再度脱离，仿佛能够拽着自己的头发飞升，独享自己的梦境，拒绝了每一个男人。她不是母亲，青春的身体不包括子宫，这就是使她纯粹的惟一原因。可贵的是她并不自觉，正是这一点令读者焦虑，这正是阅读的激情所在，纳博科夫（Vladimir Nabokov，1899 ～ 1977）式的作者诞生了。

极端

感谢人生中这种惟一的寂寞回应。仿佛一块石子丢入水中，声音却细小的难以听见，只看到波纹慢慢扩大，直至消失，仿佛没有那块石子曾经的真正投入。所以，自我作为一种微茫的意象将被时间终止；时间一方面迎合他，一方面葬送他。比如，意外飘瓦、偶然石块击中他，其实是时间击中了他。时间的象征之物主持了公道，怀抱人类的遗憾也无从发挥。比如地震，时间酝酿了数十万年，结果必然惊人。意识与时间的矛盾造就作家。当各种存在物齐聚世界都为证明时间之际，有多么虚幻？意识与时间的碰撞遂臻于极昼与极夜。

偈

佛教称诗为偈，称文为莂。诗史中最著名的偈是慧能（638～713）作的“菩提本无树，明镜亦非台。本来无一物，何处惹尘埃”，此偈针对神秀（606～706）“身是菩提树，心如明镜台。时时勤拂拭，莫使有尘埃”。前者顿悟而全，后者渐悟而入。最后，这两首诗中所显示的享真受谛的不同方式分裂了禅宗，形成南能北秀的残局，遂使禅宗六祖之后再无七祖。后来，佛门作偈的风气愈演愈烈，越作越空洞，虽然出现过皎然《诗式》那样极有见地的诗僧也于事无补。后来终于有一个笑话，大慧宗杲（1089～1163）灭度之时，侍僧了贤依例请偈，师厉声曰：“无偈便死不得吗？”援笔曰：“生也恁么，死也恁么，有偈无偈，是什么热大。”掷笔而逝。

这是一个极端的例子，而且他最后还是写了几句。辞世之际竟然还是这么无奈。可话又说回来，我对偈语一向抱有好感，那却是因为《水浒传》。可爱的鲁智深于六和寺安度晚年，有一天听到武林钱塘江的潮信，这才想起师傅智真长老送他的法偈：“听潮而圆，见信而寂。”于是沐浴，烧起一炉好香，完美的辞别，也不等宋公明哥哥的探望。我们鲁达先生最后所作的颂偈是：“平生不修善果，只爱杀人放火。忽地顿开金枷，这里扯断玉锁。咦，钱塘江上潮信来，今日方知我是我。”

纪念

她该如何纪念自己。这句话不是作为一个问题来让她思考的，而是在人生中迫使她不断选择自己的一个具体的事件。在最初时候，她并不知道“纪念”的根源，以为过去只是某一次开始，转眼就将谢幕。孰不料，自己一直伴随在左右，提醒该结束的尚未酝酿，已结束的尚未开始，结束的还将重复。对这一问题的提出，说明她某一次的选择已经完成，这种完成仅仅是一次动作性的安慰与启示，远非把握性的进步。如果仅仅是动作，那她的信心就会动摇了，因为过于随意；如果没有进步，那她的冲动促成了多少遗憾。

“纪念”并非导源于冲动。她如今还不明白这一点。纪，是用一种准确、可能，并且完整的手段（形式）去呈现事物本质所应然；而念，则通过审视前者的确凿，追加所以然。作为形式，必须寻找，但可能毫无下落，不声不响地就走到了今天。作为形式的单纯的有意味的表现力怎样被你获得？不光是找，还要等待。此念一起，念念不断，贯穿人生的潜在寻求迅速融化在意识领域，不断提醒，把心定在当下。

那么冲动是什么？为什么从表面上看，它仿佛也是元素之一？如何发生，左右事实？

冲动，势使之然也。只不过是某一种重复、执着、不变的意识流所引发的表现力。所以幼稚，所以，当冲动带来所有的结果时，人往往后悔。冲则动，此动非心性人性本性之动，而是当下势力所及，在所难免所致，此动乃被动、乃消极影响的无奈呈现。因为动也的确是形式之一。所以看上去“冲”促成了“动”，似乎改变了事实状态，而人又为何不接受这种“动”的实际意义？冲动非本能，属于意外，在纪念之中那些被驱逐的思绪意犹未尽，聚在一起，找寻任何一次可能的机会回报当事人。

所以，冲动有时看来使当事人很得意，觉得自己仿佛积极地参与其中，把人生的轨迹步步踏实，步步高。的确，你参与是好事情，你积极也好，但冲动并非人生根源性所在。

她所以目前仍在苦痛中徘徊，不肯休息，尽管她已足够明智，开始反省冲动的无谓，然而还差一步，纪念不能开始。这就涉及到关于对形式本身的认识力。——“纪”字当初是经纬编织的意思，那种动作保存时空的连续性，无生成有，呈现了具体而真实的图像。你在“纪”的过程中忘我投入，乐此不疲，把时空发挥为汗水，把人生演绎为微笑。

“纪”真的是好形式。所以成就念的真实性，否则念就是虚幻的，不能印证与监督人生的精致体系。“想念”是对纪念一种亲切的表达，是你轻松的独白，甚至真的是得意。

她目前所以苦痛，徘徊在对于这种“念”的猜测与假想中，而不能体会一种低低的幸福感。任何具体忽微的动作都使她迷惑，她一动不动地来反抗冲动对于“纪念”的误解，她静静地坐下来修补冲动造成的人生缺憾，她的纪念快要开始了，隐隐约约，我感到如释重负。

关于自我，她在意犹未尽之时就说出了心里话；关于纪念，她真的想尝试着用代价来挽回。她这样对我说起：真的，就算是错了，我也同时赢得了改正的机会；你也知道，对于一个具体而微弱的人来说，这甚至就是全部；不一定每个人都能有这种改正的机会。

家

习惯所有的家。世界，支持每一种链接的端口，接受每一种系统的默认，我却保持着完全不同的习惯。宅兹中国，宅是一个平均概念？家不是一个平均概念，家一边倒，家是焦点（focus，拉丁语中的家正是焦点，是焦距式进退的结晶）。如何布置不同的东西，因地制宜。在家细节如一副扑克，要设法打成一局牌。我们与家这个概念对抗式和解，我们自定义、自迁徙，退避三舍，离间家的本质。如是变焦，以旅为归，家何在？——献给曾经租住过的全国各地的数十处小区之“家”。我说过，故乡并无地理学上的意义，家也是。

贾勤

我去世于 1980 年 3 月 29 日下午三点十六分，详细信息都在我去世后第二天的日记中。我的一生并未结束，相反，它以令人难以接受的疲惫重新开始。我习惯于这样的轮回，这种考验人性的游戏。——人性就是这样炼成的，我怀疑我就是众人，我就是你。无论如何，一个人的生卒时辰不能在同时产生，而我却面临这样的困惑：贾勤（1980 ～ 1980）。括号里的数字也许是一组密码，一组微型文件，有待解压的格式化命运。它所能表达的仅仅是瞬间带给我们的幻觉，我们虚度的一生就此得以扩展，得到谅解。

茧

血肉之躯，不待作茧，网罗天地，究竟心灵，奈何？世界试图引导我们放弃直接理解的要求（蟲至于繭、精简为茧，这世界正是文本反复运行的基础，商羯罗《示教千则》第十八章有云，知道句子意思者，一次也难把握它，因为直接理解难）。纵感天动地，亦不能从头说起。存在于刹那间常常表现出惊人的诗意，此种诗意有时甚至过于残酷，伴随着人类的迷惘与日俱增。仿佛勃起，阳具的亢奋毫无徵兆。出其东门，有女如云，真是不小的打击。“能事未毕吾其谁？”血肉之躯亦非真相，过去与未来早已栖息于一片“和平之地”，它迎接葬送，安顿真俗，足以启发我们洗心革面（麟来凤去目前事）。心跳，作为在场的监督迫使人生要求精确，要求一步到位。这一切正如中锋用笔，千古不易。

建筑

只要有一，就能从中引出一切（Omnibus ex nihilo ducendis sufficit unum），莱布尼茨（Gottfried Leibniz，1646～1716）何等自信。然而，柯布西耶（Le Corbusier，1887～1965）迟到的乌托邦单元住宅毕竟不能与迷宫抗衡，上栋下宇以待风雨，要么建筑要么革命，风雨中的人生与革命因此可疑，语言才是迷宫的原型，建筑只是它鲁莽的喻体。

虽然，建一引首，筑梦天下，是种种心如来悉知悉见（一，於悉切），而悉尼今古（牟青仲三尼医世），不二不朽，一在此世的雌雄同体以及它特殊的展开方式，正是一部建筑的编年史，而此种编年有时过于夸张（地上有多少教堂上帝也不清楚），以至于天使的堕落太随意了（也许银河系中的堕落并不算太糟，总之，纯氧中燃烧的马尔克斯遗嘱，愿作天使，不当圣人）。

而写作，竟然建立在天使堕落的快感之上，仿佛上埃及与下埃及的瀑布悬空（一切种子如瀑流），在建的编年史中意外导出筑的地理学（geomorphology，先河灌先觉的冲积平原）。

焦虑

蝗虫成灾，一位面目狰狞的女子反复出现。我跟随父亲，仍然不能保证自己摆脱险境。此人必将毁坏我的爱，她用意单纯残酷，她虽只是一闪，我已颤栗于一段无可挽回的现实。譬如穿越沙漠的火车，无法驶出焦灼的梦境。

结束

写作作为传统，业已中歇。写作作为一种固有的思考方式，它独特的对话机制业已中绝。一种始终与个人命运从容相对的叙述竟然衰败下去。大宇长宙，吾人从今何往？不系之舟，狂澜所忌，共工抵触，玉石俱焚。写作，从悲剧中诞生的历史已经结束。而大梦初觉，外生杂沓之绪厘然可数，一如满月触水，两相矜持。而江山对待，居然迎送随人，则万物纷错，徵兆果已伏藏乎？

解构

文明势必表现为一种新文化的概念。我以前提出的模拟系统仍然有效，模拟是完备的，文明是自足的，所以存在着很多系统、很多文明形态，相对真理是真理的特征。活在文明中意味着，主动更新生存系统（所谓贤劫即此种同步更新的能力），一种从未脱离本元生活（growing together）又非贸然拒绝的追逐方式，在这种生活中文明的符号与象征意味凸现。所以有新文化运动中的解构主义倾向，势不得已，也在情理之中。解构既非还原，更非超越，乃是一种在此文明环境之中自我要求此文化系统的独立清醒的生存运动。我又一次提出人的品种意识，新品种，新问题。——此即解构。所以说不存在还原，还须进一步从“元”

中过渡导出（贞下起元，全季无首，震元离亨兑利坎贞），生存是无法还原的既定事实。等闲平地，波澜已尽，而波澜又动远空（Fourier analysis）。

今天

我的任务是：让今天结束。“云来气接巫峡长”，甚至用不着写出这样的句子，我对今天没有信心。今天，我第一次注意到自己的文章中有多么频繁地使用“我”字。对于一个只有内心生活的人来说，我，几乎是惟一的借口。这种片面的表达企图营造出一个完美的天地简直不可能，而“天地始者，今日是也”，大患宠辱之情莫过于此矣。今日，吾丧我；今日，世界仍然没有找到它的方向；今日，地球盲目的自转否定了未来。

拒绝

拒绝那些迎面而来的东西。拒绝词语，让它们回到辞典。拒绝携带，让传说完璧归赵。我没有忘记初唐楷则孟法师碑：“时历夷险，怀赵璧而无玷；年殊盛衰，鼓吴涛而不竭。”——这只能是一种盖棺定论的丹心理想，如果涅槃路远，如果解脱缘深，那么此种传说恐怕就更加的使人留恋了。我们无法再次回到现场，所以也就无法拒绝传说。出于谨慎的拒绝导致了信仰的怀抱虚空，而人生，我们都知道，那是一种建立在更加虚空的基础之上的营卫微尘。在此，虚其基空其础，霜真雪实，尤瑟纳尔（Marguerite Yourcenar，1903～1987）拓展了中国画家的零度历险，这是批评与神话的无法展开的密修狂辞。一切都要在虚中诞生，天下万物生于有，有生于无。未来属于书写（布朗肖所谓书写之前别无他物），世交界摄，我们一再抵达一再拒绝。纷错的万物一旦打开回归的正途，和谐的永恒就将落实在虚空。自有一种生命中不能承受之轻，此轻非物非心。雨果说的好，“海和命运随着同样的微风波动”。此时，如何拒绝，成为首要的难题。诗人的一生何其漫长，他们在锤炼拒绝的手段。

距离

人与人的距离正是真理的高度。——往往，高手之间的差别会更大。帕维奇（Милорад Павић，1929～2009）说过，两个是之间的差别也许大于是与非之间的差别。艺术作为人所能拥有的惟一表达，它可能正是接近了高度的那种表达。技法因此而重要，因此，这种表达的形式与技法就不会轻易地被追寻到、被掌握、被应运自如。我并不是一个开始，“作为一个没有主体、没有性别、没有历史的声音（艾柯）”，世界首先不会考虑如何安排我。尽管杰出的作者只是默默无闻，但道寓乎其中，随心所欲，你很难体会得到。我们是通过对于人的认识才得以认识艺术的本质作用，以及技法的力量。这有可能就导致了我们可以锻炼精湛的鉴赏力，但依然不能成为创造者本身。这中间的空缺有时候恰好就是人的一生。这时候，作为一个能够纯粹欣赏艺术的人也是幸福的。

开放

人物突然与造化同衍，使拜访者的野心受挫。或者，此种开放的形式我们一时还不适应，从此以后，谁都可以去拜访他，不再需要引荐，需要的只是更加坦诚的心灵。王观堂（1877 ～ 1927）论词尝主隔与不隔，大可玩索，借喻死生，亦中的矣。然而，使人费解的是：你消失于茫茫人海，颇不同于此种物化，物化已不置悲喜，而消失仍将使人动用存在之思。四维虚空，不胜慨然。此后，我所能经历的只是：一次一次凝视你的消失。而我也不必计较我所能说出的一切。——写作的意义大打折扣。

徐志摩（1897 ～ 1931）欧洲札记毫无保留："此番前来，倒仿佛只是为了凭吊……"但志摩对于"此种开放的形式"仿佛也不太适应，时空给人以错觉，使我们在刹那间既能得到又要失去。失则全失（老子所谓失者同于失），得则未必。就这样"离散在世界的中心"（歌德），从对方的控制中摆脱出来。——写作的意义仍然不明。可笑的是，我仍然在思考写作的意义。古典之后的人生，因此寂寞。

可笑

所谓寻找自己，是多么虚假的事件呵（无论这个自与己是什么自身、自我、自由等等），而寻找一个曾经认识的人尤其可笑。号码背后的人并不值得期盼，那并不是你要找的人。你曾经过所有的你，如果这话仍然有效，那么你就知道，他人与你吻合的机会并不多，曾经认识并非今日仍要追寻的理由。并且，今日已经没有再认识的必要了。相遇并非缘分，而正是为了了断此种机遇。看上去满足它，其实断送它。这有点像婚姻与性欲的关系。吉胜利说："呼死于吸，吸死于呼。"呼吸尚且如此，在生活中何必又强求某一个人呢？号码背后真的有人吗？这不是问题的关键。世上从来没有如此便捷轻易的手段，让你得逞。号码并不意味着可能，这不同于点菜（可惜满汉全席并没有史诗气象）。短信群发是一个反证，人们称之为垃圾信息。性爱一词的重点仍然是爱。如果重点是性，那势必停留在动作上，那么，"现代性"三个字就出现了。如果动作与回忆有关，那么古典时代就结束了。今夜，既没有动作之美，也没有成人之乐。

孔凡礼

我们无法理解日记与年谱之外的主人公（1923～2010），它不在任何书写与表达之中，这种深藏的忧郁是写作的动力：你要给出所有的条件与理由，证明此种痛苦的确存在。而且，即使经过书写，以及任何洗礼，它都始终伴随，从而最终保持原状，留给那惟一默许之事件由它来摘下它一生郁结之苦果。它也从不回避死亡，死亡几乎正是事件之一。但是它仍然不为死亡所收留，是的，它仍在人间尘世流转不息。与光阴、尘土、流水、花之开落、泪之奔涌相关，它给予我们的仍然是我们能够忍受的命运的全部数字，仍然只是作为徵兆的独吞之果。而独吞此果，正是某种永恒渴望，它证明你的爱恨同样真挚，破碎的心仍在残酷的世界祈祷。

恐高

恐高是进化的结果？当人类还是鸟的时候，他飞翔俯冲，觅食寻欢，他不曾恐惧于惟一的高度，海拔概念不可能提前诞生。一旦人类意识延展至黑暗的边界，飞翔受挫，梦想悄然改变自身的方式，世界适应其善变的本质。直接高度源于距离，人与人之间的距离即真理的高度。恐高顺势成为现代性疾病，仿佛一眨眼的事。我一度醉心于所谓的人的高音，音乐在其中沸腾，百炼钢曾是绕指柔。而一切仅仅是听觉训练，而恐高却是惟一的生存记忆，在三高的暮年回首追求真理的一生，你不可能重新说服自己跨越人的边界，世界突变，遗址茫茫，飞翔之物早就看到这一切。

孔子

在完美的生命中，他没有时间回顾，他对仁欢智乐与悲天悯人的感应超绝同流，并不分别对待，这种合二为一的礼乐战斗后世愈参愈纯。他不曾为一个理性与知识的终点而奋斗，他的理想是梳理混沌中的善恶，他亦弃绝圣人的封号，化觉为学，率土率西，避免了典籍与书写的诱导（induced structure）。

他将在更大的时空中埋伏校正吾我寿域的决心，然而他的有为法其实是针对永恒与无知的不校校之（潘雨廷先生以为无为法反倒是后天气）。他每一次都能给出历史、文明、主观所要求的时空，于是他就任意截取一段抛出（parabolic distribution）。这完美的弧线也带给他小小的快乐，他的手微微颤抚，将一种微妙的弦波随手补入时间之流（前 551 ～前 479）。无疑，世界之舞台本质成全了此种高于生活的戏剧（parabolic regression），天才们的头脑会给这种震颤添加无边的注释，直到丧失感受快乐的能力时才会罢手。

哭泣

《全梁文·张融遗令》：“以吾平生之风调，何至使妇人行哭失声。”——想我今生（444 ～ 497）的风度格调，还不至于使你们失望伤心；你们哭泣，有损于我的声名。一千多年后，杰尔查文（Jerchavin，1743 ～ 1816），这位普希金（Александр Пушкин，1799 ～ 1837）之前俄罗斯最伟大的诗人同样有感于自己不朽的声名，傲然留言：“夫人啊，请忍耐，不要为并非真正死去的人恸哭。”是的，生而为人，习坎近平，肯定已没有更多的缺陷，这本身就是完美主义者的颂辞。

哭笑

《说文》022部："口，人所以言食也。苦后切。"

本部首先列出的诸字指涉生理名称，咽喉吞吐，自属当然。忽然却以呱、啾、喤、咺、咣、咷、喑等七字，放出世界最初的一片哭声，但紧接着是一个嶷字（谓小儿有知也），然后就是咳字（谓小儿笑也），从哭到笑，哭用了七个字，以一个嶷字闪存过渡，而笑遂仅得一字之形容，至此，哭笑接壤，捍卫文本，儿童世界的意义才算完整。而童年也开始从食物的诱惑中逐渐上升至更加深沉的人生中去，这样的人生仍然在口部字列留下线索，不仅仅是一片安详的呼吸之梦，当然也包括我们熟悉的叹息以及呼喊以及吹嘘甚至唾吒，这是愤怒而严密的文字阵法，是那个东汉的当代学人速写勾勒的先民生活的轮廓。

跨越

写作对于文体的跨越顺理成章。章，本身就不是某种文体，仅仅是音的纯粹流行支撑着它；而文的编织本义使写作延续，风中之网遂得以不坠其脆弱之维。想象此种复杂脆弱的文本之旅的结束仿佛没有意义，以意逆志，反倒陷读者于被告之列，两造其端的纷争是否因此平息？写作者读书行走，不见其敌，他领悟到的正是他不能把握的永恒主题。一种习以为常的塑造手段，假借永恒之名流行，而其实并非某种来自理解的产物。此种与判断力无关的东西，有时就是美。美，因此并不是一种回报与启示。

“情往似赠，兴来如答”，仅仅在似与如之间。

文体的跨越并不是为了寻求，亦并非为了更好的表现，都不是。长歌可以当哭，远望可以当归。歌与望不是为了哭与归。我写作，不是为了回归，仿佛我的当下充满谬误，仿佛存在本身充满偏见。我歌不同于我哭，克己复礼不是那么简单就能在你的人生中被贯穿起来，就比如你说一以贯之，而这个“一”此时却不在（unavailable）。

快读

“人猿相揖别”，只是一个快字。“箭，中了靶心离了弦”，这快，需要在结果中审查，文明的历程原来是一段离弦之旅。譬如巫山一段云，历千万劫，终于等到诗人为它写真。如此等等，快雪时晴、快然自足，曾不知箭弦为何物、人猿为比邻。而箭弦化为琴弦，课虚无以责有，人猿仿佛殊绝，寻基因而同归。诗之为物，遂只能与时间争高下，快读十分必要，它挑战我们的决断力（所谓快之判断力批判）。譬如三角形隐瞒了它的九个外角，阅读是为了带来更多的东西，是为了释放天罡地煞。诗人指给我们看的，不是射中靶心的箭，而是腾空飞驰的箭，这无可抵御之箭带动我们，这才是比兴。

追补。“快读”可与“速写”参读。

狂喜

在熟悉的环境当中创造陌生，我简直狂喜；如同在生活中欣赏女人。在女人的身上发现陌生，我简直狂喜；如同在照片上想象童年的无知。在自己生命中追溯童年，我简直狂喜；如同在他人的故事中探索奇迹。在奇迹中回到现在，我简直狂喜；如同在女人中找到了母亲。

鲲鹏

易之龙马忽然在此化为鲲鹏，噫，鱼鸟相亲，坎离升降，庄生真能得易之情况。进而言之，北冥南冥，其水甚大，故能象天，故水中生物即有齐物之义（桐城方以智说，鲲本小鱼之名，庄用指大鱼）；而海运无息，鲲化为鹏，天迎之也，其天无极，齐物依然，鹏之为小鸟可知矣。虽然，庄与易微判，易之乾即此之天，而此之水非易之坤也，易虽有坎以象水，然此水非彼水，乃天一所生之水，万物起源之水，故此水中物方可化物而不为水所困。而水与坤、阴也，天与乾、阳也，阴阳之子，龙马粹纯，鲲鹏具体，四象前呈，后合中庸也。

又，三易遗变，由艮连山而坤归藏而乾周易，三古三圣预其消息而后无闻，似可称为北方文化；至于庄生遂俨然为道家祖，合流老列，南方文化也（李零老师总结道家多楚人，如文子、蜎子、长卢子、老莱子、鹖冠子皆是）。夫南北儒道阴阳，后世诗人惟老杜乃能兼之，其诗云“日月笼中鸟，乾坤水上萍”，又云“图南未可料，变化有鲲鹏”。

老虎

我梦到老虎有三种颜色（绿、蓝、白），它与人类的关系十分微妙。比如，它咬了我，十分凶恶地逼近我，但仿佛我又根本不值得进攻，其实是蔑视我。此时，当它肆意地伤害我之后，竟然缩小了，就像一只玩具虎，徒具斑斓的色彩。当然，它的行走仍然从容。反之，它的形体增长之时，那是因为人类犯了某种不可原谅的错误。也就是说，始终有一种平衡关系在协调着这个迷离幻化的梦境。即使是在一场梦中，人类与虎的关系也并不单纯。善罢甘休，只能是梦醒之后的惘然。睁眼之际，三只色彩变幻的虎扑向虚空，遁入记忆的丛林。

李宁鞋

梦到过去的一双李宁鞋，惆怅万分。我的过去已被他人占有。我曾将这双鞋子以40元的价格转卖给同学吕锋乐，而吕锋乐最终像我一样抛弃了它。它没能再次找到主人，找到命运的寄托者，找到一个中转借力之人。摆脱蹂躏的命运是某种背叛，它与脚的共生关系导致它的眼里只有脚。是的，脚是重中之重，也是我的命运所在。十年之后，李宁鞋能够入梦，足以证明这一点。一切穿着之物，莫不如是，带着命运的痕迹它滑落无人之处，如同指甲头发，如同寄居养女，它们重新营造一个聚集地——那是命运的黑幕，是梦中之城，是入梦之后的琉璃盏。

如今，我不能原谅抛弃一双鞋子的人生，无法接受被他人蹂躏的事实，到底谁是那个不忠者？脚入鞋一如阳入阴，何等悲悯呵，面对抛弃的命运入阳入阴区别何在？与鞋伴随之物之人，在路上汇集成列，其中也有不熟悉的人等，个个跃跃欲试，仿佛在听某人的口令行事。我于是正式命名他们为试穿者，一个不属于存在范畴但已经将存在填满的同靴他者之列，也是浩浩荡荡奔来眼底。抛弃之物回到梦中，抛弃无法完成，如此之抛物所形成之抛线批评，正是人生之转喻。一切都是梦中梦，李宁鞋其实是贾勤牌。

立场

作为名词闪烁的城市，不断提示旅行者，立场之场不太确定。这些“看不见的城市”如同永不消逝的电波，终有一日将被回忆编码，重返坐标系中固有的位置。所以，我选择闪烁二字，以便使此种实在确立它的象征本义。城市之名不断回到命名之初，它带给人的启示远远大于它实际能够给予的。象征诞生之日就伴随着悖论，它给予的正是不可能的东西。象，从具体之物出发，散作无形，其中妙契神悟端在吾人之取舍尔。

写作之夜，作者面容模糊，难以确指。他从未隐遁，而是被内心引导潜入字里行间。他保留此种动作（写），成就动词的纯粹形式，使符号处于运动美感的召唤之中，使等待变得漫无目的，使降临成为真正的神话。作者，威胁着第一创造者的神圣地位，扮演着并未指定给他的角色。他提供了太多的立场，使人无法从任何一个角度一以贯之地持续与此在世界的对话，而此种被打断的话语正是语言的现场。

历史

“千山鸟飞绝，万径人踪灭，孤舟蓑笠翁，独钓寒江雪。”——于是，美国诗人梭罗（Henry David Thoreau，1817～1862）说：“历史即吾人垂钓之溪。”又有人说历史就是与过去无休止的对话。也有人说尽信书则不如无书，吾于武成取二三策。更有人说历史就是我口中说出的事情，而我能说什么则非我所能预见。甚至有人说历史是小姑娘任人打扮。或者也有更幽默的说历史被阉割以后只能听到小便的回响（已没有生命力）。

更加急促的排比，出现在高行健《灵山》中：“历史是谜语。也可以读作历史是谎言。又可以读作历史是废话。还可以读作历史是预言。再可以读作历史是酸果。也还可以读作历史铮铮如铁。又能读作历史是面团。再还能读作历史是裹尸布。进而又还能读作历史是发汗药。进而也还能读作历史是鬼打墙。又同样能读作历史是古玩。乃至于历史是理念。甚至于历史是经验。甚而还至于历史是一番证明。以至于历史是散珠一盘。再至于历史是一串因缘。抑或历史是比喻。或历史是心态。再诸如历史即历史。和历史什么都不是。以及历史是感叹。历史啊历史啊历史啊。历史原来不是历史，怎么读都行，这真是个重大的发现。”

所以，不要说历史，要说在循环中仍然不可能接近的真相。张岱（1597～1689）论明史云："国史失诬，家史失谀，野史失臆，故以二百八十二年总成一诬妄之世界。"而《春秋公羊传》中早就提醒过了："所见异辞，所闻异辞，所传闻异辞。"——历史呵历史，我已经不说了，但为何已习惯了追寻你，为何又于无人处落泪。

联合

怎样读解《宫中侍女》？福柯（Michel Foucault，1926～1984）《词与物》（相应于我们的辞与象）第一章中给出了某种意外的所以也是姗姗来迟的说法："绘画，恢复了每种目光所缺乏的东西。"而画中镜子的慷慨却是虚假的。而镜子，突然成熟，蒸尝，模拟着一切海市所有蜃楼。那么，打碎镜子，不再言说（瓦莱里赞颂马拉美从未求助于镜子的数量）。

1656年的委拉斯开兹（Diego Velazquez，1599～1660）使绘画（Las Meninas）回到语言的现场，甚至抵达了本义，通过无限的目光与动作不断抵达。画家不再通过作品表达，他企图联合存在者之间的默契（高尔吉亚的参同契Kairos），——如果某种被混淆的界限被重新找到（押韵与革命），也就意味着形式放弃了它的所有技术性原则，强迫目击者追忆有限空间内重叠的时间。此种无始无终的生命感的扩充，旨在恢复作者业已消逝的期待。

恋爱

至此，一切就绪。就是没有女人。我不想说，就是没有你。

你是谁？我势必陷入自己的圈套。我只能说，仍然奢望你回来。可是你真的要来，我却仍将拒绝。第二次拒绝。第一次是针对另一个你，那时我以为不会有第二次，自以为不会再给任何人机会；但我却仍然在经营一个圈套，仿佛无限的时间都要分解你。我不敢确指任何一个你大声叫停，我将这一切称为以静制动；同时也识破了此种诡计，听见一个声音说，动也很好。那时候，我才刚刚认识你，只想要你的身体，管它动静。我如此卑鄙，利用你、打击你，仿佛急切地想让你看透我，然后否定我。可是男女间尤其没有公平，恋爱的发生真是千奇百怪；你使一个恶人甚至没有用他最坏的手段就得逞了。你毫不怀疑自己的判断。而深杯滟影，梦醒难破连环，你说过，仅仅是要检测一个人能否坚持到底（欢迎他伪装）？

今天看来，我们的确不是在恋爱，我们索要更多的东西，我们抓住了世界的把柄，我们就是跟自己过不去，我们惊奇地发现了隐藏的自我，一个永恒的秘密。然后，在这个秘密面前揭露对方，其实是摧残自己。原来，死亡与不朽，折磨人的手段如出一辙。就好像王牌既是王本身，又可以代表任意一张哪怕是最小的牌。王强调自己的同时，甚至毁坏降低自己，王在每一张牌中重复实践着自己。虽然，我们并非要争着作王，但太想知道彼此究竟谁是王？这哪里是恋爱。但世间男女除了恋爱，还有其他追问方式吗？我们在配合此种连环妙计。穷尽了语言、声音、动作，然后放心地出卖了自己，如此彻底，连对方都吃惊。这哪里是恋爱？

今天，我终于可以这样反问之时，我仍然怀念你。因为时空成就了一件更奇妙的事，而我也无法拒绝此种奇迹：恋爱的后果是，你中有我，我中有你。此种尴尬使得一切诉说都好像是自言自语。现在，我不管你身在何处，都万无一失。存在将人类推上了高潮。我永远不会忘记世界的真相是一多无碍：或一或多，一是我们，多是男女。无论如何，都包括了我和你。

粮食

脏腑在粮食中下坠，爱人被粮食埋葬。歌声无法控制局面（尽管是粮食之歌），我倾听深渊里的回声。关于粮食，同样深刻的表达来自纪德（Andre Gide，1869 ～ 1951）的《地粮》，而不仅仅在“粒粒皆辛苦”的唐诗中。粮食，与饥饿同谋，是博尔赫斯（Jorges Luis Borges，1899 ～ 1986）所说的真正的象征之物。你活着离开，啤酒变成清水，像玻璃瓶中的雪碧，我看着说“醉”的人喝了一口，已然见底，变成清水的啤酒无法指证人类的历史（纳博科夫相信是果戈理摧毁了最后一杯啤酒和最后一棵勿忘我）。历史上有多少被丢弃的坐骑，一如粮食当初生长在荒野（陕北俗谚，等个吃生米的却来了个吃生谷的）。梦中，荒原经理人再次丢下这匹好马，让猴子去看管，我要在生长粮食的村庄小路中追寻人类的童年。

两姨

两个女儿，两位母亲，如同镜象两倍的距离，两朵云团，两次叮嘱在左右两耳中两次回响。两兄弟，或两姐妹，或两姊妹，或更多姊妹的联营。两姨，指向本体的个体关系命名，完美的运行文件在亲情之上既未夸张又未强加即实现了伦理的互补与共建。两姨一如姑舅般受洗出世，没有丝毫隐瞒地确定了我与你之间的秘源。两姨，互相尊重的典范，各自的姨姨，大姨二姨等等近似姨父之无穷，啊，位置之谜，称谓之谜，开口之谜。我们之间的称谓即是彼此允诺之物，不增不减，姨字当头，两字在口，我与你好上加好，亲上加亲。

裂

《庄子・天下篇》："道术将为天下裂。"按，为读四声，裂者裁成，制作体贴，谓之总裁。太初有道，混元一匹，出入于幾，忽然生人；而人能弘道，分裂有馀，随感变质，莫非道用，此裂中之幾，应赞天倪，而后有裂后之合，此合之本质为心心相印（公约数），不可泥于匹初之全，而无视生人之妙。盖道则全，人则裂，中边互摄，因果俱时。又，诸子应变，综合世学，道可道，是谓成学化俗，简言之即诸子各各综合，独立旁通，先分后合，一子而已，既雕既琢，复归于朴，此之谓裁缝灭尽针线迹。

灵感

灵感即最深刻的认识（能量核变，恰如氦闪 helium flash）。灵之感，刹那间释放全部信息，写作仅仅能够引申其馀绪。佛法十喻，梦喻第一，灵感与梦平行。灵感类似于特殊性取向。性冲动就是不断地想要在熟悉的东西中探索未知，就是变态。性冲动是某种伦理错位，某种罪恶感的补充说明，某种乱伦的实践。

人，始终处在性启蒙阶段。欲不可纵，仿佛是为了警告，甚至是阻止性冲动的形上诉求。欲不可纵，终于从道德的说教中升华，成为激情与恐惧的节点。不字，试图带我们回到欲望启动之时，但是这有什么用呐？不字根本没有否定的力量，它只能完成一次暧昧的表达，一次次辞令回旋。不字前后，欲望都已扩散，纵欲之后的空虚正是灵感的栖息地，此之谓穷而后工，这才成就了大规模的㺨字。

○距离

山外山，○距离。越过时间的边界，送葬的队伍抬着一口空棺材欢天喜地地回来了，并不存在个人的死亡。“在”之前提是全体，我没有失去任何人。从 0.02 → 0.00 之间，并非一个瞬间的毁灭，它指向 0.00 之后的无限。或者，存在是一种释放时间的仪式，而毁灭则判定了无限之可能。夫吹万不同，惟物自己。又，《容斋三笔》据佛典换算，一刹那 = 0.02 秒。

六经

六经当看作一部书来读，六经皆史、六经皆文，都说明了这个问题。饶选堂先生（1917 ～ 2018）说，古代诗用于乐，而乐备于礼，故诗礼参读，方可识其大端，否则只为文字所限，终隔一层。古人于文字十分敬畏，文字背后的寓意要先搞清楚，这不仅仅是小学工夫，还须通经，经就是此等文字贯彻落实处。文字导源于心灵，故天地间只有一种文字不曾磨灭，当寻绎此等事业之所在。

又，最新公布的上博简《诗论》中说：“诗亡吝志，乐亡吝情，文亡吝言。”——这是彻底地来讲，故能如此通脱。志之所在即情之所在、言之所在，三者全部敞开，皆展现为纯粹人性之理想，此为儒家文艺学之最高宗旨，诚内在而超越。超越于文艺（达生），内在于人心（达命）。如此则不必再增俗解，亦无须推假于矛盾冲突矣。

鲁迅

我先参观了三味书屋，然后才到百草园。转过一个屋角，赫然是客厅，正是大先生（1881 ～ 1936）当年招待来访的范爱农（1883 ～ 1912）诸君之所在。客观的历史场景肯定大体不差，时光交错，旅客不停地拍照与指点不能使我动心。“余怀范爱农”，这五个字忽然就完全属于我了，属于周、范二先生之后的任何人，独独不属于他们。当其怀念之时，范已殁，当怀人之人亦被怀之时，周亦已殁。“余亦等轻尘”，这也是属于我们的，但却最先属于周、范二位大人。大人走在前面，等轻尘之落，而此落是“依于客舍的落定”，人生天地间，为客难为主，寒山一带伤心碧，主人今日已作宾。或者，客舍青青柳色新，关键在一个新字。书云，用永地于新邑；诗云，周虽旧邦，其命维新。殷人迁都十九次，得此义矣。日日新总是带着崭新的主客关系，旦暮交臂，参一成纯，当此之时，先生一笔神来，《秋夜》中说，天空仿佛也要逃离。离间旧有的关系，使之松动毁败，自我之遁逃于焉展开，永不绝息。而天空四色，永永在上。

我来此地，就是要写出不存在的东西。风雨飘摇日，余怀范爱农。这种爱势必无法传达给每个旅行者，一个个匆忙的给予者与及时的索要者。我们习惯性的、以精明旅人的方式，对所有眼前之物抱着某种一览无余的狂妄与保守，一举抛出了所有爱的复制品，以影像、呼喊、累与渴，以往返之旅程作为承诺，我们不会再来了。我永远无法确认一生所到之地是否真实？

乱伦－斑马

乱伦由某种相似性引起，从而不可遏制。某种对自身难以自拔的认同，某种爱意的成全与占有，某种西施眼中的情人（被倒置的情人关系）。所有的倒影只是在重复同一个人。乱伦，创造自我的契机，与创造者直接交锋，直接创造的快感。想要追赶流逝的时光，上溯此生，回到每一个人、每一位情人的青春。给她们证明，你在。而她们永远不承认，她们并不认识你呵。而你也仅仅是也许是需要鞭打时光的快感，惩罚自我的快感，放弃肉身从而赢得欲望的快感。你厌倦自己。她们陷入了同样属于自我的“乱伦”。——一个陌生而自然的词汇，两个必须逐一显示的字才能构成的词。

乱伦是某种结果，已经成全，已经乱了。我看到斑马，感到一言难尽。它是马，它的条纹从何而来。它是马，三个字到底在说什么？它是马，某种无奈，某种省略，多歧路，马安在？老马识途，乱伦不再。所识之途，已经成为大道。走的人多了也便成了，乱伦之路并不存在？可是斑马从何而来？

词语可以置换，正如王车易位，斑马－乱伦。乱伦不在词内，却隐藏在斑马中。词语置换之后，斑马才能跑动起来。

乱伦－乱写

因为写作动用了众多词汇，所以必定是无限的。简言之，只要你用 Word 文档写作，就能体会到无限，它的页码无穷尽。Word 已经完成对世界的搜索，信号已经覆盖。在此，我们永远要感谢乔伊斯（James Joyce，1882～1941），他早就意识到 Word 就是 World。作者永远不可能突飞猛进。在无限面前，复制自己也是徒劳。乱伦仅仅是某种复制的变形？乱伦在给无限提供绝对经验，乱伦在经验匮乏之时准备突围。乱曰，已矣哉。夫复何言。有诗为证：

我想在同一个文档中永远写下去，证明我其实仅仅只有一生。

无论走到哪里，我其实还是在我的一生里。括囊，无咎无誉。

那惟一的属于自我的口袋已经被扎住。一生譬如巫山一段云。

一言难尽的一生，追逐斑马的一生，隐藏在词语中不会发声。

我吐出斑马一词，就开始了追逐。我也吐出乱伦，吐出自我。

无限中形成的规律微不足道，譬如现在给出的二十七个字位。

轮廓

真理只有一个轮廓而已。甚至非概念本身所能澄清，真理在转移。我写过这样的句子："有一天某人手抚朱弦秘密追随转移中的真理，从容觉醒的歌者甚至认为他的歌唱可以稍息。"——那么，我们所廓清的东西正是真理的边界。这总算是对自己有所交待。

伦理

吾今日于《孟子》独取万章上"舜往于田号泣于旻天"一章。

也许，文明修饰过的伦理（天伦与人伦之争）能使我们降低对命运的惊奇感。也许不能。我们仍然对命运感到万分惊奇。有时，我们别有用心地使用"他人"一词，替代"命运"这个赤裸裸的表达。四千多年前，大舜对生存进行哲学式的审视之后，发现凡举世间一切功名富贵俱不足以消解其存在之思，追溯生存现象之初，则父母如天亘于当时，"号泣于天于父母"，此之谓也。

司马迁（前 145 ～？）说："人穷则反本，反本则莫不呼其父母。"盖父母者，天也。天之元始意象遂化为父母之形象，遂衍为日月推迁、天地交泰、寒来暑往等等，皆是吾人之天。故天有先后，后天者吾身之天，先天者父母之天。双重上天，追溯的同时拒绝一切水源，所谓上游，此之谓也。不独为水之上游，亦人之上游也。然舜在追溯之时亦同时开创其事业，所谓功名富贵者是也。他在否定之时创造出他的世界，惟天为大惟舜则之，惟舜为能通天下之志。圣人与天同行，不独有追溯之能力，亦有不息之热情。

这样，他终于在回归之时就能落实了他所有的理想，而理想之附庸如功名富贵之类，不在话下。盖彼类俱不属生存本原问题，或者只是生存现象缤纷于吾人生命中耳，特借吾人之活动引发其全部印象与可能性之价值。然此种活动，或者亦将为生存内容之大概。如此则不至于偏颇，以证得吾人在否定之时亦有肯定之力量。诗云，沔彼流水朝宗于海，此之谓也。盖流逝之时未曾放弃，否定之象转成无限肯定之实。如此种种寓义与联想，端在吾人之取舍耳。子曰，水哉水哉，此之谓也。

罗贯中

二十八宿罗心胸，元精耿耿贯当中。罗贯中（约 1330 ～约 1400），完美的作者之名。罗贯中，一幅星图、地图、海图，一部辞典的前言与后记。罗一羅，上面那个罒原本是网，仍然是爻与文与交的传统，下面维字，更是四维虚空的广大意象，何等惊人的事实酝酿于此。网罗心灵，范围天地，作者出手之时正是万物来迎之日。一部辞典的编纂史先于任何写作的历史，辞典的困境在于，奥德修斯无法虚构《奥德赛》的作者，荷马横空出世。正如罗贯中在三国之后等待着，历史结束之时写作仍未开始。罗贯中，作者之名的关键在那个中字，时间中的作者来去自如，贯中贯一。写作之网已经密布。罗，能事毕矣；贯，不可遏制；中，无可替代。

八卦：坊间早有传闻，三国主角是刘关张，他们的姓氏开头字母加到一起恰好是 LGZ 罗贯中。朱琺兄遂戏补反切：刘，罗尤反；关，贯删反；张，中央反。按，反，反三、反初也，切，切中、切入也。自反自切，正是辞典的编织与音律的吞吐。

骆以军

面对骆以军，我无法给出“旅馆之外”的任何细节描述。他的旅馆叙述成功地克服了辨别的可能。至大无外，我们只能被迫回到旅馆，发心阅读，那是一场肉搏。注定是无限的无字的阅读开始了。旅馆（宇宙）之内，如何演化成一个天然的文学环境，一个便于书写者生存的残酷世界，一个使写作本身变得无限而又避免了复制与毁灭的机制，我谨以这些问题维持我与作者骆以军之间的对话。

旅馆也是图书馆，但却是“单套染色体精液”，带着最初的信念来到毁灭的前沿。一入此馆，视天梦梦，无法自杀的主人公被困其中，一生携带的镜子没有澄清任何一件小事。凝神自照，你无法写出一部被反复阅读的书或仅仅是某些句子，为什么写作收敛得如此之快？转眼之间，书写就成为了如此个人化的一种渺小的自我表白方式，书写之魅何时开始被解构？即使你能再造一套文字也无济于事，消失在书籍中的文字还少么？造文造字造爱造人，本身并无意义。没有任何一部书籍能够被反复阅读。武成三策欺人久，韦编三绝已无书。

马蹄

马，蹄可以践霜雪，毛可以御风寒，自足自然，自生自灭；而此马偏偏一念之差，多事生人。马的出场带动了整个画面，历史与文明的幕后传来声响，锻炼马蹄铁的炉火正红，戎马生于郊，马蹄声碎不成眠。马，作为一个偏旁，在《说文》中第一次大规模玨现自己，保留了所有细节，与人进退死生，驱动冷兵器时代的全部残酷。古公覃父，来朝走马，率西水浒，至于岐下；这是一个积极倒序的马蹄铁效应，王朝建极，龙马起象，人物之心始归朦胧。中古而下，兰台走马类转蓬，天意无私草木秋，已呈衰象。赞曰：阅世霜风诗结社，大千经眼画难穷。马蹄趁韵卓绝手，第一亲弯射羿弓。

马一浮

会稽马湛翁（1883 ～ 1967）一字天球，不要忘记，地球也在天上。我们其实一直在飞翔，乘坐飞机，只是某种干扰，以拙劣的移动、管制的飞行否定真正的运动本质（已经实现的本质诗性），忘记了生存与时间同步；但生存却恰恰不能用时间去衡量，时间本身也被遮蔽。时间一词掩人耳目，要习惯不戴表、不预报的生活。换言之，推动时间的东西推动了我们。它还推动什么？我们并不知道。当时间像风一样扑面而来，我们才感到它的到来，与时间同在的它、推动时间的它扑面而来。我多次提到陕北方言“一扑醒来”对一扑之后人生的准确形容。谁醒了？我醒之后，此物不再。

慢

一种缓慢的展开也许才是存在葆有秘密的前提。这不同于作者的厚积薄发，后者付出的努力在刹那间可能被完全理解，而存在的均匀密布不可思议，对它而言，作品并不具备文本的意义。正所谓“空见葡萄入汉家”，葡萄成为作者的言说之痛，如果它强行要求存在的位置，它的作者将展开其缓慢的一生。作者苦心孤诣，硕果仅存。所谓永恒，不过是慢的同义反复，富有诗意的是：慢的循环最终赶在了单调的快的前面。

慢读

是的，读完一本书后，并不愉快。能够控制的只有读书的节奏。这个节奏的本质是，希望慢一点，甚至通过快来带动它，为了更好地欣赏此种慢，你必须自我超越，才能理解这慢，一刹那包含了慢与快，写作要处理这个命题。对你来说，这永远是个问题。

我始终无法清醒地看待世界，众所周知，尽管我可以解释这一切，但这又如何呢？必有已然从解释中逃遁者，你恰恰是被困其中者。你的写作本来是为了与那位在逃者印证初心。现在，还无法结束写作。逃遁与被困，散光与远视，恰似乾坤互读，而你我之间错综其变，也仅仅是视力表E的旋转诱惑罢了。

忙

听吴习忠老人陕北说书《两头忙》：“说起个南乡道南乡，南乡里有一个王家庄，庄里头盛那么个王员外，所生一个大姑娘，正月里说媒二月娶，三月里生下个小儿郎，四月里会爬五月走，六月里开言又叫爹娘，七月里上学把书念，八月里开腔就看文章，九月里上京赶考场，十月里得中状元郎，十一月里领文凭来上任，十二月里告老回家乡，三十晚上得了病，初一早上一命亡，他娘哭得断肝肠，可怜没喝点扁食汤，明公们要知一个事，取名就叫个两头忙。”

叙述到底是为了满足谁？作者与歌者的关系颇不同于和听者的关系，与阅读不同的是现在出现了第三者（那位歌者）。满村听说蔡中郎，历史在液态的村落中醒来，不然你如何能够听见？

我注意到，这段书中的主人公快速地滑过时间的表面，而他的母亲却端居不动，等待着悲剧的终结，在书的最后我们终于听到这位母亲动情的哭声。为什么是两头忙？两个开端？无极为始，太极为终，结束与开始都是开端，这种开端的状态是否可以用“忙”来概括。陕北话说：“日月常常在，只把人忙坏。”此言得之。或许，在海德格尔的“烦”之后，在福克纳（William Faulkner，1897～1962）的“熬”之后，在昆德拉的“轻”之后，我们还可以加上一个陕北的“忙”字。另外，这一小段书，还涉及到夸张在生活中的普遍使用，为了达成某种心愿，创造修辞的手法是必要的。性高潮就是一种夸张与鼓励，爱人们彼此会意，埋伏下日后无尽的烦恼与忙乱。于昙花一现的人生中，母亲创造了死亡的隐喻。

矛盾

矛与盾炫酷之后遭遇嘲笑，它们的关系硬是让我们陷入可笑的自我反省，被借用的一对喻体从此如影随形。形与影（请注意“彡”），恰似矛与盾，它们一如矛盾的自我夸耀。小小的爆破音震动不了世界，嘴唇发麻的快感诱导我们说个不停。是的，矛盾无法隐藏。矛与盾，恰似琵与琶，两个相反的动作牵制着五指，手挥五弦不自由，是的，这就是禁锢我们的音乐。音与乐，恰似矛与盾，两个字之间并无必然联系，发麻和快感之间并无联系。矛使人怀念盾，仅此而已，我纪念它们并肩战斗的传统（千矛万盾，结成一个新的整体）。

me

根据苏美尔神话《伊楠娜与恩基》，战神、爱神伊楠娜某次借着父亲智慧之神恩基酒醉之时，向他求取神秘的 me，她意外得到一百多种，惊喜之余匆匆把这些 me 装上天船不辞而别。me，这个曾经在苏美尔文化中大放异彩、迄今未能给出相应翻译的单词，某种只能从父亲那里继承的遗产的精髓，在神话与史诗中反复被歌颂、被罗列，即使神庙已毁、人民流徙、大战将起，惟有它在时空中不断转移，从所有的实践中证得其不朽的品质。me 贯彻万物，独立不倚，不特不殊，愈朴愈真。是的，me 讨厌大写，人间所有乐器的发明仿佛都只是为演奏它，而这惟一的声音却并不在任何乐器中（是的，乐器差点暴露了所有的细节），洪水之前所有相互补充的不同语种仿佛都默认它，而这惟一的单词却不可能被转译。然而，me 到底是什么？是接吻、是性交、是卖淫、是乐器、是哀悼、是书写、是竞争、是骗术、是飓风、是高龄，是能够自勘自复、使自身不断趋于完美的道与术，是深渊封印的礼物与巨镜巨赞的加持，是能量与立场，是神性与父性的一统，是阴阳对称各自给出的标志之物，是只能与文明及作者之名一起毁弃的大规模结晶。详参拱玉书老师 me 的解析。

但今天，我却意外地在《论语》中发现一个天然为 me 打造的句型：行夏之 me（历法），乘殷之 me（工具），服周之 me（文章），乐则 me 舞。——me 被代入这个理想的句型之后，人间简直完美，通三统、备四代，兼三教、共四生，讳莫如深，善于书者，无过乎此矣。

美学

美学旨在反抗。美在美学之前，它被提出意味着人与世界的分化，而且，美的概念是一个异化的徵兆，此标准之建立即显示出分化之轨迹与心灵之磨难。最后，它所要反抗的对象促成了它在理论上的可能。在反抗中它渴望理解与沟通，它渴望人间的真情，但是它本质中的超越性使它曲高和寡，所谓曲高之意并非赞美，乃是它的抽象特征，而这一点恰好是人情的反动。括而言之，天地有大美而不言，美学走向了美的反面，使美成为了一个概念。此概念遂只能表现为反抗与强调，也许美学一词应该更确切地表述为“对美的怀疑”。现在，我可以肯定地说，所谓“诗歌美学”的说法纯属无稽之谈。我们为反对人们误解自己的语言而斗争，这才是真的。

梦

梦中与古人对话。讨论两个问题：①生活问题，②艺术问题。古人说：虽然艺术问题并非最重要的，但我愿意先来讨论它（这种说法，给了我很大的安慰）。至于那个生活问题，古人并未议及。——这说明，生活难以讨论；我早说过，很难在生活中讨论生活。所以，生活的讨论才开了个头，古人忽然就隐退了，仿佛整体环境的撤更，古人已然化作朋友、亲人等等。那古人没来得及讨论的第一个问题，现在成了真正的惟一的能够被一直保存的问题。生活一词，又占据了广大的梦境，不单单是刻在石头上。——雨果说，命运一词被刻在石头上、以大写希腊文的形式，在中国则是以篆书的形式。梦，日复一日的奇迹与折磨。

梦标

即使是不可企及的一场梦，它也必须给出标志之物，让梦中人相信这一切都是真的。尽管移步换景，一念三千，但有了这些标志就大大不同了。甚至我们在反复倾泄的梦中只是为了再次见到这些标志，——它们大概是一个明确但永远拨不通的电话号码、一扇在寒冷的天气中将开将闭的窗户、几只在同一时刻却指示不同时间的钟表（克拉考尔式的酒店大堂装置），诸如此类，非常非常温暖，正如幸福的前戏。

但最重要的却是一种氛围，不凭借任何东西的点缀而无所不在，这决定了梦的气质，这种梦暗示你真相不止一重，告诉你丢失的东西已经找到但同时储备入梦。盗火盗梦，谈何容易，这意味着你要有能力持续增设新的标志，帮助你进入多维秘境，然而你不需要发明任何新东西，只要你能够在梦场中重新将目光投注到以前忽略的物品上，刹那送出一款新的解读，唤醒此物在日常中的用途，它就能在梦中实现其象征性，从而成为新的象征之物。如你所愿，梦标物超所值，指点营造了一个与日常平行的能够起飞的世界，它不再依止于任何意志，不在时空中耗费能量，这样的梦正是你一生写作的回报。

梦歌

梦中唱起一支歌来，旋律空走了几遍，却发不出声。梦中走在一条远方的路上，前后无人，四野却有一段旋律释放，与我念中的歌词应和。有歌词而无声，但又有旋律，这简直很完美。梦中无人有歌，或可看作是音乐生发的纯粹形式；万籁先我，梦歌偶然，等到我们能够把握之时，梦就要醒。这颇不同于古人所谓梦酒梦饭，梦歌简直如同绝境中的楚歌，给了我们实实在在的满足与打击；爱恨成铁，一息微茫，此人无法安住于音乐启示的境界中。

梦矿

基本矛盾：每一位创造者都声称是它（Ta）创造了世界。创造者从何而来？共享之梦，中边互摄。时间的综合，时间错觉，时间流逝的错觉，争分夺秒的前提已毁，争哪一层面上的分、夺哪一层面上的秒？世界性时间之幻觉，我的时间包含于另一组时间序列中，秒中有分，分中分秒，束为一段法门。前梦不接，后梦不续，时差互补，得之桑榆。追寻失去的时间并无意义。时间仍在秒中，而你要追寻那分，你不可能追寻到没有失去的东西，你一再遭遇的只是那无人认领之物，此物谓之“梦矿”，处最下层，得第一义。众镜破碎，还为玻璃，交融之物重新流淌，如何避免最后一镜在众镜破碎之际独存其照？若不击破众镜如何引出那最后之镜，这最后一镜并非那第一镜。创造者只有创造出另一个创造者才能证明它是创造者，但如此便粉碎了惟一的前提，进入我所谓的“惟二”境界，惟二超越了基本矛盾，创造者的宇宙瞬间形成。刹那际，早非迟，不得分即无秒，分常毁秒常新（以秒洗心），时间之上，法门开闭，二镜交涉。

梦诺

梦中承诺某人之事，或某种生死之约，或来生事一一预览，或前生事一一播报，宛转轮回，几人为我，几人为人？梦中梦，并不期待睁眼。醒后如何？醒后无法追认的一切仍在未来，或已经发生，时空大错，怨者何人？我所承诺之事，我在醒后依然能做到，或根本做不到，如何与梦沟通？人生百年即有百年大梦，却只有刹那之醒与偶然开眼。“老天不睁眼”，天亦如人，奈何？

梦魇

如同原始文件的任意命名，无论以后在这个文件中会写下什么，它都保持那个原名。此名即记忆的源头，即梦魇。修改此名的困难在于，文件正在使用中，你不能此刻关掉它动手脚。冗长、毫无节制的文件书写，乱码，盲目的复制，以及在书写中对命名的澄清，总之，欲盖弥彰，等你累了，躺下，那个原名总会以最快的速度抢在一切诉说与书写之前，浮在眼前。它是最初的书写，是第一滴血，是记忆本身的递进形式（光速的智能化）。吾人血液中的记忆因此不能被重新命名，一如血中之盐，不能被进一步分解。

梦遗

梦遗之后，为什么后悔？你假戏真做，你付出没有回报，你动了真情而对方却是一个替身，你找不到她更谈不上追她，你不能讲理这只是生理，你不能认真这只是一场梦。可是，从此，你就爱上了一个没有名姓的女子，她不知在何处，她经常变幻身份与面孔，有时你认识她，有时不认识，有时她是名人，有时是普通人，有时她主动，有时被动，等等情形，她都很美，你都很傻很认真。总之，现在要说的是，你为什么后悔？你真的后悔吗？后悔是针对什么而言？是爱的程度，或者是爱的实现层面（情感、生理)，或者是做爱的过程被打断，或者是过于压抑(因为梦中双方都没有多少语言，沟通依赖感应)——语言仿佛是爱的证据，但其实语言并不能承担此种重负。那你到底后悔什么？一开始你并不后悔，你只是喜悦，只是狂喜，只是暗自高兴，仿佛真有所获。后来却有所不同，你要在现实当中对应落实此种梦境，也就是说，美(美人)要寻找她的形式(身体)。这意味着，梦醒之后，冲动没有停息，秘密的性欲从梦中来到人间，此种跨越将性行为从虚无中拯救出来，但是你却终于后悔了。为什么？你为何感到空虚？与其说是后悔不如说是空虚。你失去了梦中绝对的自由，被迫恋爱，择偶从俗，尤其难以释怀的是你还要假装她正是梦中替身；美的形式无法满足其自身的内容，美人其实只有身体。你要不要？你无法再回到梦中，床上多了一个人。

谜－密

美学的事业乃是一种冲突。这种冲突最终表现为“谜”与“密”，谜是人生，而密是历史。两者皆不可强解，内密外谜正是我们熟悉的“事业”(系辞传，举而措之天下之民谓之事业)，也是写作推进的形式。诗人的情感永远是一个秘密。在这个平淡无奇的世界中，只有他们还拥有暴风雨式的感情，而一般人却只会做梦，然后在醒来之后否定它。诗人却致力于梦境的恢复，着迷于那种不受时空限制的场景，以及暂时摆脱死亡的狂喜，迫不及待地放弃一切，只为保存某一次纯属偶然的幻象，祈求它能重现。而那些永恒的事物真的就默默矗立在那里，在等候。象征之物最终被赋予象征的意义，这才是最重要的。

民歌

长久的相思之后，他们很快进入了真正的生活，民歌或许就要画上句号，隐藏于记忆的深处，从此民歌不再被传诵，远离了真正幸福的人们开始演绎新的民歌。他们开始习惯于遗忘和丢弃，像劳作的举动一样认真、一样平常（或许是固执）。甚至是要否定那一切，因为他们说自己不曾幸福过。正如文字最终没有跃出纸面，歌词早已暗淡，消逝在时空中的只是扑面的风沙，进入生活并不意味着直面幸福。

民歌的意义不断重新在生活中被提取出来，返回到每个听者的生存经验中。民歌完全有可能直接击打生活的疲倦前额，使昏昏欲睡的人生向着归宿清醒的飞奔。借助音乐，你解开某个秘境，并且深深迷恋于它的节奏（迫近的节奏是你熟悉的）。最终，你不可能与它失之交臂，它甚至就是为你而生的。

名字

博尔基斯、卡尔达诺、康帕内拉，每天都有一些陌生的名字陪伴着你。浮想联翩的每一天。名字唤醒了陌生的东西。与你相关的世界情节在某种一致性上趋向一个陌生人，朝向他，倒向他，但不属于他。最后，陌生人仅仅留下一个名字。我才是那个人。一个比过客更加诗性的、本身无情的人，一个并不会哀悼自己的人，一个从人类身边跑过的人。

命运

个人开始觉察到自己与众不同的命运之时，想象中的命运之神就诞生了。一开始，仿佛每个人都有一个命运之神，随后人们发现了规律，就比如每个人都有属相或星座，但很快人们发现星座与属相的数量是有限的。人们发现命运的种类也是有限的，尽管人们仍然在乎命运的差异，但已经无力主动地选择它了。在古希腊神话中，命运女神仿佛是三姐妹，是“必然”的女儿：阿特洛波斯、克罗托和拉刻西斯。所谓有限恐怕是指命运的三个阶段：开始、经过、结束。——她们如此分配任务：克罗托纺那生命之线，拉刻西斯挑起波澜使生命之线遭受考验，而阿特洛波斯（Atropos）的字义却是“不可避免的”，她要剪断那线，生命于是终结。

根据我们东汉的《白虎通义》，命运也被分为三种：寿命、遭命、随命（《春秋繁露》谓之大命、随命、遭命，详参《论衡·命义篇》）。——寿命是正命，善始善终，是一个人所得于天的全部（不论长短），是不考虑意外情况的发生计算出的一个单位。遭命是非命，行善得恶，祈福不应，于是，在正义的立场中我们无法解释君子的命运为何如此悲惨。随命是应命，因人之不同作为而赋予人相应之命，善恶随报。总之，天赋肉身正是接种命运、进而展开其图式的基础，因基构础，经其戮力实践而得到的东西早就内蕴秘涵于命运。而主客交摄，彼此取径，都将领受命运的考验，人必经此历炼或者才能明确他的任务，这就是我们通常所谓使命，剥复换言，人类仿佛正是命运先遣的使者（然路径积分终不敌混沌分形也）。

母亲

母亲是有期待的，然而来不及看到一切发生，几乎从来都是这样。没有谁曾经见过，人在世上欢欢喜喜。母亲，由于她的创造者的身份，所以更加沉痛，当初的创造固然伟大，日后的重托尤其难负。我想的到她们的心愿。

多年以后，或者是儿子或者是女儿，总有向世界吐露真相的时机。然而作为答案，本不必说出，我一向是知道的。频繁的交往过后，她或他隐隐约约，仿佛要解释什么。这种解释的冲动伴随着某一次深夜里的谈话愈发强劲，箭已上弦，我分明地感到很压抑，已猜到七八分，但我仍然觉得可以不说。原因通常是重要的，一旦你秉持多年已走到今天，原因就该退出舞台，因为它就算是开始（start）的原因，但不一定就也是现在（now）的原因。又因为原因的属性表明，真正的原因不止一个，只有“所有”才构成全部，同样的一个原因只能退出显现以后的人生。——人生一旦显现，山高月小，水落石出，人就不会再执着于原因，而是面对此在当下的真实分享、分担，没有分外，原因被分化了。

母亲有迷惑的时候，作为创造原因的人，她对待这种迷惑的态度决定她最后对于世间的期望与挽留。西方哲人把母亲比作女神——使人恐惧的源泉，因为倾向于回归——死亡。歌德写道：“我吃力地撕开了一个最高的神秘。女神们在孤独中登峰造极，没有空间没有距离，时间尚未存在，人类在困厄时才谈起她们，她们就是母亲。母亲。你害怕了吗？母亲。母亲。这是一个多么奇异的字眼啊。”是的，这是些女神们，你哪里认得。女神们属于远古的世界，白日里极难想象。

与我不同的是，歌德说母亲成就了一个陌生的词汇，所以我们远离她，偏离回归的轨迹，在展开的社会属性中日渐消磨她的影响与威慑，以至于把内在冲动驱赶于一个无名的角落，直到有一天这种冲动又发生作用，要在深夜的谈话之中爆发。

母亲伟大，她生出死亡来。生生死死，世界毫不动心，日夜不停轮转。作为母亲的忧虑开始了，那是我们出发的时刻，从此，世上最亲近的关系有了痕迹，想要分开来，以图清楚地解释什么？伴随着这种解释冲动，社会属性大大膨胀，个体消失在集体中，产生集体无意识，这也就是弗洛伊德所谓的“文明及其不满”。——这里的“文明”，意指冲动所造成的局面，而非心灵史的空前光辉，听不到独白与抒情，没有，没有这些。不满源于封闭的时空不能诱导表达，解释冲动没有余地，回旋之时自我煎熬。

母亲看到一切，有了深深的嘱托。——当这种殷切的愿望被你察觉时，你才有了上面说的“陌生感”，如此陌生，可见你被遮蔽的程度，你长久地消失在更多的人中，让我在人群中无数次与你相逢，我有能力把你找出来，因为我只需要叫住任何一个人，他就是你。而母亲，不像我这样的逞能，她只是在最终时刻，唤醒了当初孩子的乳名，那正是你。

个体从集体中被确认，被还原为每一个独立个体，这种浩大的工程被我称之为“人类工程”。把你濒临泯灭的心性从群众之中缀连缝补，你是惊异的，你不知道你正在显露，但却是通过母亲遥远的呼唤来成就的，尽管你常常靠边站，想要安静下来，但社会的边上并非人生的边上，不能混为一谈，你的边缘在黑夜里隐藏。深入夜的那些人只能是少数人，其中包括母亲。母亲为你出于生而入于死。

无穷的祖护与包庇，无限慈悲的爱意，不同于天地的无情辩证，不同于绝对的抽象逻辑，只是母亲一人的秘密与向度，你却称之为“陌生”。

纳米

夜梦小说《纳米草原》。情节正在上演中。此小说与游戏类似，故事在升级中，兵器亦升级。人物使用某种兵器必定伴随一种特定之痛苦，而此痛苦即下一阶段兵器更新之前兆。科幻时代之性生活。手淫是否仍然普及，或因其无聊而遭弃黜。允许少数女人停留在人的阶段，保留爱的形式。人，将成为未来之展品。排泄物与狂欢、解构。未来美女之阴部极为性感眩目：阴唇为钢质丝圈，阴道中间乃一道白金之光。钢丝球原型，压抑原型。日常劳作（洗碗）对性之消解势必启动性象之重建，将日常物直接幻化为性器官。创造一种便于参观之性。美女的进化是否构成伦理意义。你可以从任意一段历史开始衍至未来，但却永远无法从头开始。永远在转播，所谓直播并不存在，观众集结需要技术支持，观众当时不自觉，观众一词起步甚迟。纳米纳粹，精确恐怖，梦中人能否向未来预订“写作之桌”，或向写作应承“未来之桌”。难得在未来糊涂，未来是否还有混沌学（chaotic iteration）？

内经

历经古往今来少女的凝视与采摘，吾人所持者的的确确惟有一个七日来复的名字，那是属于玫瑰自身的传说（诗人包慧怡早就指出，玫瑰的谜底包罗万象）。

尼采

海德格尔（Martin Heidegger，1889～1976）论尼采（Friedrich Nietzsche，1844～1900）形而上学的五重性：①本质：强力意志。存在者本身之存在。②实存：相同者的永恒轮回。存在者整体的存在方式。③真理的本质：公正。作为强力意志的存在者之真理的本质。④真理的历史：虚无主义。在强力意义上得到规定的存在者之真理的历史。⑤人类：超人。为强力意志和相同者的永恒轮回所要求的那个人类，在真理与谎言的彩虹之上，更熟悉旷野而非庙宇（龙战于野）。

逆

《说文》047 部："屰，不顺也。从干下屮，屰之也。鱼戟切。"

按，理解与阅读终究是困难的，以意逆志，希古不顺也。雕龙逆古的刘彦和（465～532）虽云"作文者情动而辞发，观文者披文以入情"，然阅者，具数于门内，要有相当之准备与积累，否则不符阅读本义。屰、朔、溯，循环就是一种时间的反省，不顺也。逆之迎之，并非回首，亦非可能，这种困难是抽象的，不必克服，最终乃成全人类一种认识，理解虽然困难，但始终可能。

死亡与复活同义，合作逆流，点额而上，生命本身从流飘荡，决非一帆风顺（古埃及航行本义，特指逆流而上）。虽然，生运死动，相反相向，发力点如出一辙（惟道生逆命，截断此流），此两者同出而异名，同谓之玄，玄之又玄，众妙之门。——方生方死，日月两行，昼枢夜纽，负阴抱阳，心心二门，门乃无门。——鲑鱼的死生就是万物的生死（带着氮15同位素去旅行）：卵生之初即展开其灼灼转喻的两极，直至奔赴死亡的盛宴与最后的创新（形式即内容），它的诞生凝聚着无限的毁灭与闪存的脉冲。所以，物种必须以种群的面目出现，否则难以确立其存在，而其价值亦无从再现与获证。营营青蝇，载飞载止（Analytic geometry），或止或飞，个体一向并无意义。

推衍之，人类有社会，倍增一层新义，个体之进步成为整体进步之标识。此人类与世界抗争之结果，而并非个人炫耀的资本，归根结底，人类亦应以种群而分而胜，此为文化之差异，即冲突之由来，而此问题中实已埋伏衰落之悲剧矣。盖物竞天择之循环与权力，此时挂空，主动者渐渐转变为人类自身，而其人往往又不具备如此魄力与恒心。所以，基督教旨常反省世俗权力之获得并不合法，因世间只有超世法而无制法，此一切民族文化之极则与共性也。道法自然，若有偏重而无偏废，即此道逆之第一义。

然世俗权力终究有其定势，乃得遂其欲望，而其实已开始自我吞噬，利维坦（Leviathan）悖反在此。所以哲人警谶，常于此等关节处垂象吁天，而彼人竟充耳不闻；临祸无悔，强弩之末，已陷世界于劫数之中。然文化理想之作用又常扼制此过程之进度，使其发生不至于太快，节而度之，则希望仍存（弥赛亚突袭现实）。哲人之地位因而不朽，经典之著作因而常新。

所谓新是指人类所面临之问题仍是旧有的困境，新乃指其延续中反省而言。所谓不朽，渐渐成为少数人的追求，此义一经确立，个人有时竟能脱颖而出，然个人之解脱毫无意义，所以哲人并非因自我问题而成全其思考，如此方显其博远，而此博此远遂能感召同人。以此故，圣人不约而同之大义乃经全体生命之认证，并非自封，且自我亦无此自封之必要，因自我超越之可能也，因个体实无意义也。

所以，吾人于典籍中重温圣人之遭遇习坎，恒能引发一种非凡敬意，因其奔波转徙纯不为己也。其所表白者常能代人立言，至于设身处地瞻望身后未来之事与人，在此延续之思维中其人已逝，而独其思维之延续与吾人存在相遇，波澜再起，遂有不朽之叹，实则此不朽正是当初种群同情之义。吾人一方面自觉维护此不朽义，使火不灭，使灯长明，一方面已加入此不朽行列，汇入合唱之洪流（庄子所谓合喙鸣、喙鸣合，与天地合）。以此抗志，岂可轻议古人，遂能抱反省与独见重衡再量时空中在在以歌以舞之人与事，世界之贞定肇此。金溪陆象山（1139 ～ 1193）说，宇宙内事乃己分内事。如此胸襟，虽一字不识亦不妨我做一个堂堂正正的人。

逆旅

我们总以为与过去保持着神秘的关系。而其实，过去是一个已经清空的回收站，空无一物，仅仅只是某种回首的象征。过去虽然存在，但已无填充之物、已不能再直译，此物移动至现在。过去曾经勃起张大但也一次次缩小复原，保持它原来的样子。我们与过去的联系完全出于虚构，有时比较真实，缘于其间梦的接应，比如雨季的链接，而大多数时候，中间并无链接之物，并无迎接之必要，并无过去。只剩下虚构的神秘的联系。我们对于此种来源性强迫症患者束手无策，他总是站在空无一物的大厅呼唤自己的名字，渴望应答，渴望过去给出接收信号。他与过去的关系，仅存于他者的幻觉，而他也永远找不到他者，因为他者不在过去。真正的回应者迟迟不肯现身。他只能不断修正、调换此刻的回应者，他创造了临时、消极的回应者，一再挑拨时间交错之网，乃至于扯断带出更多头绪。过去也是这样毁掉的，这颇不同于毁掉一个秘密。那些毁掉它的人不知去向，他们并未出现在回应的位置上。

匿名的租住者始终被滞留在他者的过去。这特别像是田径万米赛跑的第一名却始终跟在那些落后者脚后，第一名此时无法表现自己的骄傲，他当然显得更累，让人更加误解他其实也是想努力改变局面的落后者。这位匿名的租住者此时陷入相同的尴尬。他在一处空房中独立大厅，陷入他者遗忘、遗失、遗弃的过去，无法证明他自己，无法证明他已经到来。上下四维虚空，不错的，他陷入重重法相。

纽带

114查询小姐。实实在在的一个人物，丰满的文本，就是我说的那个要素，存在物之间的纽带，罗兰·巴特的“文之悦”。她有声音，有情绪（在控制当中），有回应（单独回应于人物之间）。她的意义在于充满。她既是空白又是内容，文的最高级形式，并且此种形式仍然认同语言（非装饰性的语言，语言在释放声音，得到你的确认）。她是最令人满意的意外，完全永远地独立于现象界的照应之外。你不能去找她，尽管她肯定在某处，但并无地理学上的意义。就算找到，她已变化。此种变化包含有一种自我否定的冲动，而这也是文本的严密性所在。这样，读者与人物双方才始终是安全的、秘密的。一种始终对立，却并不矛盾的关系令阅读成为可能。那么，再次阅读势必成为检查文本的新标准。不同读者的阅读亦是重复阅读的延续（变相）。一面镜子照出了不同的人，此人势必不能在镜子当中寻找自己，他将陷入与人相逢的人生中去。所以，文本之外的寻找是毫无意义的，人物早已各就各位，而寻找者却始终觉得他们处于变化之中。人生与阅读的不同之处就在这里，能否重复是个关键。于是，再次阅读得到了人生的保障，而不是取决于某个人的特殊爱好。从寻找到阅读的蜕变是个关键。既然能够观察（即阅历、阅世、阅读），又何必寻找？与其寻找，不如直接成为作者。巴特以为，阅读本身甚至就是成为作者的一种途径，你直接成为当下文本的作者。我说过，不必寻找，一切早就安排好了。最后的结果是，可能只有一种例外：你创造了你寻找的东西，通过阅读与写作都能够成为作者。

纽扣画

制作一幅纽扣画。恋物癖可以尽情赏玩，可以收藏。我爱你是那些纽扣，不是么？正是华严金师子章的古老譬喻。不妨一一道来：我爱的是颜色，是形状，是大小，……其次，最后才是图案。这整个是一个世界隐显的游戏。隐在显中，显在隐里。纽扣在纽扣中，纽在扣里。同时，我也不能、不想问一个小孩子，他们的感觉是什么？更不想问随便任何一个参观者的感受。此刻我允许自己独享此乐。这些作品真正做到了没有作者。此时，纽扣可以轻松地摆脱它与衣物（全部世界）的关系。这正如我们无法欣赏女性之美，是因为无法摆脱男性立场：那些衣物、性别、好恶，左右着众生、众纽、众扣。而这里的纽扣此时做到了，使我们惊异于一个没有关系的立场。——立场之场，立于何场？此刻，我能够想象自己有多么愚蠢：我甚至可笑到要数画面中的纽扣了，至少数出它们的颜色。那些纽扣以它们的总体无穷以及十三种色彩狠狠地瞪着我。总之，纽扣之应物无穷、兴象无端，都溢出了当下视界。几个纽扣，几种颜色，有什么不同呐？没有任何一种要素凸显出来。纽扣、颜色、图形，已经联合。一一毛处皆有金师子，感官尽失，享乐独成，纽扣大展越过今天下午的沉闷与夏天最后的威严，它旨在抵达深远无人之境。它已抵达，它已放弃众生之享乐、放弃本来的事业。而这一切，正是世界给出的整体性的一贯作风。只能从一个整体走向更多整体，而非走向零碎具体的材质。事物根本就无法维护自身单个的意义，它们总是被拆成零部件。换言之，它无法永久沉溺于自我。它没有自我的感知力，即感知自己部件之零之与否的洞察力，以及此种化整为零的决心。今天，终于不用讨论世界的起源与组成了。世界在此停泊小住，而且不是假艺术之名，仅仅是一些纽扣突然独立。

怒

《燕丹子》:“夏扶，血勇之人，怒而面赤。宋意，脉勇之人，怒而面青。武阳，骨勇之人，怒而面白。荆轲，神勇之人，怒而色不变。”当司汤达说“人的性格是习以为常的寻求幸福的独特方式”，当小说被人物命运左右之时，古代中国作者对命运作出了本体性的分析，通过四个怒字布玨，将一段气血连绵的历史推向个人幸福的极致。《内经》精义具在，怒之非常，如此集中地贯穿于不同人生。文王一怒而安天下，此文王之勇也。这种怒放的人生观，随着对象起伏不定的判断力，仍将影响每一代人（最后势必要追问怒者其谁）。

女人

《后汉书·梁冀传》:“遂封冀妻孙寿为襄城君。寿色美而善为妖态，作愁眉，啼妆，堕马髻，折腰步，龋齿笑，以为媚惑。”读书遇到这样的女人并不意外，历史中的女人是永恒的女人，是一样坏的女人，是我常常见到的女人。那些女人有永不衰退的决心，有面对死亡的横心，有惊人的感知力促使她们永不灰心。历史中的女人是记忆中的阴影。我面对她们，想到更多的受害者，想到脆弱的家庭。她们驰骋在自我的虚妄中，接近上帝的路被永久封闭，一意地发挥那最后的意志力。历史中的女人使灾难发生，并且使灾难成为过去，从而给后世以永久的见证。历史中的女人从生到死，她们经历过漫长的一生，进入我的阅读之中。自我？可怕的自我？什么是自我？不过是弗洛伊德所说的不治死症，歇斯底里子宫式的推动。历史中的女人呼风唤雨，那种惊人的声响打动寂寞的窗户，一夜不停。

历史中的女人不属于理解之后的存在，她们驾御崩溃的自我，放纵在虚幻中，顽强坚固的虚妄帮助她们度过一生中仅有的真实。那么短暂的就进入到此后的迷狂，短暂的真实呵，人生珍贵的真相，一旦被抛弃就切断了与历史的关系，演化作自我假设的过程，这种过程给予她们以回报的假相，让她们沉沦，换她们惊喜。谁需要就教她来，谁需要就抛出一切。历史成全了全部，然而历史中的女人只是空白。我要寻找那些久远的消息，寻找今天夜里濛濛时雨之中的那些意义，但是有什么呢？我听到窗户上的声响听到树叶在风雨中的抵抗，除此之外，历史何以是历史，好像尚未有任何影响。

而其实那一切都已发生过了，把我抛掷到读者的层面上。历史中的女人静悄悄地享受她们给自身带来的灾难，她们享受着放纵之后的宽容，以及紧张过后的失落。我相信，雨在深夜里也是静悄悄的，仿佛当事人不在现场，仿佛我真的能在其中沉睡不醒。但是很可惜，我全无睡意，醒在夜半，追忆历史中那些成空的悲痛，那些重负之下的成功。我同时幻想着历史仍然葆有她们可能留下来的安慰，哪怕只是作为反悔而出现的那一种情况。我在雨声中这么想。历史它要使我们经历的更多，我同样也不会感觉到时间真的有多么漫长，因为当事人都已渺渺难寻，我恰好是后人猜测的目标。当事人为什么不能留下更多的线索？比如那些历史中的女人短命而夭折，无论她们占有了多少时间，她们的野心毕竟只能展开一部分，因为时空自然而残酷的限制，或许当事人总是另有其人？她们如何表达？天何言哉，而四时成列。

当事人不应该表达，尤其不应该试图去表达，试图得到证明。我要追究的仅仅是当事人的历史感，判断主体在时空中受到诸多迫侵时可能的对策。“千秋荣辱一梦中”，诗人如此写道，但这显然针对具有永恒规律的艺术品而言，它并不能为个人，尤其是那些不可回避的当事人找到借口，包庇她们，哪怕是在自我的幻梦之中；一个都不宽恕，这无疑十分残酷。当她们把自我欺骗之后，历史中的空白就相应地得到扩展。所以我说，那些历史中的女人并不能够成为过去，因为她们还不能算得上是真实的存在，一种轻易的完成式不会作为历史感而被接受，历史感需要真实，它把完成式这种飘渺的姿态沉进自己宽容的原谅中，成就它动人的良知以及温暖的庇护。

比如说今夜，当我面对一些轻浮的感慨，它就发挥其善良的一面，给了我一些可能去判断去接受去重温。这些感受都成为我多年以后的莞尔一笑。那些历史中虚度的人生最大程度地得到过一次表白，或者也只能是这种程度上的照顾了吧。而关于当事人是谁？我已深深震撼于这个问题的提出，并且无法回答。因为当事人不能自问自答。如果他有那种非凡的能力的话，他也就不需要提出任何类似的问题。那么他就避免了形而上、避免了诘难，回到了当初、回到了童年、回到无的背景中去。予何言哉，而德行日进。

O

如果将 O 这个字母看作是数学中的〇，或许有点意思。德国数学家弗雷格（Friedrich Frege，1848 ～ 1925）说到数学中的零，以一种哲人的口吻驭繁于简："零，是一个与自身不相等的概念。"在此描述中，零有点像中国太极之〇，而太极是什么，它是否与自身相等？或者它只是无？太极的概念当中于是又增添了无极。弗雷格进一步解释："由于在与自身不相等这个概念之下没有任何东西，因此零就是这个数。"恩格斯（Friedrich Engels，1820 ～ 1895）也总结过："零是和其它任何一个数都有无限关系的惟一的数。"

在哲学中，零是指存在的原初状态，但它不是无。无名天地之始，有名万物之母。零，作为一个数，既不比其他数大，也不比其他数小，它仿佛是数字的边界。维特根斯坦说过："我是世界的界限，你是我的界限。"探赜索隐，领受挫折与失败，指明世界有其本质性的边界。此种边界与司马迁所谓"天人之际"相应（王船山所谓遵原篮以得垠，原篮其零乎）。际，事物相会之幾与迹（计算定位显象，三合一也），此际似乎完全从启示与沉默之间获得（特里林说过，Between is the only honest place to be)。

《说文》003 部："示，天垂象见吉凶，所以示人也，从二，三垂，日月星也。神至切。"二是上是天，小即三垂，观象法天，有名无名；从此，哲圣贤首都致力于探求那个存在的界限，这正是西哲艳称之史观或黑格尔（Georg Hegel，1770 ～ 1831）的那个"绝对"，然际之实、〇之量其可得乎？

呕吐

10 月 12 日梦中，有三个人上来拍我肩膀，与我称兄道弟。其中一个我不认识，他拍我的感觉我很陌生，而这一拍立即使我呕吐，吐出大量泡沫，与我身高相等。吐完之后，时光倒流，回到 10 月 8 日，距他拍我那天（12 日）尚有距离。我对时间的全部敬意在此，它埋葬隐忧。呕吐，即气之上逆，为咳为喘，皆能发动生机，调护扞格。而梦太完美，随便一下就摆脱了时间的纠缠。而呕吐，却能追溯时间的虚幻。

帕慕克

词与物，出自福柯（Michel Foucault，1926 ～ 1984），旨在揭示词语覆盖下的世界秩序，在词运语输中与真相渐行渐远，无奈逻辑定向的终点百密百疏，哀悼西方意识形态的产生及其式微之实质，已然直指逻格斯（logos）与米索斯（mythos）的古今之争。

象与物（Pictures and Things），则来自 2009 年 9 月帕慕克（Orhan Pamuk，1952）在哈佛的诺顿讲座主题，这位来自小亚细亚背负奥斯曼帝国（Osmanl1 İmparatorluğu，1299 ～ 1922）兴衰的作家，顾盼欧亚文明，标举物象之美；遥感中国大易之象统，欲与诗经四始颉颃，所谓兴象无端，与风云并驱者各视其才性之滴定锚准。象作为一种高维枢纽（higher-dimensional kont），诗性寓乎其中，机之所触象即呈焉。所谓立象以尽意，象是整体，与物表里，积衍为华夏文明特质殊量。

事实上，写作一直是作为整体性事件横亘在那里，即眼前的唯物与唯象。这个整体框架譬如自封自导的立方体，它的内部早就被自己满足（Klein bottle）。写作，既非描述，亦非想象，无论如何写，眼前的物不变、象不变，这种稳定性构成写作的前提。而我们今天所倡导的随笔写作，正是要从物的繁复回到象的混沌，从语言秩序走向万物秩序，从写作中解放出来，完成形上之思的追溯，使作者成为创造者，而读者的位置也将再次确立，作者与读者之间的互相尊重是我们关切的核心。因为尊重，才可能使文的传统复兴，上与象接，下与物应，才可能使文之悦成为双方共享的事实。

排比

排比乃是我们最大的敌人。我们要欲擒故纵地加速此种修辞的反动与暴露，然后毁灭它喋喋不休的罗列。排比句注定要失败。对现象世界的罗列注定要失败。妄图通过一种连绵不绝的语气来模仿永恒的节奏注定要失败。一切隐喻注定要失败。就在文章展开之时，如同身体展开之时、如同黑夜展开之时、如同柔情与创造展开之时一样，排比句注定要出现。如同你出现在另一张床上、如同光明出现在黑暗中、如同狂乱的想象遭遇呼吸的停顿，排比句所营造的高潮注定要失败。身体的要求与快乐注定要失败。要么抚摸你，要么嫉妒你，性别的差异既可以使人欣赏，也可以导致迷惑。为什么我不是你，如果是你，第一人称就将失败。出现了两个你，而没有了我，他人之中将没有我的位格，都是你。同一的立场，同一种元素，爱你注定要失败。水火相憎，男女妄图僭越自己的归属，一索再索，渎则不告。水火在既济之后的空虚使得人生看上去有了思索的余地。

排比句之后，文章仿佛要从头写起。在你的身体里我什么都没留下。你我之间的纠缠只在人称形态上略具意味。喜怒无常，抛玉抛砖，线索引出的主题并不新鲜，影响世界的全部没有办法充分曝光，那需要一个更加广阔的宇宙、更加强大的光明。在你眼里，我只是一个线索，它引发了你的问题，但我并非此问题的要素，你在我身上创造了你要求的意义。

至于主题的变奏，往往是因为主题没有进展，主题赤裸刺眼，它需要衣服，于是看上去你们彼此成全掩护对方。世界只允许一个人暴露，于是必有另一个人（正是你）隐藏在深处，而我这个人称在使用之初就是被动的，带着无奈与强调与你相逢，多么无聊的强调呵，我是我、我是我、我是我。可惜我的对象始终隐藏，我的排比句似的表达注定要失败。我还有什么？我不想再使用“你”这个字，这并不会影响你的存有，更不会伤害你。在没有你的文章中，势必会出现广大的空白，如同人生中出现了空白一样，通常我们都会用想象去满足它；隐隐约约，在那空白之处（也就是真正的现场），我们找到了约会的地方。众所周知，人称是开放的。

批评

多少宇宙从混沌中诞生，而那惟一的混沌却几乎从未被解读（所谓混沌无窍凿不死），文本中的宇宙发明四始、究竟涅槃，也不过是昭氏之鼓琴也。然而，作品本身就是真正的批评，它阐明了作者对传统全面的理解与立体的运用。所以，《追寻逝去的时光》《尤利西斯》《芬尼根的守灵夜》《哈扎尔辞典》势必要摧毁一切教条的批判，从而确立一个其实相当古老、情欲交摄、同步异辙、感官综合、威仪定命的现代主义新貌。须知一切批评皆由经典而起，经典之外，并无文本。

皮囊

一代一代的人其实都在打水漂。如同爱一样伤人的政治，毁了他自己国家的未来，青年的心确实被扭到了他们意料中的那个愤怒偏执的妄想中，政治致力于培养它的反对者。而吾人事业所乐者却往往又在于对夏虫说冰，所以只能打水漂。像一场场热烈的爱，一场场人工堕胎，一片片纯洁的避孕药，一支支刺鼻劣质的保险套——在工具（最小的内衣，膜）、片剂、机器之后，还有那不息的盲目之爱，欲说还休（羞）？借人类之口而出的理由还少么？人言吐纳者毕竟有限、低级、陋弊、重复。你们无法一次性定义自己的美德，以堕落、懒散为常态，回忆仅存于往世的善。此世的灯塔何在？语言暴力煎滚中的诗性何在？比如00后女孩所能给出的有限哀悼，这青春战士，只能打出一张身体牌，应付变幻的大王旗。——那些同样陷入人生的大王们，八大王一般头面的大王，操引之际，半推半就；我是在说琵琶，一件脱胡入汉的乐器，一件精巧的需要挑弄的身体，应指而出的却是弹奏者的心声，琵琶并无自己的心，它的声音只是一阵弦外异响，琵琶弦上说相思，说的是谁的事？夏虫唧唧，谁忍说冰？忍尽心事未折花，四弦拨尽渚莲愁，尽语言之能事而听天命，身体只能做到这一步为止。皮囊鼓风，可不哀欤。

屏障

疯子，来自路边的目光（这个路字使人生疑，谁的路？路无限——）。它的目光混沌、包容发散，它的目光即构成背景，它的存在（Being）超乎生灭，它对生的无感知使它从开始即与宇宙相表里。我的观注毫无征象，它的生命无表达，无物。我为何能够欣然领会此种无表达的扫描，轻与重的契合？换言之，它找到了投射之物。我接收到来自全体自然的信息，它此时乃是一种无障碍的屏障。此种无障之屏乃是出自某种标志之物的总结，与物交融之际才能发现它。它抑制一切纪念形式，全面涵盖，回返降低，它始终栖息于某片湿地。我用疯子这个词，本身即说明词语的屏蔽与躲闪，当然我已摆脱病理学上的定义与要求。至于那个它字的运用，或许多少可以弥补人称带来的缺憾。

破

我们拥有的已经太多。譬如一个字支配着过多的偏旁（寺：持、诗、恃、侍、待、峙……），却并不迷失自己？平生大惑，莫非此类。我们拥有的幻觉譬如这个“彡”旁，这诞生于文明中的秩序，怕就怕一切都只是在这个文明的幻觉中考量周旋，在典籍文字中讨生活，是所以难酬其万一。我须舍弃，我须从冬天开始，投入万不得已的生活。生死是一种最低限度的总结，生死以之是基本策略。而破坏，是一种更大的能力与事业，远非文学所能承担。破，亦如诗与易之一名而三义也：破读、破晓、破破。

葡萄

吃葡萄不吐葡萄皮，这等于是说一个人要独吞他惊人的才华与命运的秘密，尽管展开他的丰富内涵与多维视角，但是同时承受所有伴随着他的创伤记忆与挥之不去的仿佛是从天而降的伤感。这种伤感源于童年无处倾诉的委屈与压抑，而母亲远在天边。也就是说，一个人他辉煌的歌声过后势必是更为长久的沉默。他需要休息，需要经营，需要缓和，需要思考。个人化的创伤记忆必须按下不表，否则矫情感伤的浪漫化作风就开始腐蚀人性、解构生活，甚至是篡改象征性的生存方式，把具有古典悲剧性的生存意味稀释为欢天喜地的流放。吃葡萄不吐葡萄皮，略不同于哑巴吃黄连。我们并非有苦难言，而是无处倾诉。世界不需要个体的唠唠叨叨，生存事件的现象学特性决定了我们把“苦”收藏埋藏，最终向它索要意义。葡萄皮的营养价值决不在葡萄之下，每个人心中都潜伏着一位陌生的上帝。

蒲团

蒲非蒲，团非团，蒲因团结，团因蒲成。如何是祖师西来意？曰蒲团坐肉。诚斋（杨万里，1127～1206）诗云，袈裟未著嫌多事，著了袈裟事更多。知堂（周作人，1885～1967）五十自寿诗云，前世出家今在家，不将袍子换袈裟。袈裟与蒲团中的人生多么可疑，你们将分别袈裟的颜色，争执蒲团的薄厚，圆座之上般般无礼，袈裟内里层层有垢。如何是祖师西来意？曰肉坐蒲团。是的，广大范围内弥漫的真实，注水流泪的人生，眼界六观，面面触尘；学问都是食品添加剂，为了保质而变态；我不妨说出做不到的一切，让给你试。如何是祖师西来意？以身试法，一人而已。赞曰：肉坐蒲团识法身，藏锋始觉出锋亲。来回说个西来意，笑煞光明磊落人。

奇迹

一个女人消失在水中的全过程。先是在河边浣衣，然后她窥探到水底的美，那些诱惑本身即来自她内在的美，却被反射到水中，水底生物的异彩呼唤她与水融合。此时她已无法感知自己，在这神圣的时刻她需要一个旁观者，我的前来是经过刻意安排的，世界无时无刻不在发生着此种奇迹，不能少的是见证奇迹的人。最后，我搅浑了那水，等不到它的澄澈，梦就醒了。而我原本可有可无。

气候

许倬云先生曾经考察过气候的变化与民族移动的关系。他说："中国历史上，南北朝时代长期有过北方游牧民族不断入侵中国的纪录。五代至辽金元诸朝，中国也曾屡次有北方民族的入侵。三国到六朝时代有过长期的低温，隋代开始回暖，唐代是高温期，五代开始又渐寒，南宋有过骤寒，中间短暂回暖，仍比现今温度为冷，元明偏于寒冷，而清初又骤冷，直到民国时期，始渐暖。"他引用竺可桢（1890 ～ 1974）的气候学研究，发现气温变化与北方民族入侵的时代颇多契合，这不能完全解释为巧合。大抵气温在相当一个时期低于平均温度时，北方游牧民族的生活受到威胁，才与中原发生战争。气候即天道，植物的生长周期一旦被缩短，人与自然的和谐关系就破裂了。

至此，由寒冷导致的迁徙遂改变了历史的命运，战争几乎都是在不得已的情况下发生的。因果之外，更大的循环使人投入，这种循环就是生活的力量。“生活，生活，不惜一切代价地生活。”——捷克作家赫拉巴尔（Bohumil Hrabal，1914～1997）如是说。

墙

与黄河不同，没有人试图去寻找长城的源头。它从开始的时候开始，随时随地开始，区别于河流。没有人用河流比喻长城。长城是墙（wall）。诗人成路写过“边墙连接的灶火”（在此我却不打算谈论边墙与火热生活的关系），边墙的边应该理解为界限，某种划定，二者之间，而非一极。边，指文化的警惕性而言，不同文化的界限就是边。具有象征意味的是，文化边缘耸立着墙。墙，就地涌起。从空间中涌起，所以我才说，人不会去寻找它的源头，它不像河流一样在空间中推开。长城，你可以走上去，沿着它的脊梁走，果然不像河流。是的，它不可渡。不是说，你可以轻易臻于彼岸，两岸之间不同于墙里墙外。你走在这条界限之上颇不同于顺流漂荡或逆流而上，长城没有那种绵延的流动与阻力。在界限这个意义上，它的内部略无阻碍，它指向两边的辽阔。

强喻

虽然，语言（叙述，说）与文字（符号，写）是世界的基础，福柯在《词与物》中还是提出了“强喻”的概念。语言就是强喻（语言＝强喻）。更早的时候，老子说：“吾不知其名，强字之曰道，强为之名曰大，大曰逝，逝曰远，远曰返。”——层层推进，仍说不清，此即强喻（岑勋多宝塔碑所谓含毫强名，通解脱于文字）。道本身是什么虽然说不清楚，但可以强说道“大”，大的观念较易建立，然并非大小之大，而是观念中的大，不是Big，而是Great。由此推论：①不同语言描述同一观念必然不同。②同一种语言描述某些概念也不尽相同。③前者为名词之类，后者则是观念性的，也就是说，生活的语言是可能的，而哲学的语言却受到语言本身的限制。讨论哲学须另创符号，另起炉灶，除语言之外，哲学（观念）亦早就存在于人脑之中，所以不得不讨论。故人类生活中几套系统遂并行不悖。强喻的事实遂亦并不显得那么夸张了。任何对于本质的发现与重新描述，事实上都在本质的表现当中充分展露过了。思想家的所得未必对大众有多大意义，尤其不能夸大此种意义。④要知道，强喻的背后仍然是事实本身。⑤语言既是最高级的，同时也就是最后的。最后即强喻，没办法的办法，硬上、强行。比如登山，最高处乃是一种纯粹的象征，人类所征服者乃是欲望本身。

追补。史记老子列传，子将隐矣，强为我著书。如此，则强的背景是隐，隐的背景是生死，生死的背景是天人凑泊可能协洽处。而天人之际，非象不显，显则强，强则偏，故为道屡迁，圣人幽赞，奇迹无倪，道心不歇。

勤

《太玄·勤》:“初一：勤谋于心，否贞。测曰：勤谋否贞，中不正也。按，勤而不以其道者也。次二：劳有恩，勤悾悾，君子有中。测曰：劳有恩勤，有诸情也。按，悾悾，犹款款也。不倦其勤者也。次六：勤有成功，幾于天。测曰：勤有成功，天所来辅也。上九：其勤其勤，抱车入渊，负舟上山。测曰：其勤其勤，劳不得也。按，九居亢极之地，而又失时当夜，勤而不以其道者也。”按，扬子《太玄》测定勤字奥义，每一读诵，喜忧交集，虽深知人之病而己亦不能免，虽冷暖自知有所脱解，然终不能推之于无而高谢四流。《吕氏春秋·应同》:“勤者同居则薄矣。”虽然，吾人同居于世，犹贤于同名之犕，如此则贾勤之名虽不能落实（姓与名难以持衡、辞让太过），然众生彼此有恩终究难忘。

情感

情感对语言的依赖。情感是否总是需要表达？我们理解自己，只是拙于表达，但是真的需要表达吗？表达的太多太久，情感终于平淡了。“于一切语言中我是沉默”（薄伽梵歌），也就是说，他摆脱了对语言的依赖。此即无言之境，即维特根斯坦所谓“沉默是对语言的占有”。“道可道非常道”，道并非一种情感的理解，所以从一开始道就排斥语言。与生活平行的语言想要说明生活何其艰难。误解由此而来，越说越急，直至无言以对，此种沉默乃是出于被迫与无奈，不是懂得沉默以后的沉默，当然亦有可能从此契机即理解沉默之必然。于是我想到人类最初的沉默，以及初次打破此种沉默的欢喜。

情人

你们列队飞奔而来，送饭与我，我连筷子也一并吃掉了，我多么快乐啊。但我只在队伍返回的间隙，才能一瞥照见你的容颜，证明队伍中有你，我一生的判断不误，而其他的女子，总是陪伴在你左右。只要她们出现，我潜意识即知道有你。而梦里梦外，我却发现，已经很久很久没见到你了。反倒是她们，活泼有加，日益扩大其活动范围，遍天遍地，只为遮蔽你的身影。我如何避免他人的意识干扰，甩干纯粹沉醉的自恋，捕捉你那珍贵的眼神？你隐于人海，情非得已。但我要感谢你，仿佛时间从未奏效，你的穿着一直没变，我因此永远认得你。人群中始终有你，有时起在空中，有时深入水底，我处处都能发现你，并且你总是刚刚离去，那些女伴迅速包围着我。也没关系，梦总让人失望。无论如何，现实中的你清清楚楚，虽然遥远，但我已经动身赶来。

情书

突然有一天，你打扮得花枝招展，这真让人受不了。你让所有的人都知道你美，这其实没有必要，可是你早已厌倦了我的欣赏，悍然进入大众视野。现在，到处都是我的情敌，这种情形从此以后不会再改变。

突然有一天，我收到你退给我的信，是我以前写给你的所有的信，你不再保留那些记忆，让我一个人承担，让我忍受没有你的生活，让我的信没有目的地，又仿佛时空交错，我自己成了收信人。而那些信，真的，其自言自语的程度确实就像是写给自己的。写这样信的人不可能获得爱情，不可能找到你。就在我疑惑迷惘之时，你却通知我到妓院里去找你。可是可是，干净的梦里一向没有妓院啊。冥冥中有声音传来，没有，就建一座，于是我已经在妓院了，与所有妓院不同，这里只有一个女人，毫无疑问，那正是你。我们如此滑稽地相遇，在你所要求的场所，在我虚拟的妓院，我们没有客套，你一开口就批评我为何姗姗来迟。这种批评像是对我的行动有所赞赏，但仍然不肯正面表扬，我听出了弦外之音，我知道如何弥补。我只是倾听，语言的倾泻总有个尽头，正如倒带咔嚓一声回到了从前。

饶宗颐

夜梦饶公漆胶于最高枝头，仍与最年轻的生命交流生机。我从枝头向下望去，地面上到处都是遗弃散落的珍宝，隐没在碧绿的草丛中，我想下去拾取，但又想请教饶公中西交流之诀，犹豫之际，饶公大笑，我就迅速下滑，枝头之下并无旁枝妨碍，而坠落的速度忽然减缓，我得以观察地面上的情形，只见一条大河在春天浩荡奔卷，水面上全是浮冰，再细看，那浮冰上竟然都坐着人，仿佛是生命的流离，又像是战争中的逃亡，总之一切动荡，梦中画面如同摄像机被人晃动，有些晕眩，但并不失真，那些流离的人中有我的祖先，我从空中掠过，听到他们的谈笑，但是载着他们的浮冰不单单在流逝，同时仍在分解消融，栖居其上的祖先消失在梦的尽头，那里是历史的中心，而我却盘旋不下，既不想深入历史，也不愿回到大地。我的未来仍在枝头。

热

我在梦中读到一句日本诗，“死亡是热的衣物上烧烬的残片。”——这诗的重点却不是描述死亡，是用死亡来描述热。并且，梦中我就已明白这不是日本的诗，尽管它的风格有些近似那岛国的深刻。为什么，梦中的我还在写？紧接着我又写下另一个毫不相干的句子：“我已感到你身上逼人的寒意。”——这一冷一热，这情感的两个极端，又是为了谁？于是，我将寒冷的意象续成：“寒冷的北风把她的心穿透，孤立无援的爱情如今蜷曲在高加索，流放者于必经之地洒下热泪不由得放慢了脚步，这片寂静的土地没有太多的热情。”——最后，真相大白，我还是祈盼着热而终于落空了。我决定最后一搏，不惜用死亡来唤醒它。

人间人

三年以来，我一直在诗中强调所谓的应对之谜，渴望着将我交还于主宰授权的人间人，将惟一的命运献给母亲，将泪水还给旁观者，一股注释的洪流将我挟裹。“作家”成了卑微者的自我肯定之辞（他渴望的桂冠只是另一个家），它给作者之名蒙上阴影。作者的无名传统与内在权威的真实关怀因此大打折扣，这是堕落者自身已经承担的罪。未来无可救药，但马尔克斯仍然说，要失败还需付出更大的努力（艾略特所谓不同的失败）。

我相非相，我空非空，我若在夜间与盲人争道，必受挫折；我若不懂得爱，则必然也不懂得尊重童年某个清晨的觉醒所引发的平生悔义。某个大雨将临的昨天纯属虚构，但它必将如哑女之爱舍弃语言，开创极端。系统之内，抽刀听水，然后相与处于陆，相呴以湿，相濡以沫（I prefer to live in my own little bubble of my own reality），这就是人间，这就是我所熟知的夜路，这些诗只能是对未来生活必然性的竭尽所能的回应。

人梯

天不可阶而升也，于是我只能留在人间甘作人梯。我是司汤达（Stendhal，1783 ～ 1842）红与黑之间最初的道具，我是于连（Julien，1808 ～ 1830）命中注定的爱情与交易之梯。我热爱天人递归的命运，得逞然后放纵，我斤斤计较，阶阶给力，没有什么是不能通过阶而摆平的，有阶就有价，这是人间的事业。人间中介，何其狡猾，我与你狼狈出击，一次次给出天价，送他上升。梯航欲海，大难蒸尝，普天之下，谈我变色。但我也注定了落空的一生，递进之梯骤变为转折之梯，梯上无人，爱情衰谢。于连赋予我的方便辉煌被司汤达登高收回，作者始终控制全局；而指梯称高，强制与资本集中的夜晚，星光闪存，我却无法纪念属于自己的一生，通过我而达成的悲剧令读者称心地给出诅咒，他们为了这个发现会再次忽略我。

日记

日记本该记梦。《易》《礼》俱有梦占，《左传》亦重其验。而常苦不能记，盖梦之缠绵真实，系于一觉，醒后独得之幾，殊不可求。弗氏解析，不类周公，荣氏立说，颇申我意。虽然，庄子梦觉，想入非非，华严众相，唯心而已。吾人之梦，即众人之梦也。诗云：视天梦梦，曷其有极。噫吁戏，人天之梦交相感，交相胜，梦之义大矣哉。《易》与《太玄》均无法立其象，盖其实贯穿始终，不能独立成说也。夫梦者，人之迹，故以人为主。

肉体

“平生事，随风转，涅槃意，水云身。”——肉体最广泛的堕落早就开始了，情欲生活中最无聊的意象与冲动终将结束。人在搞垮身体的同时，终于将自己解放出来。被性欲困扰的诗人毕竟年轻，他不考虑未来。弗洛伊德说：“好奇心多半是由于性知识缺乏导致的。”（又是弗洛伊德，也只能是他了。）弗氏之言可以深思，写作是否是因为某种更加恐怖的缺乏？另外，对于死亡的思考常常没有任何结果，亦不可能有结果。无论是亲人还是自己，最后的结果并不需要分外期待。会有那么一天，我们终有被“它”承认的那一天。无论如何，“形影未乱先人真”是可以安慰自己的七个字。

如来

夜梦至奇境，轮回都尽，幻化实现，无始以来之因缘仿佛解散，譬如飞空雨声，譬如七宝楼台，忽一人念道：我是如来最小弟。此人实即我之分身耳。化身千亿，应接不暇矣。我又看到每一世的自己，有时在雨中，有时在深渊，有时起坐喧哗于友朋间，有时觉悟，有时大笑，我于尘土中见到尘土，于刹那间虚度此生。

乳目

“刑天与帝争神，帝断其首，葬于常羊之野，乃以乳为目……”，乳目弃首，这是文献中第一双愤怒的双眼，它给意识形态带来了最初的负担。陶子所谓“猛志”，屈子所谓“九死”，极言此中愤怒出离，而本体惯于煎熬，毫不放松，以眼还眼。刑天以“后起之眼”顺延导出此世的真义，第一次彻底击穿了意识形态所布之阵，他以无物之阵、弃首之阵、递减之阵与之周旋。即使在神话中也无法处理这双眼（真正的只眼独具），最后只能以葬于常羊收场，但此眼却从此常羊于历史和黑暗的深处，以愤怒的方式索要光明，此种光明摆脱了本眼（the eyes）之障，与志与死同在。

伞

与一心所开之二门相似，伞之收放一如门之开关，收伞一如收兵、收队铿锵有力，伞与原因同在，留给人的只是一个打开或收束的动作，我们熟悉动作熟悉伞但不熟悉原因。但我们亦从不企求伞的庇护，它也无法承诺平安的穿越。

但今天伞领着我穿越了梦境。梦中的人生道路整体如同长廊长桥长城，人们都聚集在两边向外看，于是中间出空，宛然成路了。我出门时，此路依然，没有人注意到我的出现，但突然下起雨来，我心中并无伞的概念，但手中俨然已经打开一把L柄的花点小阳伞，遮阳之伞如今却迎来了雨天，显然这是在我的童年。我撑着阳伞，寻找父亲，结果走遍了世界，这世界其实仅仅是两边人群的空出之地，但极其漫长，但并不艰难。

雨甚至是温暖的，可能是春雨，更可能是太阳雨。我在所谓的人生道路中寻找奇迹，结果遇到一家旅店，面临休息的引诱，是继续寻找还是暂且休息？关键是我并不累，但也不着急找，该如何选择？此时，灵感乍现，隐隐觉得父亲也在旅店中休息亦说不定？休息了几天或几年，雨已经停了。再次出门时，我却有了伞的概念，却惊讶的发现，手中的伞已经变成一把木质直柄的大黑伞了，此伞甚黑甚大，我几乎觉得此后的人生并无打开它的必要。

散步

黑暗中的散步者仍在找寻事物之间的联系，起初他仍局限在语言之中，通过发音与记忆唤起此刻的感受，后来他索性打开面前之书，从众多元始文本出发，踏上他人的解析之旅。此刻他甚至愿意埋没自己的私心，愿意放弃任何已经形成的幻象，他已不再对他人抱有警惕。直到深夜降临，而灯光依旧，就仿佛时间不曾放弃过他，他欣慰于意识之光尚在。蓦然想起昨夜的追问：照亮梦境的光线从何而来？是生命的至诚不息成全了梦境，栩栩然蝶也栩栩然觉也，而不知觉之为觉不知梦之为梦，这一切都是不息之流的携裹与契入。夜已深，他却很难合上一本书，很难打断“全体作者”的一贯思路，很难确定自己这种开放的阅读带来的启示是否合理。夜与梦的距离，仍然过于遥远，摊开之书正是打开的宇宙，他唤醒的是“集成式写作者”（譬如龙与凤，合而成体，散而成章），把一个单独无法终结的问题互相传递，只有这个传递的过程才会把我们重新带入游戏与梦境，使这种传递维持在醒觉之前。而熟悉的梦境与我无关，它成为作者的创造之物（text）。它为主体提供惟一的例外，让主体满足于书写与阅读的双重快感。梦境是阅读与书写的同一，不是吗？而你却始终无法与这位黑暗中的散步者相遇。

色空

《说文》340 部："色，颜气也，从人从卩。所力切。"段注："颜气与心若合符卩，故其字从人卩。"此即证明空中无色。然色与空无分别，色是对应的状态所显示者，空亦为双方面共同之认识，所谓色空，皆认识论也。色：从心到色，若相符合，谓之成色。空：从心到色，亦不悖逆，谓之成空。此色空原无二致之理，空即是色，色即是空。虽有二名，实出一心。若心心相印，则非色非空，超出名理所限，然后以心证识。

色情

真正的色情诗仍然无从写起。从生殖器到心灵的距离过于短暂（这可能是短路），有时又过于漫长（这可能是连电，电永远在内部循环，致使整个电路最终瘫痪）。我并不讨厌生殖器，它有时候甚至相当可爱（是达·芬奇说它丑陋的）。吉胜利说："你看，花朵的生殖器外露。注定它的惊艳。"《四十二章经》中那个要除灭阳具的弟子，同样令人感动。鉴真大师（688 ～ 763）有一个始终被性欲困扰的弟子，他仍然在期待真正的觉醒，无论如何，会有那么一天。施蛰存先生（1905 ～ 2003）笔下的鸠摩罗什喉咙隐隐作痛，与他美丽的妻子结伴于茫茫沙漠。无穷尽的世间法，想全部腾空否定，简直如同一首真正的色情诗几乎无从措手。我为什么要求这样一首诗呐？为什么和性欲本身过不去呐？为什么要热爱纯粹之美？真正的色情诗必定充满了失落，于一片繁华中无所适从。

也许李白已经写出了片断："美人在时花满堂，美人去后余空床。香亦竟不灭，人亦竟不来。"杜甫的"男呻女吟四壁静"却被大大误会了，这七个字当中的饥饿与屈辱摧人心肝，与性欲没有一丝瓜葛。至于韩愈，写过"越女一笑三年留"，遗憾的是留下来之后再就没有见过那位女子，只有一个笑字供人参考，也许我们连笑声都无法想象，不知道诗人当时是被笑容所惊，还是被笑声所扰。不知道。历史中的诗就这样消失，尽管获得了流传的机会，但是那些美好的事物早就转移了它们的方向。——一种无可形容的风度，在璀璨的夜空中无人目睹，曾经这两个字只是一味的掩饰罢了。

色情号码

24小时上门服务：17719739925、17719739926。色情譬如带球过人，又一次越过了时间的边界，也只有在时间的边界上徘徊逡巡，才能挑逗起真正的情欲。一个拟定的临界点，即将引爆的性欲，一个落网的情色君子。她所默许的漫长时间，不再流动，事实上这段凝固的时间定格在每一个窥光者的脑海之中，此刻时差问题被取消了，勃起不需要顾及时差。那被许诺的时点仍在酣睡，而你却早已醒来，如同醒来的伐木者，如同在某个制高点上醒来的登山者（同时也是制高点的定义者），如同暴露过早的赤裸裸的谬误谎言中的胜利者，其实未曾拨打过那个号码。一个纯粹的号码收集者，痴迷于数字与文字背后的可能与限定，道德的妄想症患者，全心全意的书写者，忍受赤贫，饱经风雨，只为保守一个众人皆知的秘密。——我是动物。24 小时的生殖神话破灭了，肉体狂欢的理由破灭了，引导人物编织文明序言的可能破灭了。人与物，仍留在一个古老的年代，瞻望着一个更加古老的未来。刹那间，我仿佛反复拨打着一个无人接听的永远处于当下的业务电话。

陕北

如果说文明开始于修得人身（《春秋穀梁传》所谓大受命，佛经所谓人身难得，陕北民歌所谓山沟沟里泉水黄河里流、我为人上世自然有来头），文化就是这个身体在反省中的符号性表达。

文，作为符号的集成，因人而起，即身而定，戴九履一，涵盖乾坤，主导了生活的倾向性。生活作为一种流动不居的时空影像，我们看到的是自己的先人亲人在其中活动的积极因素，只有这种积极的东西始终在引导真诚的生活者。生活中的积极意象总是被及时提取，进一步总结阐发它正是所谓的自强不息，“何意百炼钢，化为绕指柔”，直面自然生存的残酷性升华为经过修辞的文明世界的种种模式的竞争。人类文明是不同模式竞争的结果，只有不同的东西才可以构成交流，阴阳异位而成其功，动静异时而成其变。

因此，从一开始，从人群中脱颖而出的先知就强调修辞立其诚，这甚至说明，修辞永远不能做到真诚，修辞是第二义，是喘息之处，是为了纪念而创造的虚拟空间，是祭如在的虔诚感通。而生存事件中的祭祀活动必然也是大规模的，命运仿佛就在天启中。

正是在这种变动不居中，在这种时空相应的震荡中，在陕北这块土地上产生了所谓的陕北文化。但这仅仅是个假设，我从不认为陕北的特殊性值得强调（故乡并无地理学上的意义），这种特殊性是偶然的，它仍然是天道四时运行的一个自然结果，只有在命名中才成为陕北，这是命名的局限，并不是陕北的局限。

所以，有必要把这个词组倒过来，说成文化陕北。这样，我们这群生息其中的人就有可能与升华中的东西保持同步。在此，也就没有必要谈所谓的中国文化等等，文化陕北恰好启发了我们从文化中认识中国，而不是先入为主地接受一个中国文化。一切概念都有其不得已，一切修辞都是为了另一个东西而酝酿。

我们只能不断投入活泼泼的、淋漓尽致的广阔深远的生活世界。这个世界以第一速度综合一切，它开出种种形式与法门，发出种种声音，给出种种色彩，以其内在的无极笼罩四野。我们这些人，因为偶然的觉醒，认识到这个世界仍然有其不可端倪的部分，认识到一切表达之后的沉默，这种沉默现在属于我们的亲人、我们那些飞逝的祖先，是他们把生活变成了一种特殊的实践。

今天，只要我们在，就要努力与他们联合（说文439部，聯，连也，从耳、耳连于颊也，从丝、丝连不绝也。力延切）。联其事而通其识，无限回归逼近整体，把不朽这种神话进一步传播。生活是真正的神话。生活在陕北、生活在文化中，同样也是。

伤之悦

与世界同步的写作是否可能？譬如自转与公转就能同步。打破自言自语的神话。写作为何滞后？“作者并不先于作品。”如果作品正是伤口，它的愈合相对于身体便永远、当然的滞后。滞后的沮丧感于是消失，反之产生了“悦”。文之悦是某种滞后的承诺，的确存在。从此，写作又总能超前。

绍兴方言

一觉醒来，听到阿姨在客厅讲话，我立即陷入古老的“根部生活”。语言是广义的根，方言是定项的根，众所周知，根部生活是黑暗的，充满力量、猜想与观察，却寸步难行。在方言中寸步难行，因为生存扎根于本土（尊严由此确立）。外来者，普通话，只能上“高速公路”，穿梭其间，不能交流。我是一个微不足道的闯入者。方言是自我的光明，但却不能照亮他人。譬如每个萤火虫都有一盏自己的灯，它们从不借出此灯。灯与本体同在，与自我相关。

摄梦

相机不停地在梦中拍摄，大部分影像都得以保存，拍摄者雄心勃勃、胸有成竹，他的技术与设备都支撑他的自信，他的相机出没风波里（脑电波），拍呵拍，譬如藏舟于山、抱车入渊。而梦醒之后，拍摄者何在？他没有保存对地方，只有他看清楚了那些影像。我虽然是那个有力者，能够负山藏水，但亦无法了解相片的内容，我要那舟车又有何用？梦中的摄影师拒绝重新工作，他离开我们很久了。

身体

温故而知新，身体也需要不断重温，需要对话。身体对健康的向往是正当的，重温的前提是你已经很熟悉了。此时，只有身体是真实的，文明的尽头挣扎着的仍然只能是身体。此身虽在总堪惊。身体只有在对方的眼中才是真正属于自己的。领略到对方的美，同时意味着忘掉了自己。通过身体超越了身体，但是人到底获得了什么？我不想明说。身体永远空虚，所以身体的表达总是过于热烈。陆放翁诗云："姓名未死终磊落，要与此江东注海。"在此，姓名就是身体。他又说："浩歌君和我，勿作寻常醉。"在此，君就是纯粹的身体，是你千载之后的自觉大梦、阅读之身，是你贾勤。但是总之等等，人物保姓受氏久矣夫，而我不想对你说这些，我的话因为感通诗性再度大打折扣。然而还是陆游（1125 ～ 1210），这个字务观的人说，"清坐了无书可读"，诗人连阅读的快乐也丧失了（这不同于夏曾佑的书读完了）。于是，诗人惟一的自杀方式只能是写作。

呻吟

老杜诗云，男呻女吟四壁静，化用诗经大雅民之方殿屎，依国据家，爱恨垂空，创造了一种崭新的呻吟。然而有什么用？有时候仅仅只是绅士伸了个懒腰，意外的在情人眼中看到了尘封的坤德，括囊的虚空与自信的种子交流无碍，黛尔加迪娜，马尔克斯的闪电，我的申命记。远方在初爻面前就范，六九横陈，圣诞不空，风中消息遍行天下。另参，帕格尼尼（Nicolo Paganini，1782 ～ 1840）小提琴炫技经典 Scena Amorosa，仅使用 EG 二弦幻化出风波中崭新的少男少女。又，呻吟即申今，说文申神不二，解字今命同源，失于人而得乎天，越于礼而合乎乐，呻吟早已突破了福柯的经验史，是对当下综合回应的再判断。

生活

简而言之，生活是不可能的。生活就像传说一样，构成了生活的全部。无论走到哪里，生活都在。虽然，我并没有想要摆脱生活，但它的确追得太紧。它在我身后追，同时在我前面指路，热情洋溢地讲解宣传，仿佛是它在开路，而我其实早已经无路可走。我不得不发明比喻，与生活互补交涉。而众所周知，比喻是无力的，因为比喻仍然来自生活。产生于生活中的东西怎能是它的创造母体的对手，生活从不培养它的对立者，只有它的讲解员在大地上随时待命。你看得到，有多少人都在为你讲解他们熟知的一切，那都是生活告诉他们的。生活通过它的奴隶告诉你更多的东西，它不总是亲自讲解，这才能让你知道谁才是真正的制定者。在生活中作强者是多么滑稽的事？强中更有强中手，譬如男性生殖器在关键时刻就能变成第三只手，随心所欲，这只手永远只能单独使用，这只手是强中之强。此手惟一，不可替代（宗霆锋当年写“此水惟一不可替代”之时，已经从生活中醒来了吧？）。在生活中谈论一只手是可耻的，这就叫横插一手。手是真正的第三者。你看，第三只手变成了第三者，真可怕，生活给出了所有的定义。而我，只是一个人而已。生活是另外一种事业。

生平

昆德拉坦言："捷克的诗人喜爱普鲁斯特的作品，但不了解他的生平。我本人也是在很久之后，才失去了这一美好的无知的特权。"普鲁斯特（Marcel Proust，1871～1922）一向反对研究作家生平（福楼拜说，艺术家必须让后世相信他从未生活过），以为未必有助于理解作品，作品来自更深处。庭院深深深几许？内心端居之处，不可指窥，岂是生活线索所能提供给你的那些支离破碎飘浮无碍的生活内容。作家为何写作？这一神圣命题仍然大有探讨的余地。探讨的结果势必指向那些被反复阅读的经典，不再纠缠远方的作者、不再追问读者是谁？一切都要等到读者真正的崛起。作者风格的彰显是人类精神世界的大解放与大曝光，"心灵现实主义"的旗帜有必要重申，否则又怎能理解巴尔扎克（Honoré de Balzac，1799～1850）的人间尺度。

失忆

你终于说话了，一开口就批评我为何姗姗来迟（这毕竟不同于春日迟迟）。

我怀着莫名的委屈与激情想辩解，我也是等了很久才接近这一天的啊。说时迟那时快，我被抛入一个巨大的搜索机器，五 V 纵横（Volume\Velocity\Variety\Value\Veracity），它的运行带着感人的力量，置身其中我几乎要哭了，然而最大的难题首先是要检索我自己到底是谁？这只能通过检索他人与我的相似性而获得，不错，这其实是一个关于失忆的故事。我随意按键，都会有信息刷新到眼帘，奇怪的是机器本身并没有显示器，通过想象这些图像合成，直接显示到我的大脑中，我也可以轻易抹去图像，也许除了我是谁之外，一切都是垃圾信息，但正是这些垃圾信息鼓励我继续检索，鼓励我活在梦中。

我独立机器内部，在完全陌生的环境中反省自己轻飘飘空荡荡的一生，没有一点点负担，我的思想此刻只是些微弱的信号，牵引我随意按键而已。那些无名的按键背后并无秘密，仅仅是无穷无尽的数据与模型供我选择回忆。但此刻，我微弱的思想已经飘忽，这些图像如同烟云自行消散，我的身体慢慢融入这个机器，平均遍布于每一个角落（Approximation Theory of Functions），而视野不及之处仿佛有某种召唤，你若有所悟，这里上演着古老的招魂仪式。你按部就班，表演着从生活中学到的一切，但并不知道这些表演意义何在，一如我们仅仅是为了造句而写作。这样的梦如果不醒，这样的句子如果不被证伪，主食就将成为副食，生活本身也成了调料点缀，而写作与梦却装模作样，异常庄严，戏剧般的向生活反复致敬。

时代

时代这个词多么可疑。它是时间与人正面冲突之后留下的疤痕。我看到吾人面对时间之束手无策。这一切到底是在演练呐？还是在重复？还是真的永不复返，虽是彩排，却也只是一遍。滑稽与庄严尽于此矣。夕阳云海之中，矗立着一个医院的红十字。黄昏的光又收了一分，有微风送上，巷内归人大都骑着电瓶车。

突然，楼下的女人换了一套艳丽的衣服跑出了巷口。月亮又明了几分。

时间

时间，作为一种我们暂且还可以容忍的观念出现时，我们才真正把它给忽略掉。被我们重新找到的原因，才真正构成了所有的原因。——诸多逼迫，无一例外。时间的虚妄显示出历史的光彩来，比较而言，历史是真实的，我们有可能理解它。比如说，永远的现在，就是对它的一次赞美（爱因斯坦所谓在局限中赞美，易经谓之幽赞）。而空间是时间的一个反概念。扬雄（前53～18）说："阖天谓之宇，辟宇谓之宙。"宙流畅宇内，宇虚度宙合。时间一词本身具有创造性、音乐性，它是一流动的长度，而不能被划分，非线性之幾何形式也，亦非概念性所指（空间是一个概念），时间惟表现于艺术作品中。时间是理想化的产物，所以时间本身无从谈起。男人在时间中觉醒，而女人本身就是时间、就是未来与死亡。时间的循环不是时间的特性，而是人的感觉，其实它是不可逆的，也不循环。人的传承好像一种循环，传统好像一个圆。

屎尿

代谢水火，身体语言的初步书写，禅宗真正的日课，道在屎溺，真是旧话重提了。《说文》307部："尿，人小便也，从尾从水。奴弔切。"六书会意，不离诸身，好一个会意。古书假溺为屎（弱，甲骨文从人，象尿形），则沉溺一词可谓沉着极了，此《内经》身体语言学之批判也。陕北俗语有早起“送屎尿”之说，精辟绝伦，送字譬如送礼送客之送，无法挽留的生活于此可证。吃喝拉撒，生活就是一条龙服务，到家了。家者人豕同居，虽是财富象征、民族遗风，但有田野考察经验即知人类早期生活不便，屎尿不易处理其一也。陕北人又说“懒人屎尿多”，揭露真相的同时幽默呵斥；而名士嵇康（224 ～ 263）“每常小便而忍不起，令胞中略转乃起耳”，矫世抗心，实不得已。孙膑假痴失禁，犹待死灰复燃，汉高祖贱溺儒冠，以尊黄老左权，屎尿政治，设喻由来久矣。兰州俗语咒人，“上天还有屎坠着哩”，从根本上绝断了精神形上之维。1950 年代劫运初兴，无锡钱基博子泉老人（1887 ～ 1957）自我检讨，首句破空即云“自屎不觉其臭”，大雅澌灭，天道明夷。而今蚕砂入药，遗言争宠，天道反复，几不知今世何世也。

饰

《说文》281 部：“饰，㕞也。赏隻切。”段注，凡物去其尘垢即所以增其光采，故㕞者饰之本义，而凡踵事增华皆谓之饰，则其引申之义也。《释名》：“饰，拭也，物秽者，拭其上使明，由他物而后明，犹加文于质上也。”

按，此饰字大可与《易》之贲、《玄》之饰疑相发明。如此，则饰之为助也昭然，白贲无咎，九疑无信，只为显一主体也，主体不明，饰也徒然。主体必有其本义，则饰才有进一步之意义，否则如孔子所叹，吾又何贲也？如此，则饰之初并无虚伪义，只因主体确有价值而后吾人一饰其体，更增其义也。

又，古典戏曲当中“饰演”一词最合饰之义，极有意味。双重人格，合二为一，彰显惟一主体性，善恶毫不隐瞒，脸谱的意味。表演当从饰字中求其真义，不必再费苦心。说人生如戏不免油滑，说人生如饰，饰自己，观别人，比较严肃。故又有一词，曰“首饰”，亦极可玩味。此“饰”字与“释”字大不同，可以比较体会。饰有明德义，而释乃明德之过程耳。《释名》注重引申，又致力于廓清词语周围的喧嚣漫衍，使之回返词性与人心相通之际。又，掩饰则为饰之第二义，表演者不知可否留意？荀卿（前 313 ～前 238）所谓“长短不饰，以情自竭”，宜铭座右；譬如地质结构层层真实，并不相掩相越。

世界观

我承认，出于某种全能全维、具足庄严的必要考虑，世界是一个整体。事实上它也从来只能在整体的意义被谈论、被接受、被莫名其妙地爱着。但同时，世界却更是不同世界观的综合，这股来历不明的合力如此强大，以至于每个人在谈到属于自己的命运时竟然哑口无言，只是觉得已经汇入这股洪流之中，一种投身跃入的渴望往往比独立清醒的旁观更加吸引我们这些匆匆过客。在此综合之中，我们得以弥补各自与生俱来的缺憾，正如同向镜子求救，复制更多的支撑点，五蕴皆空的神话被镜子收藏，世界在趋向整体的进程中吞吐秘密，错综繁复的使用同一手法挫败所有的锋芒，这种摧毁能量的手法瞬间吞噬了那些惯于栖息于沉默之舌上的无人解读的遗传密码。至此，世界安详入定，重叠模糊，强行闭合，仿佛它就是世界本身应有的样子。而我知道，世界观仅仅是宇宙观的一个初级模型，一如初交、初潮、初恋对人生的有限覆盖。

手淫

相对于文学性的意淫，手淫更接近纯粹的精神，它撕开了浪漫主义的虚无本质。在手的控制下（佛经所谓非法出精），性欲空前，迫使存在打开存在之门。手淫作为古老的不安，为何屡屡引发思想史上的波动？比乱伦更有力的挑战初现端倪。这只看不见的手从未停止，见证了人类从黑暗中过渡的可能性（The unspeakability of nature is the very possibility of language）。首先，是手被压抑，并且使得左右手对立起来，这个假矛盾使手暂时隐匿，这对手来说是措手不及的打击。手始终在历史、宗教、民族的背后跃跃欲试。它没有必要与人争辩存在的本质。借刀杀人是借手，而写作则是手的异化（参见游刃 blog）。触手成春是虚假的高潮，手是孤独的。——奇怪的是，五笔输入“手淫”时总有“热血沸腾”四个字紧紧追随（同位素追踪）。

术语

技术性词汇进入写作。词汇的运动、转发、变态（时态之态）。鱼龙变态事已奇，一波才动万波随。示例：下载、备份、另存、光驱、待机、重启、崩盘。事实上，这些词汇是双打双栖的，譬如双宿双闪、双语双生。这就像密码的互相指证，或验证码的重复输入。我不单单是有意识地运用、混淆这些词，而且乐于观察另一现象，五笔录入时，相同编码下的辞条选择总是出人意料。

数字

1+1+1+……是否等于2+2+2+……？我不知道这个命题有何意义？是数字本身与无限的悖反，如同倒背圆周率之谜？文字之外，数字纯以神行。而天数地据（big data），音乐打破了最新的沉默，人类被不同的东西满足着，却仍然无法重获自由之身。此身已被无限摊派（不等式与等式之争），一如数列之不定向集散（undirectional approach）。你看，庄子说过成也毁也，此消彼长，日月盈昃，此身恰似玫瑰之名，恰似纯粹意象之表现形式（身，人侧目独立而已）。

说文

文字之孳孕也久矣。当其孳也，曾不依本，曾不灭迹，曾不隐瞒乎。盖其孳也有例可循，分灯照影，赋笔携形，而孕代之际，人世已非，文明以止，存乎其孳矣。予读《说文》日久，颇思孳翦成败之理，尝试三复通旨，以为厥义昭昭，如日月昇恆不已。忽一日梦中，悟得《心经》“不增不减”义谛正是《说文解字》之大用大本，喜而返诸；始一终亥，逐字顺势，驱形显象，如羔本羊照省、流本流水省，一一写定。至西字，惊其上下覆之，推得勤字密义，可谓偶然，而《太玄》已叹其勤其勤，吾人安敢不尽其天命哉。

按，庚寅（2010）端午作此《说文增减》序，意欲以究文字笔画增减之情，元始反本，应物无穷，变与不变，务求贯道之旨；而染指萦心，吾人所面对者，固无关于文字，事事物物，推陈推新，亦未必关乎文字，荦荦大端，仍于心中蕴而默处（《太玄》所谓闻贞增默也）。

追补。文字因机而构的部件不仅仅是装置性的策展（玨），更应注意其结盟中的戏剧性，部首即角色之问道形式，字即晶体之和解，文虽残酷，道以虚受。虽然，形不及符，音不碍韵，义生其中，必有微言。以此知文字的沉默有其绝对性，所谓温故尝新，新的沉默随即诞生（随机的沉默与混沌的分形）。

司空图

河中司空表圣（837～908）《二十四诗品》屡用“如”字。此种譬喻手法，实属万不得已，盖自然造化与人工创制略有不同，此义王维表达的最明白：“木末芙蓉花，山中发红萼。涧户寂无人，纷纷开且落。”花在自然中凋落，诗人目睹此境，花亦凋落，但被写入诗中，与人有关，仍与花无涉，至始至终，花仍是花，开谢不改，此之谓自然。而诗人创作之意义究竟何在？花之凋谢与开放，如何能与心徘徊？这些问题的提出也就意味着可以对某种诗境作深入的体会，在此体会的过程之中，更清醒地认识到，人参与自然进程之后，能够得到什么？这显然是一种创造性的得到，而非自然的得到，不同于果子成熟的收获，不同于生殖的喜悦。甚至，我们可以说，创造性的得到是不真实的，但觉充实不虚，“潜心默祷若有应”，只是一种感应，然上诉真宰，动于鬼神，转而为文字，照应诗人灵感，等等过程与阶段，都在一个“如”字当中了，譬如如来如果，亦复如是。

死亡

某种失衡，对崛起力量的一无所知，一种不可能达成的敬意因此而生，一种开放的未知它的包容令人无法拒绝。今天，我仍然能够从人类熟悉的任何主题中索引它的一切消息，它的消息总是由远而近，逐渐到位，以精确的尺度计较得失。在你面前，我何其欣喜的颤栗遭遇久违的陌生，命定的偶然不再是擦肩而过。是的，不仅仅是打个照面，你一旦抬头，一切都将重来。这不是一场梦，你屏蔽了两极对立的单纯与率真，你在回归的潮流中暂时执法，你不再以交融来暗示可能，我们熟悉的东西都属于你。

速度

如果写作仅仅是一种惯性，那么它就只和速度有关。我注意保持自己的速度，提醒自己与世界的距离。而距离乃是一种神话，它并非某种长度单位，它是《易经》中的“幾”，是太史公究心的天人之“际”，是维特根斯坦的“界限”，是霍金（Stephen William Hawking，1942～2018）的视觉与想象之“外”。从这个观点出发，速度几乎毫无意义，并且没有结果，写作并无目的。我写过“世界只是你影响力的一部分”，这里的你，是形上诗学的终结者。那么，单纯的讨论诗歌毫无意义。

速写

爱思考的人会发现这个世界正好适合思考，但也可能正如游泳的鱼不知道它在水中。这样一来，恐怕更多的东西都要永久地作为背景而存在，不能都写出来，不可能都写出来。怎么可能有所谓包罗万象的小说？所谓包罗万象，只能特指作者心灵的开放程度以及适应此种开放的虚荣，并非真正越过雷池、充满彼间。无论如何，作品总是轻盈的，而盈者已满，这种满在种种限度之内很快统统达成了，比如温度计、湿度计、压力表等等，很快全部到达人世的极限。作品只能是轻盈的，否则心灵如何承受？承重是陌生刺激的许诺，轻盈才是不朽的前提。所谓小说的野心并不存在，此种野心仅仅是一种赤子的归心，此种野心正如文本一样出于虚构。文本的虚构导致某种东西天然地被排除了，于是作者奋力一搏，给出心灵样本的抽样调查。

于是，我几乎又恢复了“速写”。

速写指的不是快速记录，而是特指瞬间把握事物的能力，譬如强光的瞬间照亮，对事物繁盛荣华的遏制。《说文》033 部：“速，疾也。遬，籀文从敕。警，古文从敕从言。桑谷切。”速写，是语言能量的瞬间灌注，是秘密召唤的道感符应。菲尔丁（Henry Fielding，1707 ～ 1754）所谓“一种对我们注视的所有对象真正本质的快速而机智的洞察（a quick and sagacious penetration into the true essence of all the objects of our contemplation）”，昆德拉推赞过他特殊直觉的渗透。

我们的思维整体恰似美学屏风，写作是要提取暂时接受世界的这一刻。既是有效覆盖，又是选择性放弃。正如《西游记》祸起观音院一回，悟空用借来的宝贝罩住了藏经阁保护唐僧，前提是他要痛痛快快地放纵一场真火，加快真实运转的速度，在世界即将坍塌之际文本却神奇的诞生。这是一个完美的文本隐喻。文本于是能够在灾难深重的现实中岿然独存，仿佛遗产。

文本之外的东西是他故意毁坏的。这样才能使作品（遗产）成为独存的在场证据，作品代表那个被毁坏的世界获得无法被授权的意义，它表明尊严仍在。注定是处于不同时空的人顺理成章成了读者。无论如何，读者是无法直接到那个现场的，他们只能相信这惟一的证据。当然，本来那些当晚惊散的和尚才是完美读者，但正因为他们的解读是如此真实，以至于灼伤了自己，这不同于后代的过度阐释。阅读的危险由此可见，幸运的读者总是诞生在不同时空，此之谓萧条异代不同时。

总之，读者总是自然分化为二种：幸运的我们，不幸的他们。轻重悬殊的阅读史强调着那个惟一文本作为遗产的特殊性。这样，遗产——那个日常之物就被读者成功地从那个平凡世界中劫获。这种劫持的热诚甚至感动了他自己，于是他更加投入地展开他的阅读，倾注他的泪水，纪念人物的诞生。而其实，作者根本不在那个现场，作者不断逃离任何可能的现场，总是搜集挟裹大量有利于自己的证据扬长而去（作者始终期待少数读者揭竿而起）。他往来于不同现场之间，他的写作逐渐明确，越发强大，如同在冰上起舞，不再怕滑倒，以前容易滑倒他的舞台现在成全了他的舞姿。作者的国土成为“冰岛”，成为一切天堂地狱，创造着虚空不及之点（那个烧痕）。

宿命

我相信，一个宿命论者的人生观已经不可能再被改变。这不同于水，水神奇的具备三种形态，几乎超越了宿命的搜索范围。甚至，如果宿命论者与天命论者在一起，他们就会像绳子一般越绞越紧，绳子由松变紧，最后竟然变直的过程就是一个不可告人的秘密。同时我们不要忘记，《易经·家人卦》“以女为奥主”。天地交感暌违，反复其道，扬长避短，诚为吾人之大愿。我没有说女人是一个秘密，她可能只是秘密的表现形式，是秘密的主题。不可知的东西有时也并非是一个秘密。“不露文章世已惊”，不是吗？“暗香浮动月黄昏”，不是吗？“快剪刀除辫”，不是吗？“与君论心握君手”，没有比这种爱情更直接的形式了。《易经·恒卦》初六象曰：“浚恒之凶，始求深也。”——那么，吾人所锻炼之永恒感有时竟为一时之冲动耳。强烈的存在感本来就莫名其妙，存在感之上的永恒情节过于凶险，它不仅仅意味着时间的耗散、空间的压缩，以及伴随其间的心灵阵痛、昼夜之交的陌生与感动、死生之际的真实与幻觉，等等等等，痛在心上。

所有这些，都在表面上促成吾人永恒之感。其实不然，这一切并不说明什么？那这些现象是什么意思？没什么意思？因为你太喜欢冥想，自以为是一个旁观者。可以观但不可能旁，这就是真相。旁者傍也，仍然有所依，足证存在感为一切人生真相的基础。这并不新鲜的观点今天看来或许是幼稚的。但这又怎么样呢？不幼稚的存在者简直就无法生存。我假设那样的人生根本就不可能。一切都等不到被验证的那一天，没有所谓的验证者，没有肯定或否定的完全力量，没有真正的解放，没有孤独，只有孤单。

孤独是一种自命不凡的气质，而孤单马上就证明了生物种性的有限，每一品种皆不能自命，皆是被迫表现其本质，前提是它只能是某一品种，它不知道本质何谓。孤单与孤独是多么不同呵。势单力薄与独一无二显然是两种本质的表达。但是后者的本质并不可靠，乃是一种虚张声势。“列邦为何争战？世人为何思谋虚妄的事？”——是谁提出了这句话？我相信，上帝没有要格外照顾我们的意思，那么他也就并不需要特别给我们什么教训了。真遗憾。没人管我们了。“高堪射，下酒到寒舍，看无聊有多恶？”——我们既是客人，又是主人。但此主如风中之主容易飘零，又如火中之主自毁平生。所谓“一片飞花减却春”，所谓“此花非我春”，还有比诗人更完美的表达吗？如果表达是惟一的可能。

碎蛋

手中的两个鸡蛋都已破碎，宇宙的秩序随即诞生，同时产生的还有寂静，那时候个人还没有位置，天空还不是后来的王者，宇宙在展开的间隙寻找它的戒律，几乎没有呼吸的节奏，还不到万物生长的时候，一切都为时尚早。静悄悄的天幕泛泛推开，能够飞翔的事物很多，一切处在同等的位置，在刹那间实现了同样的高度，上下四维的虚空放弃了具体的事物，没有可以拓展的疆域，用不着无边无际的形容，没有任何速度的秩序整合完毕，没有距离的联系如何可能冲突，没有人的目睹参与进程中冷冷静静的宇宙，当然不存在创造，元始的时空没有归属。手中的两个鸡蛋都已破碎，其中的一个蛋壳里面空虚无物，它只不过是为了寻找安身之处，如果存在着某种丢弃，这取决于那只手完美的划落姿势，鸡蛋已碎，蛋壳需要栖身之地，而另一个蛋壳里面一片混沌。

T

梦见一个女人坐在字母 T 上。她着白装，坐在上面，像风一样缥缈，摆动宽大的裤腿，我渴望她下来与我相会，但是我睡着了，不能开口。作为一个女人，T 和她有什么关系呢？站立的字母 T，不同于放倒的 T 形舞台，但是上面的一横也正好是个平台可以休息，只是那一竖有点长，使她的腿吊在空中，那样也很累，如果下来就好了。或者，假如这个 T 不是字母，而是古文“丅（下）”字，那就没什么好解释的了。上面的一横仅仅表示地面，一竖用来判断丄与丅（竖在上则为上，在下则为下）。一个女人坐在地面上，她的腿如何摆动呢？这却是个谜。T，指示着三个方向，唯独找不到北，突破平面，画个十字，那么，她或者我，到底是谁需要拯救？

台湾

2011 年 4 月 7 日（农历三月初五，清明后二日）第一次去台湾，也不是去台北，也不是去基隆，也不是去阿里山日月潭，就是囫囵混沌去台湾。我和母亲一起乘中巴，从陕西出发一直开往台湾，并未渡海。也没有导游，开着开着，就觉得应该到台湾了，果然就是台湾，据同车人讲刚才路过的是中台县呐。路旁古木参天，树枝上古藤缠绕似蛇迎人，转弯时常能看到有女子站在路边像是等车。中巴一直不停，目的地到底在哪里？

眨眼间，前方空阔地现出一个巨型超市，先看到的就是肯德基，车就停了。母亲走在前面，我从容观察，周围并无一个兜售旅游纪念品的小贩，安安静静，游人仿佛站在传输带上，未见迈步直接被送入景区了。

景区第一个大厅是佛堂，三世诸佛供养金身照亮了大殿，并不需要其他照明设施，奇妙的是殿内并不上香，四周全是图书，精装简装盈架，难道是进了书店？而诸佛就在身边，不是书店啊，随手抽读书籍却又感到字细难认，分明灯光不足，于是一意浏览书脊足矣，大陆出版的书也不少，中华书局四个字在在皆是。这样就走到出口了，看到一位游客付书款，那收银人员却是个老僧，低语道："结大缘法，每册十元。"我当即反身，想带几册，先看到的就是《宗镜录》……然后赫然是一册《卜辞中所见直系亲属考》，金涌国著，大象出版社，打开一看，注脚严密，遍引后世典籍旁证亲戚系属，其中引六朝赋云："生爱死戚，不胜慈情之笃；推子孝心，克明践源之义。"正要细看下文，却有钟声响起，也不是佛寺钟声，放眼一望尽头第二厅原来是天主教堂……如此等等，此行之义颇难索解，梦醒之后匆匆打字记之。

泰戈尔

泰戈尔（Rabindranath Tagore，1861～1941）《文学的道路》：

“不是从个人迷恋感情，而是以永恒的迷恋爱情看待世界，这就叫现代。这个观察是光辉灿烂的，是洁白无瑕的，这个看法就是无瑕疵的享乐。现代科学是以客观观点去分析现实，诗歌也正是以那样客观的意识全面地观察世界，这就是永远的现代。然而，称其为现代纯粹多此一举。这种客观的看法产生的快乐不是专属某一时代的，而是属于懂得在这无遮无掩的世界传播观点的人的。中国诗人李白创作的诗已有上千年的历史，但他仍不失为现代诗人。他的观点就是现今观察世界的观点，他以简洁的语言写下了五言诗和七言诗。”——培根（Francis Bacon，1561～1626）坚决主张古代是真正的现代，时间上的古代是世界的青年期，而现代如此古老，历尽沧桑，处于时间的边缘，现代人因此无可挽回地遭遇他们边缘化的命运，在时间中退步的现代无法逆转，一种自由的堕落虚构了我们的一生。

太玄

庚寅酷暑中读扬子《太玄》，不闻酱味之何其久也。九之承八，亦犹人之受天，天受之又何疑，扬子所以俯仰大化，观人生物，渊哉矗矣。予尝叹龙虫并雕不可得，白黑之子又焉从投诸而抉天人之恸；佛法西来，道与僧相矫不下，僧复与儒叩措，起手划圜，左右不调，而我祖散花之义芥蒂于美学不能自振，而我孔子孟子荀子劝学之旨沉销殆尽。当此之时也，我读《太玄》复有何意可称？噫，此意岂吾之所望于今日之读者焉，顾无是念，能成此劫，顾无是语，能毁此劫，此吾辈读写者之大愿真心也。而九绝八难，弸中彪外，似有所见，终世故深藏而不示人以真理云尔，可不哀欤。

汤错

汤错一词，出自霍香结《地方性知识》（木铎文库，新世界出版社，2010）。与考证历史地理学不同，此书所要重建的是写作史中一切浪荡子的精神地理谱系，这注定是一幅不能完全给出的大命相随图式。汤错是一个词，是故乡的外挂之屏，并且拥有它的象征群众。恶鸟的“重现仙霞镇计划”随后也参与到这一注释的洪流之中，他自拟的越渡叙述如今蔚为大观了；慕回也开始了他的“拼图练习”，五蕴蒸尝，解构张大春笔下的竹林市；黎明破晓，骆以军苦心孤诣的宝岛西夏学即将卷土重来……

众作者虽同出华夏，而重建之故乡精神则各异。人心如面，各承千秋，故乡与精神持衡之过程模拟的正是写作之夜动荡跳脱的抛物线（parabolic coordinate systems）。宗霆锋的故乡是“自古以来的争战之地、是三川汇聚的凶险之地、是开遍白莲花的陕北”；阎安的故乡是“与蜘蛛同在的大地”，在北方以北盐与水、缺失与希望同在的边地，经过数十年的淬炼如今已超升为一座“玩具城”，与大地上实有的欲望都市相砥砺；郭庆丰的故乡“佛陀墕”是一片被巫神掌控的土地，惟有剪纸人沟通三界往来如故，与汤错的阴阳生息如出一手；成路的故乡繁衍于“母水”两岸，在太阳的分蘖中孕育的盐与雪和火焰同在；宋逖的故乡则仍然是一片“流亡之地”，祖国发出的红色信号拒绝解密，音乐在静脉中流淌受制于更大的循环；李岩的故乡即将被“死亡之海毛乌素”索回，逼迫诗人成为最后的死海水手，或者直接退化为鸟退化至飞翔时代，才有可能放弃诅咒之梦；胡桑的故乡“在孟溪那边”，他毫不犹豫地将心中的孟溪与普鲁斯特的贡布雷、马尔克斯的马贡多、乔伊斯的都柏林、博尔赫斯的布宜诺斯艾利斯、帕慕克的伊斯坦布尔、曼德尔施塔姆的圣彼得堡、福克纳的约克纳帕塔法并列；而我，也早就打造了一个并无地理学意义上的故乡，我不可能直接承诺，我爱的是文明在战火与死亡中引申出的万物以及创造中的和平以及期待中一时难以领会目睹它的人类陷入的沉思。

至此，显而易见，精神地理的重建仅仅与文字相关，这是诗人的事业。愚公移山，是故国文字中第一次大规模表彰精神地理建设的宏篇大论。此后，凡举精神地理之学，必能感通天地、逆援造化，不预此元因究竟者遂不能展开此等精神图典。精卫填海是之、添筹献寿是之、烂柯观棋是之、化鹤归来是之，等等差别，共相一如，精神地理之学摆落学术体系之桎梏，诗性因得以发扬。

Tetragrammatonagla

希伯来人称呼上帝的由四个辅音字母组成的词，但不允许读出来。犹太神秘哲学专用，精通神秘教义的人宣称他们知道上帝的全名，以行神迹。叶芝（William Butler Yeats，1865～1939）曾经在爱尔兰多纳瑞尔见识过这个词。与中国道家的先天之“炁”类似，中外总有一些不能说只能观的字词，吾人恒能于默处冥行中遭遇其象征之义。一炁化三清，这三清大概相当于那四个神秘的辅音字母，从无而待有，持空而据实。这也类似于释典之咒与诀，证法之时的神秘口吻的确来自天启，它不是我们肉身习惯的某种发音，不是诞生于此在此世的一个词，视听之外，飞来代言，遂能扫除音效，超拔有声。而此默认之无声正是建立在有声系统的整体经验之上，并不等于无言（言而无迹）。今天，我们人类发明着一切词汇，发明了上帝与死亡的一切隐喻，却不能拯救自己日渐腐朽的语言（因为拯救之人同时也在堕落）。今天，在此有限的时间内唤醒四个辅音的力量灌溉文的生发何其必要。

天梯

确实有上天之梯设在上山的路上，它同时也是下地之梯。无论上下，你一旦与此梯接通，就会自动升降，仿佛人间之电梯、货梯，你会在此梯上下之时，遇到各色人等，但很少有你相识的人。地面接引之处，一个容颜衰败的女子，挥扇唱歌，细听是将戏曲改编为流行歌曲，完全走音，有气无力，是的无力，这就是我们人间上接天堂（沉默的教堂）的接引之人，她不是理想中的永恒之女性，也不是但丁的俾德丽采，更不是某个大众娱乐影星，奇怪的是，谁选中她在此接引呐？她的歌声微弱，有时入耳，更像是为了证明有更多的人听不到似的，但她并不说话，只唱改编之后的同一支歌。

我是从天上下来的。天梯甚高，尽管是自动升降，但我由不得还想试着自己迈步子，结果可想而知，由于重力原因（宗教与科学在此巧妙结合），我竟然飘在空中，旁边没有人拽我，更没有人模仿我，但是我飘得不是很远，一会就由于天梯上人群的引力归位，天呐，人群引力如此之强悍。偶尔，我也回答天梯上与我对望之人的问题，他们眼神中显然带着不少问题，本来并不是针对我的，我只是他们想象问对之人的替代者。

奇妙的是，此天梯既能上又能下，不是像人间电梯那样有两部，各行其道。这天梯只是一部就有此两个功能，密密上下的人群中，有人上有人下，互不影响，天梯始终按设定的程序运行，大家回忆着人间之事都觉得坐电梯很累。天梯中一旦有意外发生，有些人会跌落地面，有些则会重新上天，上天的那些人本想回去，跌落的那些人本想上来。但是，这一次，意外中的意外，我跌落尘世。

一落地，就与那个接引的女子照面，她的歌声我熟悉，我厌倦她的容颜竟然一点都没变。入口处人真多啊，忽然，面前一只透亮金色的竹筐几乎碰到了我，我一晃眼，一个熟悉的人挑着这样的一对金筐正往外走，毫无疑问，他也来自天上。啊，那人是小周，曾经教过我念咒的住在山上的外省人小周，仍然像一个苦忍的头陀，他也回头了，认出我来，啊呀呵呵……

他始终劝我，再不必回到天上。用他的话来说，天上乌烟瘴气、一片颠倒，行乐的人群更甚人间，人们也将流行歌曲带上去了（啊，那个接引女子的歌管用了）。所以他也下来了，但是并非一个意外，他要挑些东西送上去，天上缺少的东西仍然很多。而小周，他对于人间亦并不是很熟，他本来是立志舍弃的，所以现在他转悠了很多天，一对金色的竹筐之内空无一物，就是说，他不能满足天上的需求，他与我的相遇并非偶然。试想，我们当年在人间的相遇就是此偶然的延续罢了，或者是一切相遇的预兆。

而其实，我并不了解天上，所了解的一部分也不是像小周讲的那样。天上的情况也蛮复杂的，一如人间。但此时，我既不打算回去，也不知道该往哪去？我醒了，还好，我真的是在人间床上。妻子酣睡未醒，小周的劝告是对的。

天书

天国没有语言，天国之人的生活更像是某种完美的程序运行，他们只是默念所行之事。这事运行于天梯之上，天梯如同轨道，平铺纵横，而为尘世仰望。天梯之设缘自天国之遥远无声，没有任何消息从天梯天轨上传来，这下设之梯几乎毫无用处。“用”也是尘世惟一的理解事物的方式，“用”就像语言一样困扰着我们。即使信仰仰望，也只能见到天梯之末端，这末端仍然遥远无声，并且受重力引力等等大力制裁，一时难以接触。天国并非针对尘世所设，世人无缘观光，遂误解天国之存在。它的确存在，一如尘世，但并非一个预留许诺之地。它给出的天梯永远悬在虚空，随风荡坠。

《天书》中讲：从未有人返回叙述信仰奇迹，从未有人在天国找到未来。——《天书》是尘世之圣书，是思考天国的产物，是继承梦的语言遗产，但《天书》并非实现之物，同样被语言所困。《天书》中也有一段对天梯的描述：此梯距尘世最近的这一端附近，其实有人，此人被困此地多年，无法感知时间之流逝，他的等待早已化为纯粹之意念。谁能想到，尘世与天国之间竟然有人陷入沉思，进退两难。沉思是某种将要摆脱语言的前兆，是对未来生活的必然性的竭尽所能的回应。

翻阅《天书》之人很难再次回到平静的语言生活中，阅读意味着只能与过去告别。

天文

儒者说天，不能得天之情，而适得人之正。日月出矣，爝火不息，出之理同于不息之理，皆推运于无穷至于玄极。彼苍苍者，或谓之天，而无体可说，或谓之无，而有星可察。盖说天者人也，故得人之正而不能得天之情。格言遗法，遂成绝响。

调表

这一切不就像倒带么？突然咔的一声，就到了尽头。而那尽头正是过去。不要说时光飞逝，要说不同的表都在走。我们无法制作一个更大的钟摆，推动巨大的时间，我们只能反复失去它。我们只能消费此种飞逝。那些问题并未得到解决，只是被留在过去。如同一双小号的鞋子留在过去，你无法带走它，如同没有出路的记忆。一切记忆都类似于这双小号的鞋子，它不断使这位主人感到现在与曾经的关系是如此难堪。

听

听觉三重性。①听无声。大音希声，耳朵里总有不可捉摸的声响，谓之无声可也，谓之无声之声亦可。②听声。与生命同步之声，弥留洗耳之际，仍然奏效，听觉是身体最后消失的感觉。③听幻觉。极度疲劳时，听觉与幻觉串通，耳中起种种声。或者，日常任何声音都可能包含其他声音，抽油烟机一响手机也响了，水龙头一开 QQ 就有信息，等等响动幻听，譬如弦外之音，声音在声音的边上。

阿恩海姆（Rudolf Arnheim，1904～1994）以为视觉本身即思维，他将视觉引入审美直觉心理学，那么听觉也是，审美从感官的分流上升为综合。但是，所谓听觉三重性是否回避了聋？聋字，从构成到发音，都带有一种无法说明的障碍。《鹤林玉露》："寿皇问王季海，聋字何以从龙耳？对曰，《山海经》云，龙听以角，不以耳。"这种回答，立足于道的整体（即交互之在），老子会说大聋不听，则《淮南子》"听有音之音者聋"，亦非无的放矢。

童年

童年，最大程度地缓解了来自文明内部的压力。童年就是空白，它暂时阻挡（防火墙）。此空白不是什么都没有，而是相对另有一片天地，使成人觉得晕眩，仿佛遇到空白之地。只有童年能不顾文明，让人想象文明之初的情况。又，儿童好动乃是导源于其思维的多主题性与不可复制性，他们具有多维立体的思维，还原现象，使之回到他们自身能够理解的格式，而此种格式正是"文件／信息"的原初保存方式。但儿童并非成人的模型，他们本身即是人类的定型。儿童概念的确立是成人世界过于自信的结果。另外，阅读的偶然性，不止是针对童年而言。

同性恋

我梦见，和你读同样的书、上同样的女人、走同样的路，甚至连写作也是类似的，我们下笔谨慎而流畅，穿越梦境、五路交织、尘尘不染。就一直这样躺在床上写着，从上铺到下铺（对，没有中铺），遇到不同的铺间人，男女杂处，或着衣或半裸（但那半裸的却又穿着棉拖，那着衣的却是赤脚），这些男女叩说生活之事并不疲倦，一如我们的直系亲属，一如我们奋笔疾书。也许我们两人的写作有重大不同，今夜梦中我才知晓：此番我们也是半裸，仍然奋笔疾书，我略微定神才发觉，你是直接写在自己壮健的大腿上（圆柱形腿上的文字宛如纪念碑铭的镌刻与携带，只要你直立行走，这些文字就熠熠发光，照亮前程）；而我，则是直接写在你宽阔的背上（此背平坦无边，我的文字并不发光，但墨痕如注，正如中锋，但随时面临被你的汗水渗毁的威胁，我陷入焦虑）。我们的写作终于判断而分，甚至是分道扬镳，你照亮的是未来，而我则永远留在过去，否则就无法相信自己也曾写过、爱过、失败过。

偷窥

无论场面有多淫秽，你的偷窥始终能够得逞。你有一种深入场景的本能，唤起想象的力量，以及克制想象实现的力量。你获得的满足以他人的牺牲为铺垫，挣扎中的男女无力喘息，他们一遍遍的彩排终究无法获知最后演出的确切时间。因为这时间始终在你的手里，放出信号，收回希望，营造演出之惑之谜。深入场景的致命伤在于，这场景中的一切都是人间固有的，并非你的创造，被满足的只是唤起想象的力量前来参与，而你也无非是一个卑微的被满足者，一个完美的牺牲，一个在克制中保持堕落勇气的写作者。人类的队伍前后相随，浩浩荡荡的声势迎合助成了场景布置。而偷窥者的位置，譬如光标跟随，包含于内容之中。

图尼克

骆以军笔下的图尼克（Tunik），旅馆中的图尼克，现代汉语中的图尼克，当代写作中的图尼克，对抗人类遗忘产物之经验的图尼克。呵，图尼克，忧伤如杀手，多情似囚徒。现代性写作不能全面展开的图尼克，古典写作无法操作的图尼克，面对众神呼唤以沉沦与沉默作答，潜心于自创人类私言（符若真文），拒绝沟通与安慰、否定符号的浪漫象征与虚弱表白的图尼克，文字要做到脱影而出从你开始。图尼克，一个真正的“影”的定义者，摧毁了历代影帝，譬如草船借箭，使那个仍然不属于人类的尚未明了的多雾的早晨有了承重的可能。呵，图尼克，你为我们演绎着人神分手前夜的剧烈场面，一个人心叵测的时代就要诞生，茫茫海上，人类载箭起航，带着争战的创伤与得逞愈行渐远，揭开了岛国政治的序幕。

兔－冤

辛卯说兔，除夕那天，一早起来就翻检《说文》，不料却遭遇了“冤”字。冖下为何独独罩住此兔？冖（mì），非天覆之，人为之也，而天下冤屈不伸之事皆暗含欺天瞒天之义。而所覆之兔颇不同于鸡犬，它静悄悄的并不出声，虽在冖中而亦无声，此无声之诉毕竟有一双红眼为证；此所以造字之初，作者亦必遭遇此眼，而生悲悯，反诸人世冤情，大抵皆是无声失声吞声而已矣。此窦娥之所以动之于天而不能求助于人也，韩文公能开衡山之云而不能回宪宗之惑同此一义；人事毕矣，天道尚遮。而冖下之物非兔非人，终有空空如也之时？双兔傍地走，雌雄得天倪，夫子奔逸绝尘，弃吾人而去者亦两千年矣。

外公

外公说，他不喜欢到人多的地方去……梦醒之后，这句话萦绕耳边，如同风语。那日，我蓦然入梦，满心欢喜，以为能够起死回生，却不料死亡的事实已经提前铸就，作为人世的代表，我们总是迟了一小步，是的，这一小步正是人世的步伐，所以才会落在死亡之后，落在永生的记忆之后，落在轻轻呼唤爱的柔情与困惑之后，落在纪念与责罚并置平行的亲人身后。仅仅只是拥有人世的步伐是不够的，还要更牛更轻更空更远，拥有此世之外的灵感，仿佛期待一次东窗事发般的那种莫逆于心，才能又一次照鉴你，照鉴你惊人的阔步与骄人的吐辞，与你在一段约好的路上并行，也仅仅是几步而已，但我已满意。

惟二

假设存在着两次创造机会（惟二）。第一次机会已被使用。作者如何获得这难以把握的第二次机会？首先，作者也是作为被创造物出现的，在他之前，存在一个创造之源——这个源若假设为火，即宗霆锋所称之“底火”，即难以窥测、久而不毁、盈而反熵的永恒之火；若假设为水，即星云随感变质生发的“上游之水”，即拉金（Philip Larkin，1922 ～ 1985）所称能够创建宗教的“聚光之水”。那么，问题是，被创造物本身是否即是一件艺术品？即万物与人本身是否是一件艺术品？人的创造本能是美学史上所描述的一种模仿，抑或是僭越？模仿是渴望参与创造、体验造物之心的某种积极表达，但是同时作者的偶然出现，即可能是一种僭越，对上帝权威的质疑与否定。

是啊，创造何其危险，平庸才是对上帝最大的敬畏，乔伊斯忽然如此谦虚？语言既然是神圣的礼物，则写作势必从更高的起点开始。同时，语言无处不在，声音、动作、色彩等等，都根植于人体官能。此种元始官能正是现代性永恒的前提，现代性是回到作为心灵惟一载体的身体（惟一容器）。官能对于现象学的穿越与抵达令人惊叹，色彩、动作与声音都被赋予一种全新的象征，它们内部的规律被充分认识，在总结与惊叹中作者出现了。这种看似偶然的光芒扫过亘古长夜，一击而中，一发难收。最后，对于古典时代的迷恋仿佛是另一种对创造性的礼赞，人们不再取法自然（欲拟道而法天不亦难乎），而是直接取法于人（人的概念源于往世的巨匠）。这样，第二次创造遂三栖交侵于自然、古典、现代性三者之间（似相应于庄子所谓与天为徒、与古为徒、与人为徒）。

围－圍

爱情、死亡、文明，已经联合，沆瀣一气，将我包围，我不知道我是谁？谁人能在此三者的围剿之中保持独立与自由的行动，我已成为失去行动能力的简体韦姓之人（韦失去了辶）。而众所周知，行动即意味着突围、违背，意味着一切与以上三者相反的事业。天道酬勤，而我不知道我是谁？我被困此世，仅仅是文明给出的一个注脚，而文明也不过是一个简便试用的索引。谁人能够在此世重新拥有一个梦想？一如简体字拥有繁体的梦想（韦一韋），从而保证一个不再缩水的始终孤独的偉大（繁体偉是需要守衛的独立于此世的众生之梦）。

文

至少，在四个维度、四座平台、四面围困中，文实现、强调、迷信着自身的特质与弹性，文成为一种既无法解释物又无法解释自身的具有"明"与"悦"特性的窗或门。

第一度台，文的编织。网，爻，纵横其变，经纬其体。蜘蛛的文，建立在大纲之上的环绕之物，不同于星辰的罗列，星于辰间并不编织，星图并非编织与拼凑之物。而缀网劳蛛，指出了此种编织在时间中的属性是劳作不息、刻不容缓的。缀网之时，时间处于等待的逻辑预设中，然后是真正的等待，与时间合作的等待，抗风忍雨，继续作业，此劳之力于蜘蛛而言是文的第一义，即工作本身，而收获是第二义。

第二度台，文的结果。此果复有二义，一为作业之完成，网之成形，空张虚幕，井田之制，分于九家；二为收获之意外、之逻辑自性，捉飞来之将为本蛛之食，给出文之功用与"悦"，人家结邻，越陌度阡，往来井井，给出家庭的定义与"礼"。礼，既是文的编织亦是文的结果，介于三个向度之间，谓之文明，有何不可。

第三度台，文之交。文之悦的前奏是文之交。交爻一体，音韵相贯，物之交、文之错，无交无灭，交而后生。天地交泰，阴阳交合，日夜交流，男女交命，交之义大矣哉。交作为对文的补充说明，进一步将生存图像化、动力化、漫化，蚕与蜘蛛推陈吐新，与人现象，物物共振同步，互为形影。文明以止以交（明，日月交止时空两栖），天下莫非系统，文之义大矣哉。

第四度台，文的吞噬。万物在扩散的进程中也包含了返回的可能，芸芸生物，观其增损，吞吐秘密而已。此秘与密与谜，皆与文的吞噬关联，它在表现自己的同时无法同时给出象征背后的谜底。它可能既答卷又出题，但并无判卷之人，只有追寻此题之人。文参照时间的吞吐，复制自身。譬如春蚕吐丝，绝不同于蜘蛛缀网，作茧自缚以待飞蛾，毁灭自身以求复活，此文之成即此物之毁即此体之变，文实现了布阵、脱险、反攻，此之谓天成其功，蚕何言哉。而蚕果然默默唧唧，一味吞吐而已，至于幻化蛾飞，文之吞噬秘境遂告破灭。文的乌托邦即在此天虫一梦中耳。

我

醒来之后，我就得到一个不属于我的世界，这个世界从陌生的秩序中诞生，甚至无法被秩序本身所束缚，这世界就是我们俗称的人间（世界因为人的参与而变得更加不可端倪）。这个庄子描述过的人间、这个曾经没有我以后也将没有我的人间今天已经完成。我是谁？仍然是一个真正的问题。染色体的再分配，秘密的复数形式，秘密互补，故事增值（阈值临界强度一再调整）。

我，只能是一个建立在词语分裂的世界中的标记之物，是标点，不是标准。潘雨廷先生（1925～1991）说，给关键，不给结论，引而不发。词语的世界一旦向我敞开，我即沉默（《太玄》谓之闻贞增默，灵默上出，幽赞不测）。我是书写史上的唯物唯心之争，成毁之际，是注定要被词语充满的容器，此器免成，与肉体同在。

我爱你

年轻人只会说这三个字。中年人则利用夫妻纠结的矛盾批判这三个字。老年人善变，能够随意组织类似的话，表达相同的东西。总之，这三个字仍然是清晰的，它一直回荡在我们的人生中。或者隐藏或者暴露，它曾经是被遗忘的要求，也是惟一明确的目标。

你我之间已被“爱”字隔开。我对这种迎面而来的悲伤并不感到陌生，我终于失去它了。这种悲伤仅仅只是一种结束的象征，一次提醒。而生命的洪流仍将灌注，仍将把我们带到更远的地方，那里正酝酿着为新的悲伤而设的一切快乐。

乌力波（Oulipo）

根据最悲观的看法，文学从未影响过世界，是意识形态的虚构在主宰堕落中的客观生活；同时深刻的人文主义者又指出，一切艺术形式都在向全部灵魂的祈祷过渡。那文学的位置何在？乌力波（Ouvroir de littérature potentielle）核心成员卡尔维诺正是在此种大背景中预言，文学仍将在未来千年持续繁荣。他的预言是谨慎的，基于人类作为一个新品种而言，卡氏期待的不是文学的繁荣，而是“种族完美充分的进化”，直至文学自然消亡。正如巴尔扎克所言，他的《人间喜剧》是乌托邦的坟墓（三坟五典）。作家尽管不能影响世界，但至少他们的提前撤退能让少数人获得启示，那个泯灭感官的永恒世界不值一提；与此相反，乌力波成员将自己定义为一群“试图从自己亲手建造的迷宫中逃出的老鼠”，文字工程仍然是人类工程的一部分。

虽然，百劫千载，文学之道凡三变，古典载道，中世明经，现代释难。写作不仅要从创造中脱困，还要不断解释自己、否定自己。汤错人说“针尖上刨铁”，彝族人说“针尖上滚雷”，针尖就是作者的立足点，在此微基芒点之上还要打出真铁、煅出吼声（老杜所谓不可无雷霆），真是惊心动魄一字千金了。毫无疑问，乌力波的力量只能来自于爱屋及乌（此屋即中土所谓本宅），这个本体旋转的苍穹提供了所有可能的喜马拉雅与马里亚纳。

无题

我已知晓自己的一生是一首七律，韵脚分明（正如后羿和逢蒙、钥匙与锁在精神上押韵），精致的对仗俨然就绪，但目前尚未确定的是，它所要表达的真正主题是什么？一首有韵、必须对仗、但尚无题目的七律呼唤一位内容供给者，也就是说给作者发挥的只有 56 个字，其中又必须划出 28 个字完成对仗，那正是强大责任感在人生中的全部隐喻。现在，我只剩 14 个字的开头与 14 个字的结尾，我只能全力以赴，把握惟一的开头与结尾，使上下两端不受对仗的影响。我尤其要保障结尾，使它在最后焕发新的气象，一如死亡督促我们收获。如果去掉对仗两联，一首七律实乃绝句支撑的世界，人生保持着绝句特色，最后一句虽能力挽狂澜，但也将饱受争议。爱而不见，君子踟蹰，命题压力导致了“无题”的纯粹形式，人生准备在题目中暗示的手法意外受挫，无题反倒要求我们直接进入主题。

舞蹈

老杜《观公孙大娘弟子舞剑器行》诗前有波澜慷慨的序言，提到张旭的草书也曾受到此种舞蹈的启发。在激荡中产生的各种艺术形式极大地扩张了真理与表达的范围，正如佛经中涌出的九级浮图摩空不灭，感通燃灯燃指的尊宿大德，此种诗学感应随之成为信仰的根基。

向着拜占庭（395～1453）神交鲁米（Molana Jalaluddin Rumi，1207～1273）的爱尔兰诗人叶芝（William Yeats，1865～1939）把生活看作宇宙的舞蹈，在这样一种舞蹈中人的每一种能力似乎都和谐地参与调停（旋卦与矩阵）。所谓舞筵秘会，不了了之，舞者变成了舞蹈的一部分，每个人都卷入了这一过程（过程与实在）。他这样写道：“身体随着音乐摆动，明亮的眼睛，我们怎样区分舞蹈和跳舞的人？”——本体之美在某种形式当中解放，打开了所有的希望，不断调整着个体的方向，而诗人，总是及时记录这些动人的场面，哪怕昙花一现。

最后，是罗大经《鹤林玉露》中的一个故事击败了我：“唐明皇时，教坊舞马百匹，天宝之乱，流落人间。魏博田承嗣得之，初不识也，尝燕宾僚，酒行乐作，马忽起舞，承嗣以为妖，杀之。”——这故事带给我们深深的遗憾，人类那种渺小的专制与偏见令人于眼泪中大笑，但这不是一个笑话。我于历史中久久打量这段传奇，终于放弃了对焦虑与意义的任何阐释。马没有历史，死在舞蹈中（跟帖。《水经注》卷十三，昔慕容廆有骏马，命铸铜以图其像，像成而马死矣）。

追补。历经海洋与大地的双重孤独、民族性对山水与词汇的双重透支，瑞典诗人马丁松（Harry Martinson，1904～1978）在他的阿尼阿拉号（Aniaros）上创造了全新的消解历史的舞蹈，伴随着那种残忍的敲打太空的方言，地球就这样旋转着旋转着，消失在太空舱外（爱伦·坡仍然渴望着那个整体结构赖以旋转的支点）。

物理学

七十多年前，杨振宁与黄昆（1919～2005）在昆明的茶馆里讨论物理学，常能看到官兵押着要处决的人犯走过，他们的谈话停了一会，静静等待预期中的枪声（metaphysics）。同样是在1940年代，在英国怀顿（Wyton），青年戴森（Freeman Dyson，1923）目睹超载的兰开斯特轰炸机向着柏林方向起飞之后，这才转身进屋去喝一杯茶。

而黑洞不黑、白贲不白，时光就这样以青苔珊瑚的速度、以青铜饕餮的虚无磨洗着战争与和平（幸存的瞎子纵队带领保加利亚走向了意外的和平），结盟指月之日已是裂变分道之时。虽然，天地不仁，风雨同占，日居月诸，觉海同春，或许一切仍与我们息息相关。那么，当事人呢？当事人恒怀消极，过度回忆，与重新发明量子力学的费曼（Richard Feynman，1918～1988）不同，那位声称要替上帝记日记的物理学家齐拉特（Leo Szilard，1898～1964）差点毁坏了永恒的节奏（Idiorrhythmie），节日与生活毕竟仍然是两条路。

下载

维特根斯坦（Ludwig Wittgenstein，1889 ～ 1951）说，哲学早已放弃了对世界作出整体解释的冲动。哲学转向语言。那么，写作是否仍然要面对这个整体？此种古老的形上冲动与伦理冲动一样要面对路径之争（路径积分，line integral），某种欲望形态的释放进程与写作并驾。有时候，被高尚困扰，同样令人难以启齿。古典只是时间假借之象，在人类思考的有限范畴中，古典成为一个代词，而阅读者与此时间合谋，出入虫洞（sofa），并不顾及下载的惯性。

顯密

《说文》324 部："顯，头明饰也。呼典切。"段注，冕弁充耳之类，引申为凡明之称。

按，顯之本义可代入解读顯密二端。顯即密，因明而顯而示者均为装饰之物，然此装饰即密之重言强言近言，所谓明顯者也。然而，亦恰是此明此顯转移着我们的注意力，禾黍高低，迎送繁华，其顯遂密，终须层层透过用功（香气透长安），始可言其多维共振。顯者，偏也，偏于外示之象，自降维度，而其中之物终密（自闭）。此所以不可以三十二相见如来，易有顯比，诗有兴比，三礼梳比，三传例比，顯密同功，制作深矣。顯则揭，密则厉，端在其人用心深浅耳。奈何读者一误再误，密遂不顯久矣夫。而退藏于密，使物自喜，可谓善藏者藏天下于天下，故此物之顯遍天遍地，盖愈顯愈密，至于无极也。

另参王船山《说文广义》密字条，先生以为密与疏对，不与顯反。

现代诗

现代诗的第一句往往最难得到，就像初夜。一旦写出，则自具结果。为何结束总是那么恰当？仿佛休息。古联语云："红药出阑春结局，绿篁繙箨夏开场。"——意思是说结束在开始之前。现代诗的自恋无可避免，那种表达永远不可能获得古典意义上的圆满。个人消融的时候，境界生焉。自恋的时代，美的定义丧失，而语言本身一直跌落。虽然，古今同时都大规模动用语言，现代诗总是理屈辞穷。比如做爱，乞灵于性技巧，最终毁灭了爱。现代诗追求的高潮太容易实现，这导致了一种格言化的写作，误解了语不惊人死不休的内涵。语必己出的创造力如今成了个人的张牙舞爪。每一次高潮过后都仿佛有灭绝生命的氛围。女人不再是母亲，现代人的生活孤立无援。

现代性

我的写作很显然是现代性的。首先，它如此单调，毫无意义。其次，它甚至不能满足作者，犹如乌云不能用雨水熄灭自己释放的电火（迦梨陀娑）。最后，它根本上就是否定式的，辩证不居，自动洗牌。作者只能通过写作来维持（首先是拖延）某种局面。语言在写作当中得到休整，实际上在此种调试过程中实现的美极为短暂，它未经任何考验，是一个趋于消失的文本。这就是个人化写作的命运。

小说（一）

小说要还原读者的阅读，考虑到所有的人物，他们都在各忙各的，而不是受到作者的制约，作者在创造的同时，也要随时跟上人物的真实，一起生活。这样，小说的开头可以这样写："我不知道听谁说，……"在人物苏醒的世界中，作者感觉到春的气息，他只是愉快地记录，无权干涉，也无法干涉。那世界自具首尾，完完整整，甚至不同于任何现实场景。仿佛永远在展开，人物同时登台。有时他们只在远处活动，模模糊糊，作者没有充分的时间期待他们前来。如此灵性的文本，使阅读成为神话。一种重温梦境，一种对相似生活片断的留恋，一种音乐消散之时手抚琴弦的悲痛，一种爱的虚空，一种没有意义的填充。生存者尽最大的可能，加强联系，但是最重要的是，要与读者心心相印。

大规模的阅读，正在广大范围之内进行着。现在，我开头所说的“还原”二字落实了，它就是阅读的再现。也许，将阅读说成阅历更容易理解。繁体閱或歷，成熟、喜悦、收获、休息，使人清楚地看到阅读之中无尽的玄机。字体衍化的漫漫长途，应和或遮蔽着人心的迁移越世，一切都集中于现在，被忽略的个体这一次只能自我强调。个体作为“我”的代表，不能不记录阅尽风霜的人生，不能不追究飞逝的时光最终止（歷之止）于何处？

小说（二）

小说，自诞生以来，就与其他文体形成强烈的竞争。此种竞争不仅仅是语言本身的竞争，也不仅仅是形式上的竞争与决裂，其本质是某种欲望形态释放完成的路径之争。此在世界之有限性在各种文体中交相呼应，而小说它要展开所有有限性的细节，甚至不去思考它，只是表现它在日益真实的人生中的一般充分（sufficient set）。而真理总在转移（《诗经大雅》谓之大明殷適），小说随之而动、从之而毁，新小说的格局于是不可避免。小说写作使作者不堪重负，它巨大的叙述能力已经妨碍了作者的日常生活，小说写作的悲剧由此彰显。从任何意义上来看，我们都处在一个表达日趋激烈的时代，而写作注定是、一直是最有效的心灵对话机制。小说可以不必存在，但除非你真的不需要它了。

笑

笑字难用。贺知章“笑问客从何处来”、李太白“笑而不答心自闲”、杜工部“一笑正中双飞翼”、杜牧之“一骑红尘妃子笑”、李长吉“芙蓉泣露香兰笑”、白乐天“回眸一笑百媚生”，都用得好。宋人苏东坡“嫣然一笑竹篱间”、黄山谷“出门一笑大江横”、陆放翁“莫笑农家腊酒浑”，亦用得好。又，太白“笑入胡姬酒肆中”“仰天大笑出门去”“凤歌笑孔丘”“常得君王带笑看”诸句，果然善用笑字。

笑话

笑话中隐藏着认知困境，进一步则为寓言。别有意味的是，人类面对普遍困境之时，往往伴随着笑声。笑，秘密地事先享受死亡（尼采），经营飞地，挑战真理。艾柯（Umberto Eco，1932 ～ 2016）《玫瑰之名》中反复论及信仰与笑声的冲突，人神交涉互读，笑是亵渎与禁忌。我所谓的“笑”是省略了过程与求证的解脱，它不仅仅是传达喜悦或者成为“哭”的对应，我并不是从表情上使用这个字。当笑话被文字记录下来，笑声已经平息，但也可能扩散，那个哏字后出转精，从口从艮，语言的尽头正是笑点焊点。笑林笑府，我们是把它当作一种文本来研究的，笑变成了读，表情加载着动作。笑并非是在某种程度上放弃了思考的表现，康德（Immanuel Kant，1724～1804）说得好，笑是因为刚才有些紧张。——写到这，我突然笑出声来，这种笑永远不会出现在回忆中，它是对极度夸张、难以想象的生活真相的回应。它不需要通过回忆来再次满足自己。

在一个健康开放的结构当中（故事形态学），普洛普（Vladimir Propp，1895～1970）追补了他的笑声与魔咒。此前，柏格森（Henri Bergson，1859～1941）也讨论过滑稽与笑的自然本质，他甚至想把关于笑的各种理论作一番总批判。他说，笑是一种社会姿态。无缘无故，笑即批判，陕北方言“怕人笑话”正是此义。而人世难逢开口笑，奔走写照，雅俗兼备，也算传神。罗贯中吊曹孟德诗云：“书生轻议冢中人，冢中笑尔书生气。”论者对历史的误读，早已引发当事人预支的笑声，这层妙趣始料不及，未兆未孩，不亦难乎？至于陷落在历史与城市当中的笑声，如何具体推动古典与现代小说，不妨参考詹姆斯·伍德《不负责任的自我》。

斜

斜者，杼也。它的动势正是世界表达的基本态势。斜，同时也是一个由于计量才产生的现象，不斜不达，斜而后达，亦有斜而不达，不斜而达者。噫，此亦庄生所谓物之不齐也。不齐即斜。——此段文字正如所有文字一样，是故意写的，谓之斜写可也。“矮纸斜行闲作草”，放翁诗最得此义。纸斜笔斜而书不斜，这种闲与斜正是艺术成就吾人天真大全之所在，亦是一条坦荡的放纵逆反之路。书法、书写、行为，无不如此。

而斜阳却照深深院。仿佛斜才有穿透力，穿透什么？历史，作为空间的那一面，如何再次穿透？总体时间不再，并且毫无对称性可言。那里，谁的目光如此深切？那里，可有属于人的爱恨？芳草无情，更在斜阳外。而真香犹妒斜簪，生命再次成为例外，出现在那个斜之外，出现在生命的尽头。幸存的作者早就不通过书写推动自己了，春腥敌酒，蓬山寒阔，隔与不隔，何足道哉。

携带者

人，天然的锻炼了一种自我携带式的生存方式。在携带过程中反对追问，追问是比较狭窄的思维，随时都会枯竭，追问有它自身的局限，因为本体不能通过追问来安慰，绝对的意义不存在。但是人的自省能力随之增强，这涉及了解的程度与自信的限度，自信来源于了解。但是，不存在一种自我的毁灭（自杀），自我并没有这种能力。因为作为整体的灵魂它是交付与无限小的无限个体去零碎携带的（批发），自我毁灭微不足道，如此微茫的爆炸不可能引起任何有意义的生存反省。所以，我发现，作为古老的现象学的传统表现在生活当中即是所谓的地久天长。“营营青蝇，止于棘。”这种温暖而耐心的描述正是基于对生活格调的欣赏与消解。在这种频繁富饶的现象学当中，即历史的元素排列中，生存者的沟通成为可能，时空的限制毋宁说此时只是一种礼貌性的试探，时空它随后即将表现出浩瀚的真实与友谊来追溯整体灵魂的生存事件，以便个体的携带者获得他的携带理由。

灵魂，为什么我说它是作为整体性的特征被人描写与接受的？这仅仅只是我个人安慰个体死亡事件的一种角度或阐述动机？此时，用唯物主义的观点来说明身体（肉体的短暂与有限的物质暂时聚集、演绎）也是没什么不可以的。我能想象作为整体的灵魂它贯注个体的过程与规模。那么，所谓携带者这时分成两个层面：①携带灵魂。②携带个体物质的聚合形式（身体）。这两种携带同时构成了携带者现象学生存的基本要素。“吾之大患在吾有身，及吾无身吾又何患”，老子指出的困境正是携带者最起码的反省层面。

按我的描述，携带者第一携带着从整体中来的灵魂，第二携带着物质。现在简单称为第一携带与第二携带。显然，问题的关键是携带者是什么？它不生不灭不增不减？是从虚无中诞生还是复归于虚无，抑或它仍然是有，是存在方式的展现物？携带者是什么？这是生存的激情所在。我信仰的生存，是作为一种双重携带过程的陈述。携带者的可信程度？作为双重因素的携带过程，它能够坚持吗？放弃其一而选择其余怎么办？携带此时不能认为它是一种重负，否则生命就是苦旅而且毫无意义。所谓负担是外在的物的属性，不应该指身体。灵魂更无负担的性质，比微风还轻，如同无力的挥手与梦中虚无的呼吸。身体并非负担，这是基本命题。否则携带者无所携带，又如何陈述生存现象？简单地说，上帝并非携带者。我（第一人称）是惟一真实的携带者。

写作（一）

写作之写本有传递承启之义，写即传承。《说文》269 部："寫，置物也。悉也切。"段注："寫，谓去此注彼也，俗作瀉。"《日知录》卷 32："今人以书为寫，盖以此本传于彼本，犹之以此器传于彼器也。"

如此，则写作之写与抒情之抒（段注，凡挹彼注兹曰抒），一义也。质言之，则人始终是传承最古老的形式，存乎其人实现了内容与形式的绝对统一。我赞美写作作为纯粹动作的时代。而今日之时何时也？泻之时而已。在惯性作用下的写作值得怀疑。换言之，今日之写的动作是一种模仿，非其人不得已之动也。写，作为传承，必有物运于其中劳其心力，空有动作，毕竟无物可传，妄人遂误以此种空动为写作矣。阿甘本（Giorgio Agamben，1942）所谓同时代，即强调一种有物的实动，此实即时代之内容，而写作才堪称为一种形式，以此批判那种从俗而动、人潮汹涌的时代错觉。

又，寫简化作写之后，底下那个与字仍然表明给予的东西是建立在实物之上的附加值，它不可能直接给出“物”。一如哲学是文字学的副产品，文学也是；而文字作为存在的后进驱动，始终以它的动荡感左右着作者之心。

又，王船山《说文广义》：“寫，本训置物也。从舄从宀者，履贱，脱于户外，舄贵，置于室中，各得其所也，故有安置之义。借为书字之义者，以作字言之，一画一竖，必安置得所而后成文。以属辞言之，一字一句，必位置得宜而后成义也。”说文传统既如此曲折细密，则文字之贵重可知矣，吾人从善如流，晤言室内，设色乘象，追踪作者之初心，正应相援，俯仰终始，习赞其神，乐无极焉。

写作（二）

写作的动作简称为写作。写作的动作又是什么？写作与思想（动与静）。动之动，静之静。写，传置、转移、抒、由此至彼。写作不需要也不可能展开世界所有的关系。写作只能是小规模的文字大撤退。文字譬如河流，众水一水也，一水无间，从A到B，从水到水，位置的转移成全了叙事。写作乃是一水之写，抽刀断水水更流，演变为抽刀我亦听水声。水声，正是写作之声。

写作的声音，是杂音？是背景噪音？三籁一吹，写作之音？写作之音并非交响。写作，无法代表自己，它正在努力与自己取得协调，获取一致性。从无意义的时空中抛出一声异响、一段奇彩，视听异常，写作时间诞生，此中动静需要作者的翻译与重写，写作就是再写。就是在“啊”字之后捕风捉影、造梦洗象，在元语言之上重启关键、在家出家（罗兰·巴特所谓只有在放弃了元语言时才真的是写作）。写作，就是准备写作（起手式，巴特所谓“色情领域的某种冲动的实践”）。

写作（三）

为了描写一个东西，你可先写另一个东西。写到极致，以至于完全成为你要的另一个东西。使我们在你写的任何东西中见到无限与宇宙，可以将宇宙写成有限与无限两种。但总之一看，都令人感到是在描述宇宙的丰富，有限也包含着丰富。“挤满鱼群的大海”“山谷中的落雪”“雨季的雨”等等，都令人想到能够做到这一点。又比如，女人的身体到底如何？她并不眩目，但丰富。主人公到底在哪里？在书之外。在船上，而船在水中，水在流逝。

世界之书用什么符号写成？这是争论的焦点。是否完成？这是另一个焦点。人能否掌握其中的一种，则属于不重要的一种。发明符号，比写作本身更重要。写作是第二义。谁，始终在书写？这是第一义。推动者何在？“发生”这两个字很关键，当春乃发生。

写作（四）

写作，无需解释我们的过去。可以被思考的东西总是如此尖锐，而且又总是如此的少。天下何思何虑？被引用的话也总是如此的少。于是，我只能写下被人传诵的诗篇，“如同大地获得了母亲的称号（卢克莱修）”。同时，思考总是伴随着一些最无聊的举动（芬雷说，无聊就是思想的时间内核），挠痒痒、抠指甲、发言之前先咳嗽、跺脚恨地、搔首问天等等。又比如高级神秘体验的性爱，也只是彼此抚摸而已。身体给了我们全部，我却要寻找你。

我说过，比喻是携带的力量，而非强权（布鲁姆说，文学是比喻的意志，修辞是一种宇宙观）。修辞，总是善意地提出问题所在。所以，文质彬彬是最高境界。所以，文字的运用是奇迹的普遍化。所以，写作从本义上讲仍是某种僭越。很显然，这个动作越过了生活的边界与定义的范畴，它想制造完美的高潮，纪念局部的毁灭。譬如齿毁。写作，是如此的不公平，它默许了无限，放弃了欲望的一般表现形式；它的形式重新赋予了动作的暧昧性向，引出思想中潜伏的“灵”。写作，首先是一种动作，正是此种重复的动作创造了难以复制的天才灵感（电）。

新词

我为掌握的新词感到惭愧，例如“技术壁垒”。这种惭愧伴随世界的空洞而来，当词语的描述失败之后，我尤其不安。虚张声势的人生在词语中遁逃，而类似技术壁垒这样的新词却粉碎了现实。正是一个来自现实的无证之词，一个我极力避免的时代现场发出邀请，存在乃是许诺的谎言，新词使人惭愧。词语的创造性运用导致人生从本质上是一越界行为，而性格冲动满足了世界模棱两可的迎合。一个新词，从陌生世界而来，介入当下价值判断，摧毁一部分人的自信，世界强悍之名在一个新词被接受的过程中被强化。人的多重生存事实被强行封存，这是每一个新词的功效。信号并未中断，但是您所拨打的电话已关机。

新天地

纪念北京新天地 1702 的动物们。

被我大意踏碎的蜗牛，一种异常的声响在脚下响起，现在知道那是生命的质量与世界抗衡的决心，是系统毁于一旦的自保。日常之外的某种带着疑问的声响，总是让我们困惑。让我猜猜看，猜中之时，为时已晚，我瞬间享受到猜谜的乐趣以及一种前所未有的特殊失落，纯粹的击中、轻易的肯定，这种失落对我是忏悔之后的补充、是无法平衡的疏离，使我从永恒性强迫症中惊醒。但是，那只破碎的蜗牛如何进入永恒？它已经再次成功。永恒的画面如此顽固，鲜活、反复、完美，永恒无罪。

而其他动物短暂的停驻，亦同证此理。没换几次水的金鱼，前后死去的二只巴西龟（它们不远万里来到中国，只为实践那古老的死亡，它们没有获得任何其他新的经验，它们又一次成功了）。是的，巴西龟死后的腐臭无法回避，死亡有所依傍，完成了全方位的重组。另外，那三只小公鸡中的一只是平凡的奇迹，养了大半年，初具五德（大大缓解了内子怀孕的焦虑），最后远赴兰州，献给了爷爷。

这些生命的代表，悄然不息，融入人类的永恒观念，浩荡无能，复制自身。而这其中，加餐献寿，尚未包括我们每天吃掉的那些动物。至于此生何证，天耶人耶，我不知也，似乎永恒也要逐步梳理它的纹路，喜怒哀乐，始得其廓要。

心经

菩萨回到了当初，他开始重新寻找自己，他找到了过去，同时体会到永恒。这一次，他深入光明，进步空前。所以看到了经验的局限，要超脱那无边的海。智慧的舍利子呵，你注意听。现象本质一体，实存于虚无中，区别何在，本来无碍。各种感受，譬如空中飞雪，旋起旋灭。智慧的舍利子呵，你总是能明白。种种因缘，没有开始就已经结束，没有结果就已经完成，没有要求就已经满足。所以那本体空空，不能证明经验的传授，乃至于意识到了唯心，心才第一次知道心的微妙。哪有什么毁灭，哪有什么虚无，这仅仅是你的一种表达的失误。现在应该圆融了，通过了自我的假设，使一切回到了愿望。因为没有形身，不可能再受煎熬。因为意识都已放弃，不可能再起波澜。因为穿行在光明中，从此哪来阴影。离开呵，上升，梦醒了正是原因，真可惜究竟的义蕴无人能懂。种种智慧，依靠自身得以成就，而不是执着，好像是风吹动但心以动制动。呵，可以这样说，可以。智慧的原因是平安，是光明，是平衡，是一等一等皆大欢喜。平静中的苦有了味道，在体会中慢慢消灭，如同真实隐藏在幻梦中。以至于我又能听到高尚的声音，那种语言之外的可能：走吧，走吧，我们一起走，梦已醒，智慧中行。

心灵力学

我们对心灵的研究一片空白。这空白之处，正是心灵的栖息地。

慕回观察他的小千金：她在哭的时候用全部力气，喊妈妈的时候用大部分力气，笑的时候用一半力气，喊救命的时候只用一小点点力气，好像吝啬的人挤牙膏一样，那样低弱幽微的呼喊声仿佛一个濒临灭绝的小动物，已经来不及全面领受语言降临的力度。

我戏称之为“语言的空气力学分布曲线图”，分理于下：

①哭。是对象的集中，或完全内敛的集中。发于有象之应对，而当其哭也，对象消融，哭象独立，故调动全力而不觉。哭象方显，众象伏藏。

②喊妈妈。妈妈之象，调动集中此喊，妈妈是充足之象，是首尾响应之象，譬如序跋之充足，故喊出之时，妈妈决不会闪避，成全她之喊。喊妈妈时喜悦自足，自然发力。

③笑。笑象方显，精神必已被引动笑之象部分转移，故仅得一半力气。笑是某种泄露，某种放弃，某种轻松的付出（也是真正的付出），而付出之象已然，故不觉走掉一半力气也。笑与哭的沟通作用颇不相同，哭有所待故用全力，笑是结果故省力悦心。

④喊救命。救命是糊涂之象，只是一个词的发声练习，像

所有练习字句一样，暂时不可能实现语言成象之后起义。故尔练习之时，如坠云雾，心不在焉，仅仅出声逗引而已。况且，救命之命本就抽象，救之为义更是无从说起，救命在此过于无聊。再者，救命本义则是本体已陷绝大之险境，呼喊之时，纵然自觉用力，而其实心神驰散，无从发力，故可能微弱至仅仅自己刚能听到之程度。故千金此喊，用力之小，理所应当。而以上四象，亦可谓条条有据矣。

信条

成熟的作家才能给出写作信条，信条的制定与严格执行其本质是为了接近自由。目击道存，弄玉弄斧，写作信条源于深沉的作文实践，作家旁敲侧击，见道之言具此而无隐。写作的秘密谁也不能隐瞒，不过是做不到罢了。他们反感形容词、副词、动词的用法，注重标点的独到变速，相信时间、温度、色彩都能扭转倾诉，存亡继绝，等等等等……看似琐碎，而真切适用于他们的内心领悟与存在观念。标点的改动是一件大事，谁说不是？形容词的参与导致文章的败坏，吃亏是福。从此，为了成就字母横行与文字霸道的事业，必须彻底放弃某些词，必须克服玩弄自娱，让自己习惯于崇高危险的境界。大言欺世，作家欺笔，这是动笔以来的历史恶习留下的一份需要清理的遗产。

信仰

我这个没有信仰的人，在祈祷时启用了摄像机。下跪之际，一旁的摄像机也开始工作。但我突然深深地陷入祈祷的悲悯中，分身感应，并无所求，但我深深地祈祷。此时，我眼遍观虚空，不惟在祈祷中低头，同时还在操作那台诡秘的机器呐。我眼贴近镜头，它也照我之绝望与世界之空虚同此一摄，它在虚空中运转正常，存影留形不遗余力。祈祷之人因为陷入悲悯，不知此因缘甚大甚好，毕竟胜过外道不信之人。但为何要让机器参与进来？此人生怕自己在怀疑中提前崩溃，反之亦然。因为就在此时此人起在空中观看所摄（说实话这机器本来不是拍我，而是要拍在众生祈祷时菩萨的动静），惊骇莫名，刚刚菩萨坐像分明一动，倾身赞许祈祷之人，现示笑容。啊，菩萨难道不知有此机器在怀疑中开启？技术权威的时代信仰如何可能？然而，菩萨毕竟是菩萨，菩萨疑疑，始终保持着对疑的超越，早已抵达实践所能覆盖的所有海洋。

醒

而人类已经醒来，后人仍将在神话中持续此种“醒”，所谓我独醒，意味深长。谁是我？我就是我。也可以说成：谁是我，我就是谁。二者侧重点不同。我就是我，是我的醒。我就是谁，是我的扩展。总之，技术必进于道而后有时间之豁然。而技术常离于道，此时间下坠之果，似与引力有关，技术仿佛是为了保持此种下坠的速度而与引力同谋。

幸福（一）

作家对生活的描述仍然是无力的，即使借助神话、历史、信仰仍然失效。幸福是什么？这个问题将欢乐与悲哀一举推翻，此二者之总和不能给出尘世间的理由，同样不能否定死亡是任何绝望的参考形式。荷马眩目的表达不能缓解珀涅罗珀（Penelope）之痛，不能使奥德修斯海运般消长的命运得以稍息。写作没有办法虚构任何发生过的情节，无法虚构时间与空间的统一。死亡牵制着你心中完全的爱人，每一次转身都仿佛某种告别，响彻人间的只能是一首别离之歌。幸福可有原型？

幸福（二）

我只用了一句话，就将秘密和盘托出：让我猜猜你是谁。

也许只是玩笑，玩笑恰好能够掩饰什么。也许是真如此，一种巨大的幸福感升腾自心底。也许我仅仅是为了满足口感，为了感动自己，为了蒙蔽自己的过去与未来，自将双手遮双眼，浮云遮眼又遮星，等等，都与遮蔽有关。让我猜，可见花费的力气已忽略不计，你，从何而来，为何总是你，既然用你的特指形式，显然已经知道，又何须猜，一种巨大的幸福感由此而生了。猜字是接头密码，用来暗示一种内部同志但又彼此不认识的导向深渊的冒险与快乐，伴随着快乐而来的就是这种确定性疑惑，接头之时，我没有猜的时间与游戏的心情了。哈哈，猜，崔护（772 ～ 846）不来花亦猜，七事八事、忙忙乱乱，猜字当头奈君何。你是谁，三个字，在猜猜的双重修辞之下妩媚极了，神秘极了，但至此已经没有秘密可言。眼前仅有的颜色告诉我，这是在梦中重逢的经典场面。让我猜猜你是谁，这七个字不可能是绝句当中的一句，它自成一句。这个句子当中只有你和我，你和我的游戏，猜猜；让，一个未经允诺的动词，陷落情网的梦中人；是，从未有这么轻的肯定，从未有过的惊喜判断；谁，密码暗语中的我们在使用谁这个字指称快乐的来源，通过先进的技术语法打造的陌生天地，却仍然是一个熟悉的梦境、一个禁锢中的快乐之源（Danae 在父亲的禁锢中吸收那黄金雨）、一个已经公开却仍在不断修改自身的运转之谜。

修炼

何必修白骨观？看 X 光片、CT、核磁共振可矣。白骨并不可怕（寻常白骨居然三打，辛苦圣僧化度），更不是一种威胁，禁欲主义表明德性中必有重大缺陷（Ion Tarp）。独善其身是欺人之谈。形而上下，如何中庸？顺阳范蔚宗（398～445）开北牖听挽歌为乐，如今，我爱你累累的白骨。何必更修白骨观？如今，我爱你无人抚摸之白。从白骨到血肉，哪一样曾为造物所轻，我又如何放弃，你的存在大大调动了众多存在的影子。如今，我爱史铁生（1951～2010）所描述的“一片成熟的希望与绝望”。

徐锡麟

不是流逝的时间使人绝望。你不能赶在时间之前，抵达现场，时间中援手的渴望未曾停息，而如今只剩所援之道，手何在？心何在？心之不存，道之焉附。当徐公（1873～1907）结社之初，属于我辈之长途何在？路在时间中修成，此之谓修远（甩干了漫字的水分）。以至于并无当时与后来之路合并的可能，徐公一旦迈步遂与吾人拉开距离，他这一步，正是我们不能向前一步之原因。

时间譬如泳池，你既想投入，又想出水，它以静止的广大涵盖健康的美，上岸之后的惘然亦因之而起。你处在时间之中第一恐惧并非来自时间之流逝，而是缘于时间之静止，一切都没有动，真得，一切如梦，如梦中之世界并无时间之流的灌注与溉泽，但是就是在这残酷的美的舞台上，却只有你一人独步，那是寂寞之中的独步天下，所有人物隐匿在水，独有你在岸上振振陈辞，一次性解决所有问题，这曾是我少年时代的幻觉。现在好了，在梦中，一切事情都不曾发生，何来解决。革命（革与命的错综剥复才是关键，命从革出后天法先天，革因命复先天齐后天）之后，无为的手枪已经生锈，那倭刀、长剑只是用于展出的复制品，然而就义之血衣尚在，一如耶稣之裹尸布。“我与孙文宗旨不合，他也不配使我行刺”，绝命辞中闪避着友谊的光辉，不忍同仁之血与时间合流，好的，此地此计甚深微妙。这一次，不单单是枪决，而是剜心。心何在？在何义？万法归一，一归何所？

循环

人法地、地法天、天法道、道法自然。这并非是在描述一个由低向高的递进系统，而是在时空没有任何意义的情况下去认识自然，此之谓道逆（虚与委蛇谓之循环）。在此，人、地、天、道、自然，五个要素一体承显，互相说明。这句话可以翻译成：自然反映了道，道反映了天，天反映了地，地反映了人。这句话可以来回读解。这样，人与自然就处于流动当中，互相补充，互为中心（庄子所谓兼于）。人能弘道，乾坤息则几乎无以见易，人正是乾坤不息的象征。所以，心灵它虽然建立在废墟之上，却并不脆弱，只是在广袤无垠中常常透出一种邻道之快意与临界之痛。它近朱近墨，范围天地，拒绝安慰。它出没于永恒的运动当中，考验着携带者的勇气。

Y

言

太初有言，言语所泄露的天机总是满足着人类的天性；语言本身的竞争性使言上升为誩，继而为譶，进而为⿰忄言，然终归于竞（競，从誩从二人）争之后的善（譱，从誩从羊），善正是语言交锋争辩之后的伦理可能。而言多必失，言中之愆与罪（言，从口从辛），在说话时却难以顾及。不吐不快，真大言欺世耳。

盐

《圣经》中说，奇迹是大地上的盐。这句话最少包含三层意思：①奇迹原本平常，只是你忽略了它，反而向往一种极不真实的幻觉与欺骗。世人本性就不相信平常东西，越平常越不信。耶稣传道，世人非要让他制造奇迹才承认他是先知与圣子，世人的愚顽使耶稣伤心，所以只能权且用奇迹来震动他们，真是无奈之中的象征与隐喻。这就像老子讲的“大道若夷而民好径”，有什么办法呢？②奇迹的确不同凡响，它就像盐一样普通又不可缺少，你说它是奇迹还是启示。③基督对人类抱绝大之爱，还要布道，要把信仰变成奇迹，否则人不信，耶稣为此殉道，证给人看。

真的懂了，则耶稣复活正是人的复活，否则耶稣受难也成话柄。

厌倦

“我龟既厌，不我告犹”，厌倦这种情绪恐怕也是真实的；“此子疲于津梁久矣”，魏晋人物同情卧佛诲人已倦；“平生种桃李，寂灭不成春”，李白也无法挽回生命的春天。日本诗人谷川俊太郎刷新了二十亿光年的孤独，他厌倦了大雨之前与沉默之后的等待，厌倦了斗转星移的性攻爱守，厌倦了世界文学中种种厌倦与梦境，但没有厌倦写作。所以，横光利一（1898 ～ 1947）说，写作就是为了与厌倦斗争。厌、猒、餍，厌的本义是满足，厌倦必定产生于满足之后。一方面骂人贪得无厌，一方面又表扬人学而不厌。厌倦实在，听然笑我；我们十分熟悉它的气味，常常受到它的干扰与打击。我不会忘记，它产生于满足之后，恹然来袭，多么及时的讽刺啊。

夜常

台湾刘允华博士《魅影流光：台湾夜间生活与现代性》一书，追溯了历史与传说中的茫茫大夜，指出开创“夜常生活”的可能性，他所谓的现代性与负现代性皆在此大背景下展开。而关键所在是，他的研究并不是一个学术范畴，他涉及到的真正背景是一部“黑夜史”。——学与术何足道哉。他要打造、逼近、给出一个同时在理性的真实与内心的真实中挣扎的生存空间，一个与时间同步但在现代性中逐渐被“非自然光”补充照亮、成为白昼之续貂式的形式黑暗。

至此，今天的问题是，我们逐渐将要失去黑暗了（此黑暗往古以来即象征着真实的超越部分，亦即超越本身的前提）。电的发明，虽然为人类挽回了失去的时间，但也凌辱着古典美学中对立超越的衡一律（此衡一在中国表现为道在时间中的正反推进，在西方则表现为善恶冲突下的悲剧精神）。在电的作用下，现代性义无反顾地向负现代性滑落，真正一流的学术研究遂呈现为本书所开示的诗性之忧伤。刘允华在此依附的学术工具成全了他的巨大梦想与叹息，一个建立在文献与科技基础之上的黑夜，它的表达注定汹涌澎湃。《安陀迦颂》云，“黑暗有时也被照亮”，超越性的光源等同于偶然和灵感。夜常研究照亮了浓妆重彩的黑暗，人的空灵诗性只能驰骋在一个异化的舞台（近夜或负夜），学术逐渐与写作融合，牵引出属于人类的挽歌。

1980 年

我之所以有可能给出 1980 年的纯粹抽象，是因为我恰好生在那个年代，在此我不可能具体回归 1980 年中的某月日，我所能看到的只是一个整体的 1980 年。时间的抽象建立在时间的整体之上，某年月日倾向于这一整体，渴望加盟，这是它们向某年致敬的方式。时间均匀分散给出的东西，现在仍将由时间收回，366 个日夜一如既往地收束为 1980 年。尽管在此，年与月日一样，也分散平均于更大的循环与收获。但我能给出的时间只能是这个数列了，这是罗兰・巴特辞世之年。

罗兰・巴特（Roland Barthes，1915 ～ 1980），面对括号中

的起止数列，我唯独动心于那收束之日，显然1915对我毫无意义。这个无意义是建立在一个开端之上的无意义，开端与何物联系尚不明确。连续的非偶然性将打开每一个开端，但那只是我个人的偶然遭遇，我生于1980年。这样，只是为了方便链接巴特的1980年（程序之超级链接，此数列可点击打开）。

我必须这样介绍自己，贾勤（1980～1980）。从巴特的时间到我的时间，如此艰难的过渡在文字中呈现出一派光明，这是一种典型的致敬方式。——正如款式不同的钟表在互读时间，而时间的统治早已完成。巴特的影响才刚刚开始，因为这种影响曾经根本无法展开，根本无法想象时间的戏剧性。巴特与我的关系建立在虚构的时间之上，而且我又在虚构之中给出进一步可能，赋予1980年瞻前顾后的元始动力，以我的诞生加速此种前后矛盾的动力机制，加速矛盾体内部的旋转。如今，我代替巴特瞻望未来，而不仅仅沾沾自喜于我的未来，未来包含着更多人的未来，未来是时间的黄金年代。所以，（1980～1980）的最高级应该是（庚申～庚申），庚申纪年正是历史的开端与终结，历史总是始自他人终于自己（参照共和元年公元前841年之庚申坐标）。

纯粹抽象的1980年，而今构成了幾、际、界限、边缘，即意味着探索的终止与死机与蓝屏。整体时间给了时间的停泊，此停泊之地正是写作射中之的。只有这幾与际才能在整体中作出本质的划分，才能携带抽象的1980数列划分自己的势力范围。如同镜子、磁铁的断裂，不仅仅呈现为复制与创造，而是强调了对整体的分割可能，对整体的致敬与注释只能通过此种断裂完成，镜子打破后的深渊里何物飞行？诞生之物无限虚构冲击此际此幾，夸耀纯粹的黑暗与光明；磁铁断裂后的两极移位对等如此完美，让际与幾更上层楼，强行预参了虚空元素的早期创造。

1980 年，作为纯粹无限延长之线（金刚石划响玻璃冰面），它的分割过于完美（分割时传来的声响也是完美的），它挟裹着日日夜夜向深渊里划行（一字长蛇阵），这是对我的诞生的无限赞美，是对作者身份的大胆肯定与接受。

一字禅

下雨天数雨点，曹溪一路平沉，这不是如来的秘密法门。云门一字禅何以是正能量（八正道）？一时照见五蕴皆空。文字背后的东西你们都看到了，人人字字，不相埋没。而文字所能唤醒的东西终究有限，是人唤醒了属于人的一切。已得人身，究竟欢喜，一失人身，万劫不复。目前无异路。不是修另外一个东西，就是在此修眼前的东西。譬如小儿啼哭索乳卧床爬行，胎狱中解放，渐进渐成，怎么可能虚度。妈妈爸爸，都是一声一声修成的，此之谓相好庄严。但修成的东西是什么，不好说。但决不仅仅是修成了，这么简单。

云门一字禅何以可能？字是逻辑运行的结果。《西游记》中弥勒在悟空手心写的那个“来”字。一字禅将字的歧义降到极限。老僧一天只看得一字（张老师说，看其结构、阴阳、能量等等）。但同时也将字的全部意义提升至极限，推到眼前。我们当初如何看待世界？一字禅就是在这个原理中起作用。今古蒙蒙眼未开。不开是酝酿，远近深浅，混沌普遍。开则走露消息，遂得一字禅法。

疑

安参沙数剖经疑，你带给我判断的喜悦，生而为人，男男女女，如同果实落地，我们的爱情创造了一个真正的独白者，即将介入我们的生活。当初，怀春之人彼此诱导，青春天机，深其爱恨，破冰渡水，在有限的时空中无休止地阐释此生的意义，阐释这不可多得的一生其实有着更多的机会能够重新叙述肉身的奇迹；化身千亿，仿佛神话，生殖的秘密大白于天下，公布着“在”之行止。这是“我”的人口论，是自然遗产的一部分，是生活给出的最古老的礼物。成为人，成为主人，入胎出胎，不能无疑。怀疑是怀春、怀孕的先锋，指向广袤人生中崭新的身体，这是谁的孩子，这孩子是男是女，纸中藏火不可能，身孕隐瞒不可能，疑字划破沉默，提取附加值。怀则疑之，技术革命推波助澜，让女孩胎死腹中，疑字深入丑陋的人心，质疑人本身。生产生殖生活最终沆瀣一气，母子平安，合家高兴，回家来，意味着新生命的降临，不速之客用十个月的时间兑换你一生的等待。分娩之时，死生对冲，毁灭、开放、痛快，疑似、疑惑、疑难，而大风吹落果实，吹散疑云，你伴随着哭声，在强大的呼吸中成长。

易逆

壬辰长夏无聊，读易自遣。网友诘难之，今世何世也而读易。今世空姐在天，地铁入海，五洲灾异，时时入梦，而食品安全，元素吃遍，教育荼毒，深信不疑。虽然，神九归来，毕竟无恙，故国遗产，居然未朽。作易者其有忧患乎。多誉多凶，系辞焉老婆心切，多惧多功，说卦焉地狱不空。今世何世，我又其谁。读易者正作易者之子孙，百世可知，法界弹指，吾人于此希微之爆响中或有会心乎。

中国修辞学，胎息于易，发声于诗，畅衍于诸子，大成于易林太玄，虽然，尽其情伪，立其诚焉，而根本黄老，内充符应，亦养生顺世之道也。汉以后文章日盛，而绝地天通，不过寻岸乘流而已矣。易逆之作也，妄测古人解经之迹，拟踪六爻，心灵考古，快哉添足。与其纠缠学术，不如拟测消息，如此则师友续疏仅学脉之不同，其实则综合也。

义写

写作，一条自取其辱之路。作者学习文字，熟练动作，建筑一片完全与自己无关的世界。一切书写都已失效。写作不存在任何前提。不会用五笔，不会用钢笔，不会用毛笔，不会削竹片，不会熏蠹虫，不会杀乌龟，不会完美的排列蓍草，不会观察水中游鱼、雪地飞鸿以至于无法获取象征之义，最初的文字不能成形。即使这样，没有文字，写作者仍在苟活。我也曾为他们辩护，我相信最初的冲动无法被扼杀，一如诞生的婴儿无法指认扼杀人类的摇篮。互相解读，互相鼓励，写作是平庸悲凉的世俗无耻之乐。写作并不借助任何形式的工具、色彩、地域，写作与生俱来，死而不亡。秉笔之际，承继的只是绵延千载的得逞放纵。比如杀人，握刀与拔枪同归于罪，不存在所谓更古老的手法，恶才是现代性的渊薮。写作，是恶的惯性的余威，是同仇敌忾的销毁证据的全过程。而它的敌人并不与它对立，所以也就不存在消灭与妨碍，并非对立的对手误人深矣，作者一再出场，无所顾忌地倾诉与奔走，只是影子游戏的一部分。自取其辱，总要等到他认识到何为辱何为取，才算真正到位。自取其辱正是自得其乐。而写作就此回到开始，抛弃形式并不等于放弃主题。作者不死心，作品的僵化倒在其次。通过写作澄清的东西并不存在，就像通过战争制止战争的胜利并不存在。春秋无义战，当代无义写，——战即无义，写即无义，好战好写者终于成功。在所谓成功者的人世间，所谓的写作伦理始终无法建立，写作沦为“狂写主义者”的惟一借口。

因果

写作时间从何而来？它来自生活？来自思维交集之处？来自生命与世界产生的紧张？不可能有所谓的写作时间。在时间的表象中没有所谓特殊的位置，作者无法安置自己于时间的序列。写作，势必是对于时间的双重占有，作者必须不断调整思维客观化与主体本能倾向之间的矛盾。动笔之际，时间扑面而来。写作时间与全部时间形成强烈对比，时间无法笼罩此种象征性的“第一时间”在空间中的突破，任它结果。时间是因，写作是果。作者占有的二重事实昭然于世。

阴山

翦伯赞先生（1898 ～ 1968）《内蒙访古·揭穿了一个历史的秘密》："阴山一带往往出现民族矛盾的高潮。两汉与匈奴，北魏与柔然，隋唐与突厥，明与鞑靼，都在这一带展开了剧烈的斗争。一直到清初，这里还是和准噶尔进行战争的一个重要的军事据点。如果这些游牧民族，在阴山也站不住脚，他们就只有继续往西走，试图从居延打开一条通路进入洮河流域或青海草原；如果这种企图又失败了，他们就只有跑到准噶尔高原，从天山东麓打进新疆南部；如果在这里也遇到抵抗，那就只有远走中亚，把希望寄托在妫水流域了。"

阴山背后是广阔的呼伦贝尔草原，这片盛产水獭的草原被翦先生称之为"历史舞台的后台"，游牧民族在那里壮大自己的势力，随时顺应历史的发展，准备登上历史的舞台。他们由东西进，在迭荡起伏的迁徙以及战斗中对中原文化产生了不可估量的影响，有时他们直接入主中原（失败之后仍然回到草原）。生存与诗歌的主题随之起伏，民族的灾难与幸福却不能影响阴山下的牛羊习惯那风吹草低，生存是一件广阔的事，类的生存往往不为它类所知。

音乐（一）

音乐在送别时还将不断响起，双方都愿意接受这种听觉上的提醒，音乐作为一种声响将贯穿此后的人生。音乐回响，指向未来，当时的情景总会浮上心头。或许音乐仅仅只是一种过渡，在离别与聚首之时作恰当的点染。或许音乐纯粹只是一种形式，当人生变幻以种种形式展现之时，它也随之以不同的形式映衬种种历程。“李白乘舟将欲行，忽闻岸上踏歌声”，这是李白耳边的音乐；“数声风笛离亭晚，君向潇湘我向秦”，这是郑谷耳边的音乐；“杨柳青青江水平，闻郎江上唱歌声”，这是情人耳边的音乐；而音乐或许一直都在耳边，“忽闻水上琵琶声，主人忘归客不发”，这一次音乐竟然成为挽留的借口。

音乐（二）

音乐家打开的世界甚至带给人更多的不安、意外，大师们的颠簸命运、流亡生涯、种种疾病，大规模呈现，如此密集地冲击着我。我们永远无法适应一个被定义的艺术世界，那种观念与形式贫乏的旅途。从来文章辜负人，我写出的一切都远离我，诞生就是隔绝。对于命运我已不再惊奇，对于作品我仍然无法理解。声无哀乐，大音何在？作为精确的数学形式，音乐使事情变得更为复杂。

“1792 年 3 月 17 日，海顿（Franz Haydn，1732 ～ 1809）在伦敦感到悲伤。”——莫扎特（Wolfgang Mozart，1756 ～ 1791）给他带来了完全陌生的消息，而死亡只是某种染指。是耶非耶，何其姗姗来迟耶。唯唯否否然然，yes and no。而那些空白日期，收容了此前的想象。我喜欢的马勒（Gustav Mahler，1860 ～ 1911），简直没有高兴过，而音乐已在动摇的人生中完成。音乐与阅读，二者带给我同样的感觉，如同雨果形容的整个大海都是盐，饱含苦痛的爱的奇迹，只能属于渺小的个人，而此失落之个人却总能创获绝对之物。听有音之音者聋，仿佛一个完美的教训，我如何相信所谓的音乐人生？

隐瞒

任何人都不可能在生活中隐瞒什么。瞒天过海根本没有任何意义。此水浩大，本不可渡，瞒天之罪，更不容赦。在一系列不幸的人生事件中展露头角多不容易，“共拔迷途，同臻彼岸”，这个共与同始终与失落抗衡；“众鸟飞尽，孤云独去”，这个尽与去几乎逼近了真相。但是，真相岂止一端，局面难以控制。真的，我感到大势已去，同构异质。

影像

影像，将心灵置于一个最便于观察的位置，似此位置并非为了使人反省，而是要营造人类不能自拔的假象。此种假象难以逆转，即使回到现场，也难以调整。也许只有每一次动作的差别，观者对细节的迷恋并非没有原因。进而论之，我们的思考也只能在细节上初见成效。影像，使作为徵兆的平常生活得到满足。

永恒

如果不借用黑格尔（Friedrich Hegel，1770 ～ 1831）美学，依据《说文解字》来探寻这个永恒的“恒”字，也极有意味。首先，要将恒还原，写成“恆”，再看原文，“恆，常也。从心，从舟，在二之间上下。心以舟施，恆也。”恆，在《说文》中的偏旁从二（不从我们习惯的忄），二者上一横是天、下一横是地。在天地之间首先有心灵的确立，这几乎用不着多说，然后又多出一个舟字（篆书舟）。无限时空中的心灵，通过此种运载工具达成他们的愿望（释典所谓大小之乘仿佛与此共象同义），遂能上下与天地周流以应无穷。《诗经》中第一次用恆字造句已不同凡响：“如日之昇，如月之恆”，关于永恒，先哲找到了两个再好不过的象征之物。正如袁旦所说：“永恒是一个充满无限元始内动力的整体，艺术品所要证明的正是这种动力最积极的意象，正是作为创造这种艺术品的人的最美善的生活回响。人承接的好像是经过在无限时空中长久过渡而处置于一种绝对距离中的生活与艺术。生活比艺术更古老，生活还在生活中继续，艺术却早已在成就的刹那幻化为一件看似不同寻常的自然物了。这种非凡的凝聚物给认识力带来了最为合理的依据，多维的人格往往于认识力造成一种分外的倾向。”

追补。《朱子语类》：“恒是个一条物事，彻头彻尾不是寻常字，古字作恦，其说象一支船，两头靠岸，可见彻头彻尾。”又，王船山《说文广义》：“恆，或从舟，或从月。舟之流行不定，而以泊止两岸为恆；月之亏盈不一，而以经天入地为恆。二者，两岸之象、天地之间也。”

用典

用典、袭句，谁是作者？他们在词语中沉浮的人生早已模糊，历千心经万手，境界乃出。用典，相当于程序中的模块（modular ideal），加速了思维运转（共时性承担），诗义因而全面震荡（历史性晕眩），却非当时作者之功。用典，深刻表达内在经验的相似性，一如既往地将后人推向高潮。

示例：回首扶桑铜柱标、雨来铜柱北、虎牙铜柱皆倾侧、南海残铜柱。同一个典故的反复运用，老杜不如此则不足以确定吾人生存之现场，典故将时间凿空打通，诗与人遂能同流共处上下一心也。

邮差

夜梦张老师讲《五灯会元》民国系列。鼎革之际，小镇邮差朱某，天性纯粹，拙于交际，并无信仰，往来人间，传递消息，然数十年间私拆信件无数，遂惑于沟通矫情，而不知所以处，乃决志寻师。奈何师不可骤得，先于家中静修，而六凿纷纭，信中一切众生交通涉念并不能忘，如是者又数十年。忽一日于梦中得师，升因降果，于向时所谓人情皆能还原其初心，乃发大愿，将心中所记之书信一一代拟回复，虽当事人物化自远，而朱师不灭其深情。辛亥事起，师垂百岁，无意政治，某日睡醒，决定还俗，自信充满而语，吾于人间尚欠一大事因缘，结婚生子也，遂生第一波罗蜜（我在梦中亲见此子头似菠萝，面色如玉），此子长至九岁，头顶蓝光，贪今践古，俗人呼为朱伙云云。梦醒之前最后一帧画面是，当朱伙又近百岁时，与我相遇于张老师之讲座，其人面如赤子，蓝光不衰，向张师顶礼不已。而张师忽开口说，贾勤啊，你要努力。

游戏

语言游戏，是否使我们更加关注每一个词？游戏的同时，并未忽略世界，这些词语无法脱离世界，游戏根植于世界本身。如果语言是游戏，那么世界就是玩具。语言游戏是否可能？所谓游戏乃是一种陷落的标志（悲剧）？游戏完全可以成为相反的命名与介入方式，顾此而失彼，我们提前看到了世界的尽头，想要摘下“面具”——保护与说明之物。面具之后再无语言，同样也再无世界。面具之后，空空如也。

游戏之可能：对意义的解构与分化，对意义愤怒的放弃与追求如出一辙，此即游戏本身之悖反；一种逃离中渴望被抓到的快感、隐遁中渴望被识别的引诱。而天色已晚，人无法创造一条所谓的不归之路。这条路上没有神秘的宗教、没有神圣的原因、没有强制的谎言，甚至也没有明显的路标。此路是我开，此人在路上，仅此而已。

有情

有情众生是读经常识，多情佛心云云，文士弄笔成言，非经之原义。情之所指，因缘所起，菩萨畏因（因彻果海），众生畏果（果彻因源），正因一有情一无情也（止观）。顷检陈兵《新编佛教辞典》“萨埵”条：下至蠕动含灵的微虫，上至邻近于佛的菩萨，皆称萨埵。菩萨未证得法身前称“生身（肉身）菩萨”，其时即仍在有情界内。以情证情，以觉觉觉，有情始终二义，菩萨居终，众生处始也。

馀

沉浮字海，玩阅永生，总有些字出人意料，在个人辞典中加速旋转，高高在上，诞生之初即与血肉同患，救死扶生。今日环顾旧字，与饿字相反相成而进步者，只能是馀。啊，馀，改善生活，前提是馀。从饿到馀，即一部我的奋斗史与回忆录，我的历史即人的历史；与饣相邻的我与余，当之无愧，分配此馀。

馀情但看桃花落，祝此馀生寄此身。问余何事栖碧山，与余问答既有以。等等等等，馀支撑余。董遇三馀学乃博，食物盈馀之后，时间的个性化才有可能，属于自己的时间本是一句空话；而突然掌声四起，三馀利用，思深虑熟，我远远望着余，因法救法，怅触万端，自我从余，岂敢自居。噫，君子有终身之忧而无一朝之患，赖余成言兮群疑冰释，怂恿文明兮聊乐我员。

于连

某一天，这位法国当代杰出的哲人（Francois Jullien，1951）读到王维的诗（那是我们熟悉的五言绝句）：“人闲桂花落，夜静春山空。月出惊飞鸟，时鸣深涧中。”他感叹道：“欧洲就不曾有过这类的四行诗。中国的绝句不仅仅是最简短、用词最经济的体裁，也担负着特别的功能（从很多方面来看，中国的美学就是我们的本体论）。因为，这首诗并没有表达什么，也没有描写什么。是风景还是心境？里面只说了风景，但是心境却无所不在。在诗里，风景与心境之间的界线并不确定，其中并没有特别的客体，却能够捕捉一切可能的客体之前兆。”——欧洲所有真正杰出的人在接触中国文化之时，“并不是为了追求某种异国情调，而是被内心的本能需要所驱使。他们获得的不仅仅是一些题材，而是一种新观照、新语言（诗人米修如是说）”。此种语言在中国人的生活中创造着本土的神话。更早的时候，1827年，歌德读到英译本中国诗 Chinese Courtship，受到启发而作《中德岁时诗》十四首。他在诗中写道：“不论是夜莺还是杜宇，都想把春光留下。”——夜莺，济慈（John Keats, 1795～1821）曾经赞颂过的：“你并不是为死而生的，不朽的神鸟。”杜宇，那是我们中国诗歌的神鸟，李商隐写过的：“望帝春心托杜鹃。”杜鹃就是杜宇。蜀王杜宇号望帝，死后化为杜鹃，当暮春之时啼血挽留逝去的美景。宋词中常有“杜宇声声不忍听”的表达。在歌德的诗中，两种不同的鸟鸣终于交织在一起，真正的诗人“把流逝的时间都镀了金”。

雨（一）

梦中出版短篇小说集《雨》。最短一篇仅一页。在《雨》的空页处我又写了很多提纲。梦中抄袭别人作品，其实是抄袭自己，也会惭愧。他人之作，我梦将出来。我梦出对方以及事物，我再临写它们，对照之、抄袭之。人生中不同之雨，雨季如同雨点之来临，小英雄雨来，或孙大雨、许文雨、李伏雨等等。雨季只在人生中，只在梦中记忆。而真实之雨中却什么也未发生。我困在哪一场梦 / 雨中？A 之雨季能困住 B 么？雨来之雨与伏雨之雨根本不同？雨，永远在局部范围虚构自己，隐去了所来之处，我不能仰面，只能撑伞呼吸，或任凭湿身。而梦中并无听雨之人？今雨旧雨皆已消停，雨后人生就是人生的全部，就是写作者无法处理的沧桑未来。

雨（二）

我在一个雨天终于赶回故乡。却发现，故乡的雨在我走后就一直没停过。我在雨中寻找不到任何当年离开的痕迹，一切都被洗刷、冲毁、降解。也只有在一场雨中，我才可能再次回到故乡，相同的雨点迎来送往，其实来往的甚至也都是相同的人。这是梦中对雨的渴望，这是回到雨中的渴望，是酝酿已久的完美借口，是即将诞生的那个雨字。

夜梦每一个人都变成了一个字。这些字互相组合克讼，寻找那个造字的人他是什么字（寻文之旅，旅从㫃从从）？每一个梦都能创造一种新的焦虑，每一个字亦然。字与梦，好匆忙。

语法

语法研究的热情从何而来？是否已经习惯了一个被描述的世界？语言学的兴起于事无补，它可能只是在研究人性之中的表达惯性，并不能遏制表达的泛滥。而语法结构的差异可能仅仅是说明了人类沟通的假设前提并不一致，先决于思维的条件各不相同。但是，语法的完整性仍然是一种努力，人类想要建立与真实平行的符号系统，但这并非生存事件中首先要考虑的事情。

玉树凋零

2010年，沟口雄三、钱伟长、郭预衡、孔凡礼诸公相继辞世，我未作绝句。生命这种绝响给人带来类似绝句的感觉，真是奇特。绝句，一段无限的绳子被抉断（无限的绳子有何意义，它可能仍然从属于更高的段落），纤维的尘屑飞散在光明中，简直要影响到吾人之呼吸，而如果碰巧在一个阴天，则生命的消沉竟是毫无声息、没有一丝动荡之感的。命运之激荡亦如此。时代之光明与黑暗因此感人，吾人亦因此而有时竟能不置悲喜，空待法灭缘生。

欲望

欲望无法自证，芝麻无法开门。一旦满足，不称其欲，所以它总有些模糊，仿佛已经达成了共识，彼此证获，甚至已经达到了目的，臣服于它只是结果之一。它对失败的历史一无所知，它青睐每个张扬自我的人，赞许一切盲目的行动，引动真火从不毁伤自己。它要使自身容易辨识，推陈出新，如同收藏品一样仍在升值，打破了古老寂静的时空，包装变幻，斑斑锈迹早已成为图案的一部分。欲望是惟一无法纪念的东西，满足它是为了摆脱它。那些过时的藏品更加残忍，它们控制着主人，尽管主人孤单的一生早已落幕，可悲的收藏家到处都是。欲望码头没有一艘空闲的船，几乎全部出海，但没有一艘船能做到准备好了，准备就意味着永远落后，我们用一生以外的所有时间准备，还不够么？

是的，最让人惊奇、幸福的不是我打开门的瞬间，而是我亲眼看到、亲耳听到（真正的旁观就是参与）强盗念动那句咒语的时刻……欲望整编了它的读者，没有什么比这令人惊奇的了。宇宙的运行是代入性的，更多宇宙就在同一个宇宙之中。更多欲望也无非如此。但是，它们（宇宙或欲望）最终会在一个类似文本的容器中安静下来（老子所谓静为躁君），至少要容忍我已经入睡（睡眠像一朵玫瑰，正如波斯人说的那样）。

阅读（一）

《说文》438部："阅，具数于门中也，从门，说省声。弋雪切。"

按，阅读过程，是作者与读者双方同时又一次示威、发展自己的机会，是在浩瀚时空中彼此诉说。作品在阅读中新生，读者在阅读中诞生，阅读关系双方。这个"阅"字对"说"的省略使人意识到，语言提供了最初的保障，随后就将消失，向文字转变，真实的东西将沉淀为一种遗产，从而丧失（隐蔽）了它最初的呈现形态。在与我们相遇之时，由我们来还原它。但此还原并非回到过去，因为不可逆，时间无比真实。此还原，仅仅是要表明我们此刻的状态也是无比真实的，并且稍纵即逝，而且未必能像前辈们那样有所沉淀，值得保存。

这就提醒我们，思维的好处在于拯救与缓解，刚才说过的还原，乃是迫使自己整顿的法则。"整顿衣裳起敛容"，然后进入严肃的主题，准备迎接高潮。虽不能还原高潮，但却能制造新的高潮，这与我们的生命意识有关。他人的高潮如何还原？因为时间不可逆。所以，还原与高潮一直在极力协调它们之间的矛盾，并且证明其实并无矛盾可言。如果还原能够澄清自己的本义，高潮也应运而生。——还原乃是针对现状（不可逆的时间）的一种理论，它并无更大的虚妄的野心，它被误解之后才承担了那种狂妄的使命，它其实应该在退步中进步，在停留中延续，在思维的惯性中享受片刻的宁静。然后证明，在时间的法则之中，人仍然具备自我约束与制裁的可能（春秋大阅，堂堂之瞰谦然自守）。这是一种由于主动性充分凸显而造就的主人翁精神，人为天地之心，宇宙之外别无本体，此身即一切，即自由的提前实现。

阅读（二）

读书是某种间接阅读。直接阅读是面对世界之书。直接阅读之后的写作才是有效的，才能一次次给出不同符号。伽利略（Galileo Galilei，1564 ～ 1642）说："有一本永远打开的书，就在我们眼前。"伽利略拒绝抽象所谓的完美理念。我们对物理学之后的纯粹理念有一种什么样的需要？这不同于需要一个女人，但却恰恰类似于引起你需要一个女人的那个原因的同一推动（第一推动，first category）。

我需要，我缺少。我缺少肯定意味着我永远缺少，所以我永远需要。渴望符号，是因为我们凭借符号即可书写、记录此种缺失，以便寻找它；它以缺失证明它的在，比如重心。有一天，谈论具体事物与谈论纯粹事物变得一样困难，写作就有重新出发的可能。一匹马向我奔来，它带来了所有马的消息。

月亮

艺术正是作为不朽的替代之物出现的。也就是说，存在着两个月亮，那个真正的月亮在天上，但与艺术无关，水中的月亮有可能奠定艺术的主题与宗旨，而永恒，正是从两个月亮之间长久而互惠的关系中寻找起点，得以成立的。可以直截了当地说，艺术在大多数情况下是作为永恒的替代之物而频频闪现的，它以一种高远的悲悯实现了人类无助的倾诉，承接来自人类本体局限性的重负与虚无。当一种替代之物经过长久的检验之后，它就有可能成为艺术本身的宣言。中国的笔、墨、纸、砚正是这样的元素，当然当然，自然界中的无情之物，石头、泥土、色彩都已经构成了创造的元素，因为这些东西一向都是造化得心应手的材料，而今交付与人。人，作为艺术家的使命何其幸运，但又如履薄冰如临深渊。显而易见，艺术家把艺术当成了真正的家。他们笼天地于形内，挫万物于笔端；寂然凝虑，思接千载；悄焉动容，视通万里。——没有这些基本功，那就是无家可归的人了。

云门黑

你众人眼前黑漫漫地……

梦中人此时在客厅，刚刚打开灯，他想，我在光明中啊。对话于是展开。

一切对话源于疑问。如同禅师本人亲证。

梦中人有时不代表我，可能是众人的影子，他正在努力追寻成为自己的可能，为了能够意识到我的存在，他竭尽全力，自陷梦中种种埋伏，引诱那些不稳定的情感外泄（这才是锦上添花，在梦中增添细节，并不占用更多内存，看你手段如何，自由简直泛滥）。而梦中梦是焦虑的杰作，是对身体的自由重组（对应于意识的流动，身体自由了），身体的各个部位都有自己独特的意识，不同时空中，它们有相应的发挥，只有在梦中，这些飞速消失、短暂的喷发才会放个慢镜头，贡献完美的细节任你解读。时空浩瀚，此时并不可怕，梦中，你活着就好。最糟最差，即使你死，也能醒来。

我在光明中啊。这个我渐渐清醒，收集到我所有的信息，表达清晰，未曾觉察是在梦中。收集到的东西大多是清醒时失落的，它们总是被闲置在某处，未曾毁灭。四海之内，文明以止，伴随着醒来的那一刻，总是有些东西被过滤排挤，恰似民主弃权的那份从容。但这种轻易遗弃毋宁是加密了一份仅供自己内窥的元始资料，对应于四海之外的夷狄戎蛮，那正是广大梦境的端口。我们的身体在梦中如此自由，你在醉后、醒后才承认这种独特形式不同于养虎为患（大患有身是他的辩证法之切面，患字与心串通，如何清空，譬如回收站本身成了保存文件的方式，克莱因瓶之象）。

你虽在光明之中，但已经被黑暗包围了啊。之所以开灯，是天已经完全黑了啊。黑到要写一个黑字都困难，何况《说文》中那个黑部系属繁多，要养足精神、打开灯才好点定摹写，传拓重裱，在古老的光明与黑夜交替之际（惊人的巧合在于，就在此际，语言之象亦已落实，文字有了响动），它们模山范水、镕金铸陶、上石入土，摆脱了他们的时代。不知有汉无论魏晋，阴差阳错地陪伴与孤独，动人无形地阅读野史，灵光一闪一击而中，十鼓只载数骆驼，全部文明的重量仅此而已，石鼓之歌止于此矣。

你这自卑的光明啊，如何自处？万家灯火点缀着虚空暗夜，历代大德分割着真理光影。一颗心始终若有坎缺，舍利子也许表达了这种无奈（你众人眼前黑漫漫地，只能看到舍利子）。

而黑白有待，和好如初。我醒来，我开灯，但此时外面确实黑漫漫地，我既自处光明又不离大夜，既庆幸又一次醒来，又否认那个梦真的完美。

运河

此时，这运河无声，却令我想起胡河清（1960～1994），他在散文中回溯成长岁月中古老运河的影响，那种光影之流与死亡有着某种不解之缘。自杀确实是个不错的主题。当你活着时，你就可以试着通过处理这一问题而获得智慧与灵感与生存的勇气乃至于突然获得自杀的充分惟一理由，你仍在处理它。吸毒、自杀，都是必要的，它终于使欢乐与痛苦同步。这二者始终无法同时被满足。这个不是疼痛之痛。它是对痛苦的捕捉、描述、回忆、定义，以及偿还。而欢乐，始终是填充之物，是词组，它只能出现在痛苦这个长句中。及时行乐，等于将一分钱掰成两半使，毕竟不成；及时行乐，等于失去本义，只能是一个假设补偿的建议。

主题会一再岔开，一再离题，这才是主题的秘密。出行万里即离题万里，不见其敌即不见其人，这才是生活，这才能想到鲁迅的“无物之阵”，否则人生有什么值得骄傲的。是的，当时雷雨寒，鲁迅这个话题本身构成了一个主题，稍后要多谈（推后之后，可能就再也没有时间了，稍后即沉默）。越是重要的主题就越是可以稍后处理，大事总是之后才发生。当春乃发生，春未到，事未成，势未成，春未到，主题极有可能在此种游戏中突然出现，或悄然再次划过，但是主题在少不在多，它何须强调自己。它已经控制了全局。如同死亡，如同运河。

这运河二字却极其古怪，它有某种双向承载之痛。运，河，运一河，河有何可运，河床何在，河之运与运河之义又何涉？等等。这样我才算理解了隋炀帝，而提到这位帝王，并不意味着就能展开讨论他，重新理解他仍然需要时间，而时间一贯吊诡。唐太宗为了摆脱他亦颇费踌躇，仁寿宫还是改题九成宫了，隋代杨家的时间已经被格式化。但运河还在，所运之物原来是如此巧妙，运河之运打开了指向他的通道。炀帝用心虽未必如此，但吾人今日之理解固可如此不如彼，吾人因此能同时理解炀帝与太宗之用心。运河的秘密是另一个话题，是属于胡河清的秘密，我们先放一放。

我们放过所有的主题，然后来证明主题的确存在，以至于我们每次都不能很好地谈论它。谈论它总是令人疲倦，因为它们纷纷要求回到叙述的中央。它们完成了一次次回旋，渴望重新通过我们回到舞台。

占

《说文》094 部："占，视兆问也，从卜从口。职廉切。"

按，逐梦视天，犹待解人，灼骨兑文，商略执今，占之大义渊兮贞邃，幽赞而已矣。从卜，则答案自在其中，积木能够拼出的图案受制于积木本身；故善《易》者不占，而系辞存焉。此时，系辞缩略，仿佛命运惣图。从口，则可说可不说，俱在于口。口譬如门，可开可关也，所谓一心开二门之不二法门，所谓二而不二者也。然从口之义大矣，善《诗》者不说，善《礼》者不相，口仅仅是象征；真理乍现，禅宗已将口悬挂于墙。反过来说，对于占者而言，他用不用告诉别人结果呢？占者口临卜上，临越于结果之上。或者，卜之所示（结果），龟甲裂纹、蓍草排列、铜钱正反等等，就像口在说话。此亦口之本义：显示出万物自身都有吐露或保守秘密的可能，此即心照不宣与密不透风之两端并进义。

㠭（展）

梦到古代神庙。一处物象祭祀遗址，此象非祖先非图腾，是一种符号装置的大规模玨望。人可以任意选取崇拜物，单独要求，文字随之呈现，是汉字非字母。此汉字亦非楷书非篆书，还要更早，是象是立体。我亦取得一奇字：夠。此字与玨、㸚、吅、叕等并列，制约着梦境。

张老师

夜颂《摩维诘经》，梦张老师，他说，你的朋友有问题不是问题，但有了问题却来找我是个问题。梦中会意良久，自以为是，但梦却不醒，于是仍堕虚空，无与实际。

梦中张老师主动来访我，坐谈一会，一起去吃饭，临走时却无法锁门，钥匙不对劲，稍一纠结，竟发现门也若有若无，恍恍惚惚，我知道梦要醒了，孰料不然，张老师好似说，就这样走也行。谁设谁施，善闭者无关键，世上不可关的门多着呐。遂行，迎面遇到陈师兄，我说你迟到了，他说已经吃过了。他似乎没看见张老师，于是明白在梦中，张老师在我意念中隐遁了。法身遍彻，一索即得，行与不行，不重增罪。梦醒与不醒，与我无关，隔阂相通，因果俱时，处处留下生活的线索。有物有则，遵彼微行，词繁不杀，至愚而神，人间人如此如此，总系总觉，出入无疾。

直播

现场直播体现了时间的幻觉，它让仿佛是属于个人的时间都有了意义，参与即幻觉。芬雷论述过一种“倒计时的幻觉”。而转播，亦能使个体愤怒麻木，永远感到无聊，仿佛属于他们的时间已经被剥夺，某种错过之后的子宫式的歇斯底里的不甘人后的自尊与傲慢。“我不看转播”，比赛的结果和我无关。我们对时间的监督与控制被打断了，转播意味着永远的滞后，它还进一步影响着此时的直播，使人心烦意乱，一种挥之不去的厌倦袭来，再也不会有令人激动的陌生的像是打开礼物自我催眠的直播了，永远失去同步的可能，永远的道听途说。

至

鸟回落、矢坠地，“至”是某种俯冲，迫于饥饿、引力不得已而降落，使地得逞。吾人何时起飞，何时得知再次降落的时间？何时将此俯冲竟然比作某种回归？归与至，极不同。但也未必正相反。反与至，极不同，但也未必正相非。非与至，或许终于正相同。至、归、反、非，皆吾人存在之确据，援此而谈，或有同情之幾，或有豢天之乐。以此，亦确知吾人尚有三生之慧命在。至我存我，至而不有，如何如何，众我实多？——此多，即吾人回归之速度与往返之宿命。形影不舍，逝水无波，尼山所叹，孟父所仰。噫，吾人之来去自如，依止不空，缘空不宿，造诣物理，遂得众乐。

制约

词汇制约着写作。词汇不是被动地被掌握，某词进入作者的视野需要时间。在一般层面上掌握词汇并无过人之处，这些词不过是辞典的辞条而已。同样，思考这一切仍然不能保障写作，一如玩弄兵器者未必杀人。

词与世界具备同样的象征性，二者处于同样的思维发端。它们之间的平行关系极难理解，常被误解为互相解释的指认标识。此种互为佐证的想象显然受到浪漫主义的影响。文字学中的浪漫主义风气制约着写作。平庸的写作拖垮作者，他在词汇中见证了狭隘的人生。作为精致的象征体系，作者从未与它们（词与世界）达成某种共识。作品，致力于重现早期象征体系内部规律的出没与运动过程。

语法制约着写作。你习惯语法的时候，你可能就不知道写作为何物？为何写作？此问题受到语法的削弱，变成一个意识形态化的问句（由语法规律导致的提问），没有对象的发问因此无聊空洞。在此语法体系的盘控之中，谁是提问者并不重要。因此，语法中的作者十分可疑。他对存在本身的回避势必成为他写作的特征，他不能重新确认词与物的关系，瞻仰万物之美。

存在的无限（一种相似性的混淆与判定）粉碎了语法，人在语法中不可能认识它。写与作，同样艰难，倾泻与创作旨在重建写作的传统，它对作者提出了更高的要求。似乎一向如此，作品才成为语法利用的对象。语法总是企图通过作品来完善自己、说服作者，给自己寻找立足之地，力求反证其影响，从失落中赢回声誉。

中国

新会梁任公（1873 ～ 1929）指出，中国的概念经历了三个阶段：中原的中国经过秦汉一统，成为中国的中国；中国的中国经由与印度、日本等接触，成为亚洲的中国；近世以来，中国进入世界舞台，与欧美竞争，而成为世界的中国。简言之，即中国之中国、亚洲之中国、世界之中国。许倬云将这一看法施诸欧洲：地中海之西方、欧洲之西方、大西洋之西方、世界之西方。

房龙（Hendrik Loon，1882 ～ 1944）说："中国不是一个国家的名称，而是一种文化的名称。"——施蛰存解释道："中国，作为一个国家的名称，开始于辛亥革命以后。这以前，本来没有这个国名，如果说它是一种文化的名称，那也是开始于 1912 年以后。"

无论如何，当李长吉（790 ～ 816）写下"独共南山守中国"的时候，诗人就与他的祖国融为一体了。也就是当"李凭中国弹箜篌"的时候，他就在音乐中接近了他所栖居的大地。也就是当"中华地向城边尽，外国云从岛上来"的时候，诗人就开始眺望远方。——中国注定要成为世界的一部分，那些古老的河流必将朝宗于海，"我们应当盼望，世界是人类世界史的世界（许倬云）。"

中央

始终有一个人，处在叙述的中央。叙述的中央不一定就是世界的中央。而世界的中央不一定就是真正的中央，对于造物来说，只有开始，没有中央。而结束，甚至不归造物管。结束在此时，是一个真正的悖论，而悖论如同导论一般，往往是世界重新开始找到他的叙述的契机。生死之际的言说并不一如既往的可疑，但此时，主人公，他仍然渴望开口。渴望开口，但不能开口是世界的噩梦，也是叙述不能真正实现永恒的惟一遗憾。

于是，此刻，我所能给出的理由恰已构成新的焦虑。而遁身之地突然暴露，昭然于世，这才是我惭愧的缘由。而多少隐匿的事物又已经重新隐匿，于是此刻，写作需要从任意一个句子开始，再次宣布世界中心的在之运行（海德格尔所谓“在之地志学”）。

我成为叙述的中心。写作，需要欲擒故纵。从任何一个句子开始，都能抵达。此擒此纵，并无不同，它们只是同一手法的不同运用。一如开口与沉默，皆从口中生发联想。诞生之地不在远方，在中央，但不需要是世界的中央，再说一遍。

五蕴皆空的叙述，可以为任何一个句子创造属于中央的奇迹。毫无疑问，所蕴所空，从来远矣，只能处中而存而运而思而在。无论圆之大小，圆周率不变，吾人既不必有画圆之劳，但却困于无穷之“率”。今天，我想写的、想说的，均与此率有关，而且我只在乎小数点以后的数列，让我们在 3 之后开始所谓的生活之旅。

中药

中国－中药－中医，先有中药而后有中医。整体中药药性从属升降系统、命名妙用方式是辞典编纂史上的奇迹，它建立在饮食基础之上，补充说明了人体与万物的感应法则，中药材遍布湖海山泽以调济吾人之三焦六腑八脉五脏，真真不可思议。先有食物而后有药物，神农尝百草是先取其饮食义，而后连带发现药草。大米、玉米、小米、小麦、豆类，这些人类先祖仰之以生的植物才是一切药物的总源，奇怪的是，为何没有食物崇拜习俗的人类学遗迹？饱食终日，无所用心，生存第一义也；医不三世，不服其药，第二义也；歌舞战斗，久病成医，第三义也。而本草类著作中又有《救荒本草》之作也，饥饿仍然是三义之上的最高义。饥饿时，可以直接吃药材吧。人间事有集悲悯之大成者，莫过于此，而饮药自戕之例不与焉。神农断肠，爱屋及乌，药与食转互依存，寿世保元，中药之学大盛，遂能尽其天命立我人极。

咒骂

某人若用方言开口骂人，你才能确定其是地地道道的生长于九州大地之人。骂声嗓音在庸常劳作中脱颖而出，焕发着活力，迎难而上，与暴力实现着一次小小的联合。一旦骂过之后，便又是平凡；平凡而无趣，我们领会的太多。开口变成了武器，没有更好的交流。“朋友好交口难开”，骂人更难。咒骂者撩乱撕扯广大范围内弥漫的文明虚幕，桑槐并毁，痛快淋漓；开口才有真相，骂人才是真理。意外滞留于庞杂方言的国骂系统，我惧怕换汤不换药（普通话是药，方言是汤），文明总归是一场大病。

煮蛋

鸡蛋已经煮熟，创造性转化如何可能？铃声大作，我被各种文字诅咒、包围、隔离，我只能逃入社会，衣冠楚楚的社会，他们洗澡时也不脱衣服，还整天喊着要洗热水澡。只有我一个人开

始脱，但热水却会烫伤我。追我的人同样已经陷入社会，万人如海，彼此都隐藏了。类似寺院的高墙上设置了三个门：进（A），出（B），进 | 出（C）。C是永远无人注意的门，没人注意就没有危险，就是真正的捷径，但没有人注意，亦无人实践它，穿过它，所以它只能被设置、被看到、被强存（视而不见）。我艰难地进出，都不会看到它。只有当我彻底失败后，才于梦境中蓦然注意到它赋予的可能。被各种文字围攻的人生已经成熟，失去了创造性转化的可能。宇宙秩序如此成熟，人类诞生只是为了破坏它。人类对此种处境相当自觉。极权致力于培养它的破坏者与反对者。人类被存在抛出后，只能寻找一条不存在的道路，我们从事的只能是自我磨灭的工作。以身试法，仅仅因为不肯坐享其成。

主观

我只能一个人走得更远。我离开你，是有原因的。我不痛苦，不怨恨自己，这一切都不能怪我。所谓命运，不过如此。当我承认你的时候，你就再也无法拒绝我。一个你字，有时指你，有时指某人，有时指命运。我用这个你字控诉。并且，我也要逐步廓清“我”的主观意味。袁旦说：“让个人由主观转向客观，让世界由客观回到主观。”也就是说，世界有理由遗忘（ignore）我。

自然

言自然者常违自然之义，盖自然以虚言耳，非执而可得其实体之客观对象也。此自然之为本体根据之可能，复可见自然实为心灵所创造之境，自然乃以境界言，非以事实言。吾人于词语常有一番不必要之遭遇，而不得不有所澄清，复见其自然也。自然，从心而言，则义可全，从实言，则只是一机械形式耳。吾人常从百年以来之语境中理会此“自然”义，而忘记“自然”于前此千数百年以来之真义矣。自然之义今不复显，则人陷于实境之中自有种种周旋，乃亦常有不可说之困苦，而究其实，盖未得形上心灵之援引也，因其心灵常处于此机括之中，不复有其造境、理想之功用也。求其功而无功，营其利而无利，心为物化也久矣。究其实，心之为物，操存舍亡，无有无不有，如何陷入此段机括之中？吾人反逆此理，方能得之，若只是一味顺此理路则必不能求确解于心之定义。而心之泯灭亦常在此两者之间耳。若告子不动心、孟子求放心者，固与心而徘徊，而心之胜义正复不可执而言也。

自序

芬雷说：“何以在此时回忆此时？也就是说，这个场景，哪怕是在此时发生的，但它构成记忆的原型。这是一场关于原型的对话。葛牧村把它概括为平行原型。”——回忆此时乃是思想的倒悬。它妄图通过此时的出离达成未来的默许，默许主体存在感的真实性召唤。而出离恰是精神的“第一性愿”，精神，在永恒的动荡中从未享受过安宁，如同自序的先声夺人，它总是倾向于结束（清理现场）。回忆，无需解释我们的过去，它给予我们的陌生感使当下始终处于被遗忘的困境。

字体

中国字体的演变与递进。书写的无知与绝对，欲望与化解，重复与陌生。无知：无法知即无知，似乎已不可追溯其初源，只有传说与神话，也许语言与文字作为最真实的神话是有道理的。绝对：相对于人来说，它是绝对的，它不需要面对人以外的存在。但中国人又说，天地文章大美存焉，其实仍然归结到人。欲望：表达不仅仅是一种冲动，乃是自我检测，充分理解自己、占有时空的手段，至于价值则随之而动，道德与知性随之建立。化解：一切心理缺陷无不包含其中，而被妥善处理，最后只剩下定义与否定，譬如空中一片云，钉钉着、悬挂着？重复：此重复并非重合重叠，重字之外重在复字，能复是关键，重而能复，则文明印象不绝，星火不灭。光明并非火焰的重复，但人是火焰，重复则为光明。陌生：是必要的，否则就不能体现神圣感。此种神圣感似乎特指文字学中的现象，不论其他。陌生时与众不同，与你相逢，此陌生又似乎绝对安全。陌生仅仅是由于你暂时不了解它，并非它题中应有之义，陌生很可能就是新鲜与保障。

宗霆锋（一）

人在成长当中不可能不受别人影响。甚至有时候是受到干扰，朝着相反的方向发展。写作者受到的影响与干扰显然更加明显，除了阅读的好处以外，降生于陕北，对他来说一定是严峻的考验。对于地域性的强调使得人的内涵受到质疑，我仅仅是陕北人吗？亲人与朋友毫不留情地将要批驳我。但是，我的可能性在于对第一人称的寻找，寻找中也许才会真正与他人、与更多人称主体相遇。差不多十年以前，我拜访了诗人宗霆锋，并且有幸读到他的一个句子，——“耶路撒冷的灯是傲慢的。你有那盏灯。”我意识到诗歌已经超越语言，这样一来，我感到也有写的必要。语言之外的生活值得探求，那是一条荆棘路，到处都是信仰的遗迹。写作总是秘密进行着，直到被打断。身体的成长并不一定与精神的要求同步，精神总是显示出超越性，而语言助纣为虐，不幸成全了作者。这是一件悲欣交集的事情，客观的评价仍然需要时间。

宗霆锋（二）

梦中，宗霆锋摆脱了对人世的赞美，他如今乐于观察植物的破土与存亡，乐于给自己振作的决心。他说，我从未像今日这般明朗快乐，知道自己在沉睡之后必有作为而非继续腐朽的事业，我知道一梦一觉不同于轮回，一如我写过的那样——“冬天之后春天不会再次重来”，这一次将重启另类之残局一如棋局之设定与等待，多重人格面对崛起的力量也许一无所知，然而我不得不提前撤退，我已醒来一如幻觉之晨醒在太阳升起之前，宗风祖雨，大乘起信，太阳升起的幻觉也属于我。

总谱

我们熟悉的东西都过于完美，我对它们有一种本能的麻木，熟视而无睹。一切都显得那么流畅，这是万物存在的总谱。我在万物纷错之中，不肯放弃自我的归途。万物不是因为彼此的尊重而建立秩序，它们的不同作为一种观察并不深刻，观察者也是其内容的一部分。它们怎样影响我，怎样忽视其勘望者，我无从探究。写作终究是一种借口。

万物的秩序仅仅只是一个总目，总目之下并无一个可能的制高点，总目之下不能再观察。诗人给出的结果因此更甚于作家。譬如此时坐在上山的路口，就可以遐想，把山上的事交给作家，把奇观交给风景爱好者，他们就像恋人一样懂得珍惜平凡的东西。此种满足令人惭愧，诗人永恒的梦想一旦成空，势必与作家同流，承诺给世界订制另一副面具。

总诗

总诗与作者互存（inter-be）。无限摊派平均数之可能：例如，1=9是可能的。分列之意义在于提供选择之模拟（拟测），模拟选择系统之启用满足了形式之美，即欲望之放逐与暂时之满足，欲望本身遂成为惩罚之形式（相应于总星系之假设）。可那平均之美遂隐而不彰，它才是总诗，而作者即为总诗之分列摊派。1=9，总诗=作者。

作者

王船山（1619～1692）《说文广义》：“作，起也。三嗅而作、舍瑟而作，其本训也。借为造作之作，音侧个切。俗别立做字，非。人将有为，必从坐起，从人从乍，乍肰而起，将有为矣。故缓曰造，急曰作。乍肰而起，无所因仍，故创始曰作。乍为之，前未有也，故与述对。”如此则述而不作，有由然矣。先天五太，远源浩流，作者谓之圣；荦荦大端，九译成实，述者谓之明。

而所有的词可能都是同一个词，所有的声音甚至都是同一个声音。作者一词，是真正意义上的大包大括的同义词，此规此模合并异类，吞噬语种，直接赋予上帝以作者之名，应急应景，能事毕矣。而蛛网凝空，于金针方寸之间探赜索隐，万花深处的辞蕊典心既然是从啊字开始、从声音开始，理应以动作结束。那位远绍西西里岛修辞传统、被六个剧中人提前找到的皮兰德娄（Luigi Pirandello，1867 ～ 1936）早就感觉到，一切鲜活的词即将化为动作。就是这样，声音向动作的自然过渡成就了我们完美的一生，此刻我们听到的正是作者的合唱。此刻，美这个字，已经合并了它所有的初义本义，春耕闲次，八法灿然，乾坤凿度，飙升竣极，成为作者仰望之物，此之谓白贲、太素、混沌、波粒也。

后记

这些辞条的选择性罗列，并没有策略上的考虑，它使我们看到了词语交互发明的真相。直接从词语本身开始，仿佛单打独斗，彼此加深了解才可能真正尊重对方。握笔之际与敲击键盘之时，灵感都会降临。辞典写作并非一个新概念，《周易》与《说文》是我心中两部完美的辞典。

辞典写作是一种慢写作。它不仅仅是对生活的概括，也是对写作本身的概括。它并不直接从生活中得到援助。它企图完全避开生活内容，让生活归于一场梦。这种慢并非刻意的选择，慢仍然使写作本身变得突然，生活并没有与任何人擦肩而过。一部辞典，就像封闭而精密的钢卷尺，它可以测定我们的生活，甚至保证某种与之同步的精确，但是不要打开它，不要单独看待那些辞条，意外崩放的钢尺，一旦脱离寄身之所，再也不能收放自如、完美地表达自己了。

作家心中都有一部辞典，不同的词语构筑不同的人生。从 A 到 Z，类似于从乾到未济，一切并未结束，它才刚刚开始。循环之后，空空如也。绕梁三日不是音乐的全部，一部辞典并非无限，辞典写作的意义涉及如何评价意义本身。词语，从发声到扩散，牵扯进来很多东西很多人。词语，冲出黑暗的躯体，在光明的空气中扩散。词语，给出存在核心的证据，它必将使一个世界变得多端有序。当然，我无法清晰地指明影响我写作的人或作品。写作，必然是传统所谓“集解”或“疏不破注”，此注即人本身、物本身。此疏遂获得暂时之栖居，与语言共振。鱼龙寂寞，或疑海大，总之，个人写作的界限我已探到，我不会成为作家。这是否让人喜悦？不用成为作家，成为身份之驱动者，可以无憾。

写出来、写不写，都不重要。那些词语与本体同在，太多的人类时序中，它们都拒绝出场，以免喧宾夺主。而传世作品中的词语，要么助纣为虐，要么反客为主，总之，它的运行与突破都是一次次利用与反利用，一次次无法自责的反目。从 A 到 Z，必须有一个了断。我相信引咎回归的神话，毕竟，词语的归宿由我们安排。词语，从字母到汉字，我不用取舍，我知难而退，实践着一个写作者最初的承诺，三思而后写。

2009 年 11 月 13 日　星期五

再版后记

再版之际，要么无话可说，要么一言难尽，二者同样尴尬。《辞典》之前，2002年，我写过《陕北方言备忘录》，也是辞典体。写作始终是在处理一个整体，而整体往往拒绝“起步者”，由静止到运动有一个加速过程，这个空隙就是词的最初调试。听风辨器，时间中的词语过渡为个体疤痕，作者等于向这个词致歉。

那个《备忘录》的成形，是我对生活现场的语言小结。在一次亲戚的乡村婚礼上，我于醉后呆坐，听到身边全是模棱两可的谈笑，囫囵深浅不一，事后回忆，却并无一个清晰的词承担平静生活的空虚。作者仍然在生活中不能自拔。直至某日睡中惊醒，大悟陕北方言“一扑醒来”是在提示梦醒之后仍然继续的生活，这个生活者同时也是梦的主人。而一扑之后，空空如也，那种失落感真是无从说起，这正是写作的起点。我于是从“一扑醒来”这个词写起，然后，更多的词扑面而来。这是一个较远的缘起。

2008年，《辞典》之前，我在写《唐才子传》，与元代的辛文房不同，我想在综合资料后来居上的阅读中，重新叙述当事人背后的生存线索，所谓“沉浮人间”的诗歌与它的作者之间的关系过于诡秘，从来文字，负人多矣，我甚至无法直接给出不朽这个词。可我写到50位诗人的时候就已经难以为续，唐的幻灭成了一个不争的事实，时间无可避免地给出“晚唐”。

这时，我却找不到任何理由结束，时空的连续性欺骗并满足着作者。于是我想先写一篇后记，“唐诗笔记：一千四百年来的关键词搜索”。我落入关键词的俗套，十分沮丧。然而，几天之后，奇迹是，另一部作品悄然成形，《辞典》最早的一些有关唐诗的词条已经完成。随后，唐诗主题被放弃，更多的象与辞随机呈现。三万字之后，我正式开始用字母排序，并且补充了以前闲置的一些读书札记。半年之后，我才发现这些散乱的文字依然没有一个总标题，以前那个关键词搜索非常无助。

但是真的，现在已经忘记为何叫《现代派文学辞典》，朋友们都觉得不合适，我也以为容易被误解。《辞典》被文学化的误读使我难堪，也许一切都仅仅只是“辞典的准备”。而我志固不在此，而彼岸甚远甚高，不能抵达，故尔这些文字只是自许轻诺的盟约（誓言考古，要盟无咎，未免侥幸）。

其实，我更在意表达是否刚健有力，白话文言并非关键。《论语》一言以蔽之的特殊判断，是夫子特有的语重心长，一种彻底地针对对话本身的反思、权衡与总结。当然，我辈瞠乎其后，对此种境界惟有向往而已。

《备忘录》初出茅庐，譬如初恋，没什么好说的了。这种初恋式写作不可能完成，势必遭遇困境，文本介于学术与文学之间；仿佛是要纪念，却暧昧地转向学术考证，但对生活与语言的关系又处理不好，很多解释过于极端，近乎臆断，缺乏说服力。但却意外地完成了对日常语言的想象，使我懂得在写作中为自己留退路，克制那种无望的倾诉，并且相当自然地放弃了抒情。至于《唐才子传》，本打算写100位诗人，最后终结于六祖慧能，也是意外的收获。

有些问题不可能作出令人满意的回应，我之前的任何人给出的定义或文本其实都不可能无憾，哲人与学者、辞典与再版，以至于写与不写，只是模拟对话的平台。先智古慧一如闪电划空，在偶尔击中我的同时，必然要远离客观实体，他们诚然已经消逝，后之视今，我辈亦然。至此，交流乃成为精神史上惟一可能的事件，有朋自远方来，与相不相遇没有关系。

唐才子的本义是诗人，三才道性，误读才子，不必再辩。我称慧能为诗人，纯粹尊重。佛化东渐，语言观念大解放，天才踊跃，机锋四起，禅宗沟通诗性，法衣抟风，灵薪爝火，众所周知。

而语言问题，必然是文化问题，追溯起源，甚为荒谬。小子堕地，呱呱流涎，何谈语言。天地冥寞，人的声音如何参预？参万岁，预此流，存在的语言何其无力。时空浩瀚若有终极，反与不反，皆物类大悲剧之现量舞台耳。我有何颜面称述自己的语言，我仍在学习，不可能独立出来。独立言道不言人，我不想自弃于道体之外叩然空谈。让诸位见笑了。

新中国68年

佛历2561年

西历2017年

回历1438年

万世丁酉夏至后三日

延安贯勤于希望小学涉篆楼卷耳室

图书在版编目（CIP）数据

虎变：辞典的准备 / 贾勤著．-- 北京：作家出版社，2019.1

ISBN 978-7-5063-9845-9

Ⅰ．①虎…　Ⅱ．①贾…　Ⅲ．①长篇小说-中国-当代
Ⅳ．①I247.5

中国版本图书馆 CIP 数据核字（2017）第 330862 号

虎变：辞典的准备

作　　者： 贾　勤
责任编辑： 李宏伟
装帧设计： 孙惟静
出版发行： 作家出版社有限公司
社　　址： 北京农展馆南里 10 号　　**邮　　编：** 100125
电话传真： 86-10-65067186（发行中心及邮购部）
86-10-65004079（总编室）
E-mail: **zuojia@zuojia.net.cn**
http: //www.haozuojia.com
印　　刷： 三河市紫恒印装有限公司
成品尺寸： 145×210
字　　数： 221 千
印　　张： 10
版　　次： 2019 年 1 月第 1 版
印　　次： 2019 年 1 月第 1 次印刷
ISBN 978-7-5063-9845-9
定　　价： 50.00 元